HEYNE BÜCHER

SCIENCE FICTION

Herausgegeben
von Wolfgang Jeschke

Von Vonda N. McIntyre erschien ferner in der Reihe
HEYNE SCIENCE FICTION & FANTASY:

Die Asche der Erde · 06/3778

Der Entropie-Effekt (ein Raumschiff »Enterprise«-Roman)
ist in Vorbereitung

VONDA N. McINTYRE

STAR TREK II:
DER ZORN DES KHAN

Die neuen Abenteuer des Raumschiffs »Enterprise«

Science Fiction-Roman
zum gleichnamigen Film
nach dem Drehbuch von Jack B. Sowards
auf der Grundlage einer Erzählung von
Harve Bennett und Jack B. Sowards

Deutsche Erstveröffentlichung

WILHELM HEYNE VERLAG
MÜNCHEN

HEYNE-BUCH Nr. 06/3971
im Wilhelm Heyne Verlag GmbH & Co. KG, München

Titel der amerikanischen Originalausgabe
STAR TREK: THE WRATH OF KHAN
Deutsche Übersetzung von Hans Maeter

Redaktion: Wolfgang Jeschke

Printed in Germany 1982
Umschlaggestaltung: Atelier Heinrichs & Schütz, München
Satz: Friedrich Pustet, Regensburg
Druck: Presse-Druck, Augsburg

ISBN 3-453-30909-X

Für Jane und Ole
mit Liebe und Snarks

PROLOG

CAPTAINS LOG: STERNDATUM 8130.5

Raumschiff Enterprise auf Übungsflug nach Gamma Hydra. Sektor: 14, Koordinaten: 22/87/4. Nähern uns der Neutralen Zone, alle Systeme okay.

Mr. Spock, auf seinem angestammten Platz als Wissenschaftsoffizier, blickte sich auf der vertrauten Brücke der *Enterprise* um. Die Trainingsoffiziere, jeder auf einer Station, unter der Anweisung eines erfahrenen Mitglieds der Crew, verhielten sich so weit recht gut.

Es war ein gutes Team, und die fähigste war der junge Offizier auf dem Kommandantensessel. Spock setzte große Erwartungen in Saavik. Sie war jung für ihren Rang, und sie steigerte ihre natürliche Begabung durch eine anscheinend unerschöpfliche Leistungskraft.

Spock hörte zustimmend auf die sachliche Eintragung in das Log. Saavik, die das Kommando über die *Enterprise* hatte, stellte den Report fertig und speicherte ihn ein. Falls sie nervös war – und er wußte, daß sie es sein mußte –, verbarg sie es sehr gut. Ihr erstes Kommando war eine Prüfung; aber jeder Augenblick ihres Lebens war eine Prüfung gewesen. Kaum ein Mensch verstand das so gut wie Spock, weil sie sich in vielen Dingen ähnelten. Wie Spock war auch sie halb vulkanischer Abstammung. Doch während Spocks anderer Elternteil ein Mensch war, war der Saaviks romulanisch.

Mr. Sulu und Fähnrich Croy saßen an der Ruderkonsole.

»Sektor vierzehn zu Sektor fünfzehn«, sagte der Fähnrich. »Transition – jetzt«. Er hing eine Sekunde zurück, doch die Information war nicht kritisch für ihr Unternehmen.

»Danke, Ruderoffizier«, sagte Saavik. »Bringen Sie uns auf einen Kurs entlang der Grenze der Neutralen Zone, bitte.«

»Jawohl, Captain.«

Sulu enthielt sich jeden Kommentars. Croy sollte allein arbeiten und seine eigenen Fehler machen. Alle Daten flossen über Spocks Konsole.

Saaviks Fortschritte im Gebrauch gesellschaftlicher Umgangsformen waren Spock nicht entgangen. So trivial sie auch erscheinen mochten, war ihre Beherrschung doch eines der schwierigsten Dinge, die Spock jemals zu erlernen hatte. Selbst jetzt vernachlässigte er sie hin und wieder; sie waren so unlogisch, doch den Menschen waren sie wichtig. Sie machten den Umgang mit Menschen leichter.

Spock bezweifelte, daß Saavik diese Redewendungen jemals mit Wärme anwenden würde, genausowenig wie er, doch hatte sie sich ihr ursprüngliches, eisiges Desinteresse abgewöhnt, das hart an der Grenze von Verachtung gelegen hatte.

Saavik blickte gelassen auf den großen Bildschirm. Sie war ästhetisch elegant, auf die schmale, unterbetonte, esoterisch kräftige Art einer japanischen Tuschzeichnung.

»Captain«, sagte Uhura plötzlich. »Ich empfange eine Nachricht auf der Notrufwelle. Sehr schwach ...«

Saavik drückte mehrere Tasten. »Kommunikation hat Priorität auf Computerzugang für Signalverstärkung.«

Uhuras Trainingsoffizier arbeitete einige Sekunden lang.

»Es ist definitiv ein Notruf, Captain.«

»Stellen Sie ihn auf die Lautsprecher durch.«

»Mayday, Mayday!* *Kobayashi Maru*, zwölf Parsecs von Altair VI ...« Die Stimme wurde von Statik überlagert. Der Trainingsoffizier runzelte die Stirn und drückte einige Tasten der Kommunikations-Konsole.

Spock lauschte aufmerksam. Sogar computerverstärkt war die Nachricht nur stellenweise zu verstehen.

»... Gravitationsmine ... totaler Energieverlust ... Überlebenssystem ...«

»Gravitationsmine!« sagte Saavik.

---

* *Mayday!* – Internationaler Notruf über Sprechfunk, nach dem franz. *»M'aidez!«* = »Helfen Sie mir!« – *Anm. d. Übers.*

»... Rumpf beschädigt ... viele Verluste ...« Das Signal-zu-Static Verhältnis wurde so schlecht, daß die Worte unverständlich wurden.

»Hier U. S. S. *Enterprise*«, meldete sich Uhuras Trainingsoffizier. »Ihre Nachricht fällt auseinander. Geben Sie Ihre Koordinanten! Wiederhole: Geben Sie Ihre Koordinanten! Haben Sie verstanden?«

»Verstanden, *Enterprise.* Sektor zehn ...«

»Die Neutrale Zone«, sagte Saavik.

Mr. Sulu wandte seine Aufmerksamkeit sofort von den Lautsprechern seiner Konsole zu.

»Mayday, *Enterprise!* Wir verlieren unsere Atmosphäre. Können Sie helfen? Sektor zehn ...« Die erzwungene Ruhe der Stimme begann zu zerklirren.

»Verstanden, *Kobayashi Maru.*« Uhura und der junge Trainingsoffizier an der Kommunikationskonsole blickten Saavik an und warteten auf Befehle.

»Taktische Daten *Kobayashi Maru.* Ruder, was zeigt der Tele-Scan?«

Sulu blickte Croy an, der verständlicherweise von der Aufzeichnung seines Konsolenbildschirms verwirrt war. Sie hatte sich zu der Art Chaos zersetzt, aus dem nur jemand mit langer Erfahrung schlau werden konnte. Sulu beantwortete die Frage selbst.

»Sehr wenig, Captain. Hohe Konzentration von interstellarem Staub und Gasen. Ionisierung verursacht Sensorinterferenz. Ein Lichtpunkt, der ein Schiff sein könnte – oder auch nicht.«

Der große Bildschirm flackerte um. Es formte sich die surrealistische Darstellung eines riesigen Transportschiffes, die sich dann zu schematischen Grafiken auflöste, ein Deck nach dem anderen.

»*Kobayashi Maru,* Neutronenbrennstoff-Frachter dritter Klasse, Besatzung einundachtzig, dreihundert Passagiere.«

»Verdammt«, sagte Saavik leise. »Ruder?«

Sulu blickte seinen Trainingsoffizier an, der noch immer über seinen Computer gebeugt saß und rechnete. Croy schüttelte rasch den Kopf.

»Kurs berechnet, Captain«, sagte Sulu und tastete seine eigenen Berechnungen in den Computer.

Spock nickte befriedigt über Saaviks richtige Einschätzung der Leistungen, die sie von jedem der Trainingsoffiziere erwarten konnte.

Sulu fuhr fort: »In die Neutrale Zone.« Seine Stimme enthielt einen warnenden Unterton.

»Dessen bin ich mir bewußt«, sagte sie.

»Volle Schutzschilde, Mr. Sulu. Sensoren auf Naheinstellung, höchste Auflösung.«

Spock hob eine Braue. Gravitationsminen wurden nur selten einzeln ausgelegt, das war richtig, doch die Sensoren auf eine so kurze Reichweite zu limitieren war eine Befehlsentscheidung, die äußerst riskant war. Andererseits waren Scanner mit hoher Reichweite in einer Wolke von interstellarem Gas so gut wie nutzlos. Er konzentrierte sich auf die Sensoren-Bildschirme.

»Warnung«, verkündete der Computer und überlagerte den Notruf. »Wir sind in die Neutrale Zone eingedrungen. Verbot für alle Schiffe von Starfleet. Warnung ...«

»Kommunikationsoffizier, ich glaube, daß ein Notruf Lautsprecherpriorität hat«, sagte Saavik.

»Jawohl, Captain.« Uhuras Trainingsoffizier schaltete um.

»Warnung! Laut Abkommen von Sterndatum ...« Die Stimme des Computers hielt abrupt inne. Statik rauschte wieder auf, erratisch unterbrochen von dem geisterhaften, leisen Tuten einer Notrufboje.

»Sicherheitssektion, Wachraum«, sagte Saavik. »Sicherheitsoffiziere zum Haupttransporter.«

»Jawohl, Captain«, antwortete Commander Arrunja.

»Sie müssen vielleicht an Bord eines Havaristen gehen, Mr. Arrunja«, sagte Saavik. »Sie verlieren Atmosphäre, und das Überlebenssystem ist beschädigt.«

»Die Raumanzüge sind überprüft, Captain.«

Die Assistenzärztin, die mit Dr. McCoy auf der Brücke war, schaltete das Intercom ein.

»Brücke an Lazarett«, sagte sie. »Dr. Chapel, wir brauchen ein medizinisches Team im Haupttransporterraum. Rettungsaktion für beschädigtes Schiff. Raumanzüge und wahrscheinlich Sauerstoff.«

McCoy lächelte zufrieden über die schnelle Reaktion seiner jungen Assistentin.

»Eine Minute bis Sichtkontakt, zwei Minuten bis Kontakt.«

»Bildschirm auf Bugsensoren.«

Die schematische Darstellung des Brennstoff-Frachters löste sich auf und zeigte ein Sternenfeld, das dicht und hell genug war, um das matte Glänzen jedes Schiffes zu überstrahlen. Ionisierung zeichnete Interferenzmuster über den Schirm.

»Bereitschaft Transporterraum. Mr. Arrunja, wir haben kaum Informationen über das beschädigte Schiff. Bereiten Sie sich darauf vor, Überlebende zu retten. Aber ...« Saavik machte eine Pause, um ihrem letzten Befehl Nachdruck zu verleihen – »niemand betritt die *Kobayashi Maru* unbewaffnet.«

»Jawohl, Captain.«

»Koordinieren Sie mit dem Ruder, die Schilde öffnen.«

»Jawohl.«

Spock entdeckte eine winzige Reflexion am äußersten Rand des Sensorbildschirms. Das leise Tuten der Notrufboje verstummte plötzlich, und man hörte nur noch das Wispern von interstellaren Energiefeldern.

»Captain, totaler Signalausfall auf der *Kobayashi Maru*.«

»Sensoren zeigen drei klingonische Kreuzer«, sagte Spock ausdruckslos. »Lage siebenundachtzig Grad, minus zwölf Grad. Kommen rasch näher.«

Er spürte das sofortige Ansteigen der Spannung bei den jungen Offizieren.

Saavik fuhr mit einem raschen, erregten Blick herum, fand jedoch sofort ihre Beherrschung wieder.

»Klar zum Gefecht!« Das Klaxon begann zu plärren. »Visuell: sphärische Koordinanten: plus siebenundachtzig Grad, minus zwölf Grad. Sensor-Reichweite vergrößern! Mr. Croy, ist ein havariertes Schiff da oder nicht?«

Auf dem Bildschirm erschienen die drohenden Silhouetten von drei klingonischen Kreuzern.

»Das kann ich nicht sagen, Captain. Die klingonischen Schiffe stören unsere Sensoren.«

»Kommunikation?«

»Nichts von den Klingonen, Captain, und unsere Sendefrequenzen werden gestört.«

»Klingonen auf Angriffskurs, Null Komma fünfundsiebzig c«, sagte Spock.

Saavik zögerte kaum. »Warp sechs!« sagte sie.

»Sie können doch nicht die *Kobayashi Maru* im Stich lassen!« rief Dr. McCoy.

»Vier weitere klingonische Kreuzer in Null Null«, sagte Spock. Direkt voraus. Warp sechs auf diesem Kurs würde die *Enterprise* in eine Salve von Photonentorpedos laufen lassen.

»Warp sechs aufgehoben, Mr. Croy! Ausweichmanöver, Null und minus neunzig! Warp auf Null! Höchste Beschleunigung! Visuell auf Null-Null! Dr. McCoy«, sagte Saavik, ohne sich nach ihm umzuschauen, »die *Enterprise* kann nicht sieben klingonische Kreuzer ausmanövrieren. Sie kann ihnen aber davonlaufen. Wenn wir sie weit genug aus diesem Sektor locken, können wir um so schneller wieder hier sein ...«

»Und die Überlebenden retten, bevor die Klingonen uns wieder einholen?« sagte McCoy. »Hm.«

»Es ist der Unterschied zwischen einer kleinen Chance für das beschädigte Schiff und gar keiner Chance«, sagte Saavik. »Falls da wirklich ein beschädigtes Schiff sein sollte. Ich bin noch nicht ganz bereit, zuzugeben, daß es *nicht* existiert.«

Der Bildschirm bestätigte das Vorhandensein von vier weiteren klingonischen Schiffen direkt voraus, und die *Enterprise* schwenkte so hart nach Backbord, daß die Beschleunigung trotz der künstlichen Schwerkraft auf der Brücke zu spüren war.

»Mr. Sulu, Mr. Croy, machen Sie Photonentorpedos klar. Feuern ...« Sie machte eine Pause, und Spock fragte sich, ob ihre früheren Erfahrungen – kämpfe oder stirb – bei Belastung stärker sein würden als die erklärte Aufgabe der Föderation und das militärische Reglement, den Frieden zu erhalten. »Feuern Sie nur, wenn auf uns geschossen wird!«

»Jawohl, Captain.« Sulu blickte den jungen Fähnrich an, der

neben ihm saß. Croys Finger waren um den Abzug geklammert. »Ruhig«, sagte Sulu leise. Der Fähnrich fuhr zusammen und löste widerwillig seine Hand von dem Hebel.

Weitere Lichtpunkte erschienen auf dem Bildschirmen der Sensoren. »Feindliche Kreuzer. Direkt voraus.« Eine dritte Gruppe von Schiffen ging auf Kollisionskurs und hielt auf sie zu.

Saavik sagte etwas in einer Sprache, mit der Spock nicht vertraut war, doch ihr Tonfall verriet ihm, daß es ein Fluch war.

Die Klingonen schossen.

»Feuer frei!« sagte Saavik.

Der große Bildschirm flammte zu schmerzhafter Helligkeit auf, bevor die Strahlungssensoren auf den feindlichen Angriff reagierten und ihn auf halbe Stärke dimmten. Der Energieeinschlag war so stark, daß selbst die Schilde ihn nicht völlig absorbieren konnten. Spock hielt sich fest, um von dem harten Stoß nicht umgerissen zu werden, doch Sulu wurde von seinem Stuhl geschleudert. Er stürzte zu Boden und blieb reglos liegen. McCoy sprang die Stufen herab auf den unteren Teil der Brücke und kniete sich neben ihm nieder.

»Mr. Sulu!« sagte McCoy. Sein Tricorder zeigte keine Reaktion. »Spock, er ist tot.«

Spock blickte nicht auf.

»Maschinenraum!« sagte Saavik.

»Hauptreaktor beschädigt, Captain«, antwortete Chefingenieur Scott.

Saavik schlug auf den Umschaltknopf, womit die Funktionen der Kommandantenkonsole auf die Ruderkonsole gelegt wurden. Sie setzte sich auf Sulus Platz. Croy kämpfte mit den Berechnungen zum Feuern der Torpedos.

Saavik errechnete die Zielwerte im Kopf, tastete sie in die Konsole ein, transferierte eine Kopie an Croys Station und sprach mit Scott im Maschinenraum.

»Schalten Sie Hilfsaggregate ein, Mr. Scott! Feuerbereitschaft – *jetzt!*« Sie feuerte. Einer der klingonischen Kreuzer feuerte in dem Augenblick auf die *Enterprise,* als Assviks Torpedo einschlug. Der Kreuzer implodierte, fiel in sich zusammen und explodierte dann mit unheimlicher Lautlosigkeit. Doch der Todesstoß traf die *Enterprise* mit voller Wucht. Der Bildschirm flammte auf und wurde dunkel, als die harte Strahlung das Schiff traf.

»Wir verlieren Zusatzenergie, Captain, und unsere Schilde brechen zusammen«, rief Scott. »Das Schiff kann keinen anderen ...«

Das Kreischen der von Strahlung getroffenen Elektronik übertönte Scotts Warnung. Die verfolgenden feindlichen Schiffe holten die *Enterprise* ein. Sie feuerten aus kürzester Distanz. Das Schiff erschauderte unter dem Bombardement; Uhura wurde gegen das Geländer und an Deck geschleudert. McCoy verließ den toten Sulu und kniete neben dem Kommunikationsoffizier nieder.

»Uhura ... Uhura ... Oh, mein Gott«, flüsterte er.

Saavik legte wieder den Feuerhebel um, doch nichts geschah.

»Mr. Scott, alle Energie auf die Waffensysteme! Es ist unsere einzige Chance!«

»Mr. Scott ... ist verwundet ...«, antwortete seine Assistentin. Ihre Stimme wurde von einer Flut von Schadensmeldungen und Rufen nach ärztlicher Hilfe übertönt. »Kontrollgerät des Überlebenssystems zerstört«, »Luftversorgung ausgefallen«, »Schwerkraftgeneratoren defekt.«

McCoy fluchte ins Intercom. »Dr. Chapel, sofort ein Team auf die Brücke! Dr. Chapel! Chris!«

Doch er bekam keine Verbindung mit dem Bordlazarett.

Saavik legte zum letztenmal den Feuerhebel für die Photonentorpedos um, obgleich sie wußte, daß nichts geschehen würde.

»Es ist keine Energie mehr in den Waffensystemen, Captain«, sagte Spock. Er spürte, wie die künstliche Schwerkraft davonglitt. »Genau genommen ist überhaupt keine Energie mehr da. Wir bluten nur noch die Kollektores aus.«

Die feindlichen Schiffe umzingelten sie, lagen an den Kanten eines undurchdringlichen dreidimensionalen Vielecks. Im Verflackern des Bildschirms sah Spock, wie sie sich zum letzten Angriff vorbereiteten.

Mit allen Phasern feuernd hüllten sie die *Enterprise* in eine

Kugel reiner Energie ein. Spock glaubte die Strahlung durch das Schiff flammen zu sehen. Er klammerte sich fest.

Seine Konsole explodierte ihm ins Gesicht.

Als er zu Boden stürzte, hörte er das Zischen ausströmender Luft, ein Geräusch, das die letzte Erfahrung von nur zu vielen Raumfahrern darstellte.

Saavik, die sich an der Ruderkonsole festklammerte, wandte gerade noch rechtzeitig den Kopf, um Mr. Spock an Deck stürzen zu sehen. Einen Augenblick lang wünschte sie, wieder zehn Jahre alt zu sein, damit sie ihre Wut und ihr Verlangen nach Rache hinausschreien könnte. Dr. McCoy taumelte auf Spock zu, doch er erreichte ihn nicht; die harten Stöße, von denen das Schiff erschüttert wurde, warfen ihn zu Boden. Er schrie auf und brach stöhnend zusammen.

Saavik erhob sich. Ihr Schiff, ihr erstes Kommando, trieb tot im Raum; ihre Crew war durch ihr Versagen vernichtet. Sie schaltete das Intercom ein, ohne zu wissen, ob wenigstens das noch in Ordnung war.

»Fluchtkapseln vorbereiten!« sagte sie. »Alles von Bord!« Sie machte die Logboje startfertig und schoß sie in den Raum hinaus. Sie war ein Beweis ihres Versagens, doch auch für ihre Ehre, die Verantwortung auf sich genommen zu haben.

»Alles von Bord!« sagte sie noch einmal.

1. KAPITEL

Admiral James T. Kirk, der vor dem großen Bildschirm saß, schüttelte den Kopf. Er lachte leise, doch mehr in Erinnerung als angesichts dessen, was er sah.

»Okay«, sagte er. »Aufmachen!«

Die Wand vor der Videokonsole schob sich zur Seite und legte die zerstörte Brücke der *Enterprise* frei. Kirg erhob sich und trat zwischen die Trümmer. Beißender Rauch brannte ihm in den Augen, doch das Ventilationssystem hatte bereits begonnen, die Luft zu reinigen. Vorsichtig trat er über zerbrochene Geräte, über Dr. McCoys Körper und blieb vor Lieutenant Saavik stehen. Sie blickte ihn an, ohne zu blinzeln.

»Darf ich Sie bitten, mir mit Ihrer Erfahrung weiterzuhelfen, Admiral?«

»Meine Erfahrung ist, daß die Klingonen niemals Gefangene machen, Lieutenant.«

Saaviks Gesichtsausdruck verhärtete sich. Kirk wandte den Kopf und betrachtete das Trümmerfeld.

Dies hätte mir geschehen können, dachte er. Es ist mir auch beinahe geschehen, nur zu oft, und nicht bei einer Simulation.

»Okay, Leute«, sagte er. »Der Spaß ist vorbei.« Er blickte zum oberen Teil der Brücke. »Captain Spock?«

Spock kam mit einer eleganten Bewegung auf die Beine. Eine Handvoll Plastikglas fiel zu Boden und knirschte unter seiner Stiefelsohle.

»Trainingsoffiziere zur Kritik!« sagte er.

Die jungen Männer und Frauen, noch immer betäubt von dem Realismus des Tests, erhoben sich und gingen zum Ausgang. Die erfahreneren Mitglieder der Brücken-Crew, die als Tote und Verwundete am Boden lagen, erhoben sich lachend und scherzend.

Uhura stand auf und klopfte ein paar Stücke verbrannter Isolation von ihrer Uniform. Sulu drehte sich auf die Seite und richtete sich langsam auf.

»War es diesmal härter als sonst, oder werde ich langsam alt?«

McCoy lag ausgestreckt an Deck, den Kopf in die linke Hand gestützt.

Kirk stand über ihm. »Arzt, heile dich selbst!«

McCoy blickte ihn verletzt an. »Ist das alles, was du zu sagen hast?«

»Ich bin Starfleet-Offizier und kein Theaterkritiker«, antwortete Kirk.

»Hm.«

»Aber ein begnadeter Mime«, sagte Mr. Sulu zu dem Admiral.

»Mime? Was heißt hier Mime?«

»An Ihnen ist ein Schauspieler verloren gegangen«, sagte Sulu mit ernstem Gesicht.

Kirk lachte.

»Ausgerechnet er!« rief McCoy. »Lassen Sie sich sagen, daß ich in der Schule der beste Märchenprinz-Darsteller war, den wir jemals hatten!«

»Aber hier scheint jemand die Kulissen angebrannt zu haben«, sagte Sulu und hob witternd die Nase. Er schob mit dem Fuß angekohlte Plastik beiseite, stutzte erschrocken und rief in einer gelungenen Imitation von Dr. McCoy: »Mr. Sulu! Mr. Sulu! Oh, mein Gott, Spock, er ist tot!«

McCoy blickte beschwörend zur Decke empor, doch dann konnte er es nicht länger aushalten. Er begann ebenfalls zu lachen. Vom oberen Teil der Brücke blickte Spock schweigend zu ihnen herab.

McCoy wischte sich Tränen aus den Augen. »Mr. Sulu, Sie übertreiben.«

»Dichterische Freiheit«, sagte Sulu.

»Da wir gerade von dichterischer Freiheit reden, oder dramatischem Realismus, oder was sonst«, sagte McCoy, plötzlich ernst, »Sie sind vorhin ziemlich hart gefallen. Alles in Ordnung?«

»Ja. Aber haben sie die Simulation neu programmiert? Ich kann mich nicht erinnern, daß sie uns so böse umherschleudert, bevor sie uns tötet.«

»Wir haben ein paar neue Tricks hinzugefügt«, sagte Kirk. »Der Wirkung wegen.« Er wandte sich Saavik zu, die das kleine

Zwischenspiel genauso unbeteiligt verfolgt hatte wie Spock. »Nun, Lieutenant, werden Sie mit dem sinkenden Schiff untergehen?«

Er hatte das Gefühl, daß sie sich aus tiefen Gedanken lösen mußte, bevor sie sprach. Sie beantwortete seine Frage nicht; aber schließlich war seine Frage rein rethorisch gewesen.

»Die Simulation ist äußerst eindrucksvoll«, sagte Saavik.

»Das soll sie auch sein.« Kirk bemerkte, daß sie so beherrscht und ausgeglichen wirkte wie vor der Simulation, im Gegensatz zu den meisten anderen Trainingsoffizieren, die schwitzend und zerzaust herausgekommen waren.

»Aber ich bezweifle ihren Realismus.«

»Sie halten die Simulation für eindrucksvoll *und* für unrealistisch?«

»Jawohl, Sir.« Ihre Unerschütterlichkeit war nicht so vollständig, wie sie es vorgab; Kirk konnte sehen, daß sich in ihr Wut anstaute. »Wie oft haben Sie es erlebt, daß die Klingonen zehn Kreuzer auf ein einziges Schiff der Starfleet ansetzen?«

»Lieutenant«, sagte Kirk etwas schärfer, »wollen Sie damit andeuten, daß die Trainings-Situation unfair ist?«

Sie atmete tief durch und hielt seinem Blick stand. »Ja. Sie sollte direkter sein. Ich glaube nicht, daß die Simulation ein fairer Test für Kommandobefähigung ist.«

»Und warum nicht?«

»Weil die Umstände keine Erfolgsmöglichkeiten offen lassen.«

Jim Kirk lächelte. »Lieutenant Saavik, glauben Sie wirklich, daß keiner der Leute, die diese Simulation ausgearbeitet haben, und niemand, der früher daran teilgenommen hat, aufgefallen ist, daß die Situation ausweglos ist?«

Sie wollte antworten, schwieg jedoch und runzelte die Stirn, »Nein, Admiral«, sagte sie dann langsam. »Ich gebe zu, daß ich an diese Möglichkeit nicht gedacht habe.«

»Man hat Sie in eine ausweglose Situation gestellt. Das ist etwas, mit dem jeder Kommandant zu jeder Zeit rechnen muß.«

Sie blickte zur Seite. »Daran habe ich auch nicht gedacht.« Es fiel ihr sichtlich schwer, das zuzugeben.

»Sie haben inzwischen gelernt, mit dem Leben fertigzuwerden, Lieutenant. Aber mit dem Tod fertigzuwerden ist genauso wichtig, finden Sie nicht auch?«

»Ich . . .« Sie unterbrach sich, als ob sie sich nicht zu antworten traute.

»Denken Sie darüber nach, Lieutenant«, sagte Kirk, »Denken Sie nur darüber nach. Weitermachen!« Er wandte sich zum Gehen. Auf dem oberen Teil der Brücke trat Dr. McCoy ihm in den Weg. »Was ist denn mit dir los?« fragte er ihn.

»Kannst du sie nicht noch ein bißchen härter anfassen?« fragte McCoy leise.

Kirk runzelte die Stirn. »Sie müssen lernen, Pille. Wir können die Zügel nicht ewig halten. Im Kosmos herumzugaloppieren ist ein Sport für die Jungen.«

Scherben knirschten unter seinen Sohlen, als er den Korridor entlangging.

Uhura sagte verstört: »Was soll denn *das* heißen?«

McCoy zuckte die Achseln und schüttelte den Kopf. Er und Commander Uhura gingen gemeinsam fort.

Saavik saß allein zwischen den Trümmern ihres ersten Kommandos. Sie wußte, daß sie sofort zur Kritik gehen sollte, doch es gab so vieles, worüber sie nachdenken mußte.

Jim Kirk ging zum Konferenzraum. Er fühlte sich müde und niedergeschlagen – und niedergedrückt von dem strahlenden Selbstvertrauen der jungen Menschen, die er beobachtet hatte. Oder vielleicht lag es an dem Umstand, vom Schicksal dazu ausersehen zu sein, dieses Selbstvertrauen zu erschüttern und zu knicken. Aber McCoy hatte recht: er hatte Lieutenant Saavik zu hart angefaßt.

Er bog um eine Ecke und sah sich Spock gegenüber, der mit vor der Brust verschränkten Armen an der Wand lehnte.

»Sind Sie nicht gestorben?« fragte Kirk.

Einen Augenblick lang glaubte er, daß Spock lächeln würde. Doch Spock hielt sich rechtzeitig zurück.

»Warten Sie auf die Beurteilung Ihrer Kadetten – oder stehen Sie nur so herum?«

»Vulkanier sind nicht für ihre Befähigung zum Herumstehen bekannt«, sagte Spock.

»Oder für ihre Fähigkeit, schlimme Charakterfehler zugeben zu können – daß sie neugierig sind, zum Beispiel.«

»Wirklich, Admiral? Falls es Ihrer Beurteilung meines Charakters förderlich ist, muß ich mich zu einem gewissen Grad von Neugier bekennen.«

»Ich bin noch nicht einmal im Konferenzraum, und Sie wollen schon eine Beurteilung.« Er ging weiter den Korridor entlang, und Spock hielt mit ihm Schritt.

»Ich glaube mich an einen gewissen Starfleet-Admiral erinnern zu können, der diese Kritiken für eine verdammte Zeitverschwendung hielt«, sagte Spock. »Er vertrat sehr nachdrücklich die Überzeugung, daß Taten wichtiger seien als Worte.«

»So?« sagte Kirk. »Ich glaube nicht, daß ich ihn kenne. Scheint ein ziemlicher Hitzkopf zu sein.«

»Ja«, sagte Spock langsam. »Ja, manchmal war er als Hitzkopf bekannt.«

Kirk verzog das Gesicht, als Spock die Vergangenheitsform gebrauchte. »Spock, Ihre Leute haben nicht nur den Simulator zerstört, sondern auch Sie.«

»Völlige Vernichtung ist das übliche Resultat, wenn *Kobayashi Maru* auf der Szene erscheint.« Er machte eine Pause und blickte Kirk an, bevor er furtfuhr. »Sie haben den Test selbst dreimal gemacht.«

»Nein!« sagte Kirk mit gespieltem Entsetzen. »Wirklich?«

»Allerdings. Und mit einer Lösung, die, um es höflich auszudrücken, einmalig ist.«

»Sie war einmalig, als ich sie fand«, sagte Kirk. »Aber ich glaube, daß sie inzwischen von einigen anderen angewandt worden ist.«

»Ohne Erfolg, sollten Sie hinzusetzen. Es war eine Lösung, die einem Vulkanier nicht eingefallen wäre.«

Kirk war es plötzlich leid, von alten Zeiten zu sprechen. Er wechselte abrupt das Thema. »Da wir gerade von Vulkaniern sprechen: Ihre Protégée ist erstklassig. Vielleicht ein bißchen emotionell ...«

»Sie müssen Ihre Abstammung bedenken, Sir – und, was noch wichtiger ist – ihre Vergangenheit. Es ist kein Wunder, daß sie etwas temperamentvoller ist als ... als ich, zum Beispiel.«

Kirk mußte lachen. »Entschuldigen Sie, Spock. Lieutenant Saavik zeigt hervorragende Selbstbeherrschung für einen Menschen ihres Alters und ihrer Erfahrung. Ich habe versucht, einen Witz zu machen. Er war ziemlich schwach, zugegeben, aber das scheint alles zu sein, wozu ich dieser Tage noch fähig bin.« Er seufzte. »Wissen Sie, ihre Taktik hätte sogar Erfolg haben können, wenn wir nicht den dritten klingonischen Verband hätten auftauchen lassen.« Er blieb vor der Tür des Konferenzzimmers stehen. »Also?«

Spock streckte die Hand aus, als Kirk nach der Türklinke griff. Er zog sie zurück, bevor er Jims Schulter berühte, doch die Geste war genug. Kirk blickte ihn an.

»Irgend etwas bedrückt Sie«, sagte Spock.

Kirk fühlte sich von Spocks Sorge gerührt.

»Irgendetwas ...«, sagte er. Er wollte mit Spock reden, mit irgend jemand. Aber er wußte nicht, wo er beginnen sollte. Und er mußte die Kritik durchführen. Nein, dies war nicht der richtige Zeitpunkt. Er wandte sich um und trat ins Konferenzzimmer.

Alle diese jungen Menschen.

Sie warteten schweigend auf Admiral Kirk, erregt und voller Eifer. Lieutenant Saavik traf ein, kurz nachdem Kirk sich gesetzt hatte; Spock, jetzt wieder emotionslos wie gewohnt, trat lautlos herein und setzte sich in den Hintergrund. Jim Kirk fühlte sich versucht, die Diskussion für beendet zu erklären, bevor sie überhaupt begonnen hatte, doch die Vorschriften forderten eine Kritik; er mußte später einen Bericht darüber schreiben.

Das ist alles, was mir geblieben ist, dachte er. Vorschriften und Papierkram.

Er eröffnete die Kritik. Er hatte das alles schon hundertmal erlebt. Das übliche Verfahren bestand darin, mit jedem der Trainingsoffiziere in umgekehrter Rangfolge zu diskutieren, was er getan hätte, wenn er an Stelle des Kommandanten gewesen wäre. Heute war es nicht anders als sonst, und Kirk hatte alle möglichen Einwände schon gehört. Einer hätte sich strikt an die Vorschriften gehalten und wäre außerhalb der Neutralen Zone geblieben. Ein anderer hätte ein Shuttle zur Aufklärung ausgesandt.

Kirk unterdrückte ein Gähnen.

»Lieutenant Saavik«, sagte er schließlich, »haben Sie irgend etwas zu sagen? Haben Sie sich überlegt, was Sie vielleicht anders gemacht haben sollten?«

»Nein, Sir.«

»Gar nichts?«

»Wenn ich mit derselben Lage konfrontiert werden sollte, würde ich genauso handeln. Ein paar Details könnten sich vielleicht ändern. Aber ich sehe keinen Anlaß, Ihre Langeweile mit solchen Nebensächlichkeiten zu vergrößern.«

Kirk war es unangenehm, sein Desinteresse so deutlich gezeigt zu haben. Er reagierte mit Schärfe. »Sie würden dasselbe tun, obwohl Sie wissen, daß es die Vernichtung Ihres Schiffes und der Mannschaft bedeutet?«

»Ich würde wissen, daß es die Vernichtung meines Schiffes und seiner Mannschaft bedeuten *könnte.* Admiral. Wenn ich nicht beweisen könnte, daß die *Kobayashi Maru* eine Illusion ist, würde ich auf den Notruf reagieren.«

»Lieutenant, sind Sie mit den Rickoverianischen Paradoxa vertraut?«

»Nein, Sir.«

»Dann will ich Ihnen den Prototyp erklären. Sie befinden sich auf einem Schiff – einem Hochseeschiff. Es sinkt. Sie finden sich mit einem anderen Menschen auf einem Rettungsfloß. Das Floß ist beschädigt. Es könnte einen Menschen tragen, aber nicht zwei. Wie würden Sie den anderen dazu bringen, das Floß Ihnen zu überlassen?«

»Gar nicht.«

»Nein? Warum?«

»Einmal, Sir, weil ich ein ausgezeichneter Schwimmer bin.«

Einer der anderen jungen Leute kicherte. Das Lachen brach ab, als sein Nebenmann ihm in die Rippen stieß.

»Das Wasser«, sagte Kirk ziemlich schroff, »wimmelt von äußerst gefräßigen Haien!«

»Von Haien, Admiral?«

»Auf Terra«, sagte Spock aus dem Hintergrund. »Gehören zur Ordnung der Selachii.«

»Richtig«, sagte Kirk. »Und sie sind sehr, sehr hungrig.«

»Das ändert nichts an meiner Antwort.«

»Oh, wirklich? Sie sind ein hochqualifizierter Starfleet-Offizier. Angenommen, der andere Mensch ist Analphabet, hat keine Familie, hat den größten Teil seiner Zeit im Gefängnis verbracht und noch nie im Leben einen Job gehabt, den ein primitiver Roboter nicht ausfüllen könnte. Was dann?«

»Ich würde nie einen Zivilisten zu überreden oder zu zwingen versuchen, sein Leben für mich zu opfern.«

»Aber in Ihre Ausbildung sind erhebliche Mittel investiert worden. Glauben Sie nicht, daß es Ihre Pflicht gegenüber der Gesellschaft wäre, sich zu erhalten, damit Sie Ihre Aufgabe erfüllen können?«

Ihre geschwungenen Brauen zogen sich zusammen. »Ist das wirklich Ihre Überzeugung, Admiral?«

»Meine Überzeugungen stehen hier nicht zur Diskussion, Lieutenant, sondern Ihre. Ich habe Ihnen eine ernsthafte Frage gestellt, und Sie haben sie auf eine Weise beantwortet, die man als haarsträubende falsche Bescheidenheit betrachten könnte.«

Saavik stand wütend auf. »Sie fragen mich, ob ich mich nicht erhalten sollte, damit ich meine Aufgaben erfüllen kann. Dann möchte ich *Sie* fragen, was denn meine Aufgaben sind? Nach den Kriterien, die Sie genannt haben, besteht meine Aufgabe darin, mich zu erhalten, damit ich meine Aufgabe erfüllen kann! Das ist ein Zirkelschluß und ein ziemlich selbstgerechtes Argument. Es ist außerdem im höchsten Grad unmoralisch! Eine gerechte Gesellschaft – und wenn ich mich nicht irre, betrachtet die Föderation sich doch als gerecht – setzt das Militär nur für einen einzigen Zweck ein: zum Schutz seiner Bürger. Wenn wir uns das Recht anmaßen, zu entscheiden, daß manche Bürger diesen Schutz ›wert‹ sind und andere nicht, wenn wir entscheiden, daß wir zu wichtig sind, um unser Leben zu riskieren, vernichten wir unseren eigenen Daseinszweck. Wir hören auf, die Diener unserer Gesellschaft zu sein. Wir werden zu Tyrannen!«

Sie stand vorgeneigt, die Finger um eine Lehne der vorderen Stuhlreihe gekrampft.

»Ihnen ist diese Sache sehr wichtig, nicht wahr, Lieutenant?«

Sie richtete sich auf, und ihre helle Haut verfärbte sich zu einer fast vulkanischen Farbe.

»Das ist meine Meinung zu diesem Thema, Sir.«

Kirk lächelte zum erstenmal während dieser Besprechung; es war das erstemal seit einer zu langen Zeit, daß er sich rundherum glücklich fühlte.

»Und Sie haben Ihre Meinung auch sehr elegant verteidigt, Lieutenant. Ich glaube noch nie gehört zu haben, daß dieses Problem so wirksam auf den Rücken gedreht worden ist.«

Sie runzelte wieder die Stirn, als sie über die Bedeutung der Redewendung nachdachte. Dann entschied sie, daß es wohl ein Kompliment sein sollte. »Danke, Sir«, sagte sie und setzte sich wieder.

Kirk lehnte sich zurück und sagte: »Dies war der letzte der Simulations-Tests. Wenn das Büro mit seinem gewohnten Tempo arbeitet, können Sie Ihre Benotungen nicht vor morgen erwarten. Doch ich halte es nur für fair. Ihnen schon jetzt zu sagen – keiner von Ihnen hat Grund zur Sorge. Sie sind entlassen.«

Nach einer Sekunde der Stille sprangen alle auf und drängten sich lachend und redend zur Tür.

»Mein Gott«, murmelte Jim Kirk. »Die sind ja wie eine Flut.«

Alle, mit Ausnahme von Saavik. Schweigend und allein erhob sie sich und ging hinaus.

Spock blickte ihr nach.

»Sie haben recht, Spock«, sagte Kirk. »Sie ist temperamentvoller als ein Vulkanier.«

»Sie hat auch allen Grund dazu. Unter den gegebenen Umständen hat sie bewundernswerte Zurückhaltung gezeigt.«

Das einzige, was Spock von Lieutenant Saavik nicht erwartete, war eine Selbstbeherrschung, die so vollkommen war wie die seine. Er war der Ansicht, daß es nur sehr geringfügige Unterschiede zwischen Menschen und Romulanern gab, wenn es um ihre Neigung zu gefühlsmäßigen Ausbrüchen ging. Doch Spock hatte den Vorteil gehabt, unter Vulkaniern aufzuwachsen. Er hatte schon früh Selbstbeherrschung gelernt. Saavik hatte während ihrer ersten zehn Lebensjahre in der brutalsten Unterklasse eines romulanischen Kolonieplaneten um ihr Leben kämpfen müssen.

»Sagen Sie mir bloß nicht, daß Sie auf mich wütend sind, weil ich sie ein wenig hart herangenommen habe«, sagte Kirk.

Spock hob nur eine Braue.

»Nein, natürlich sind Sie nicht wütend«, sagte Kirk. »Was für eine dumme Frage.«

»Sind Sie mit Lieutenant Saaviks Geschichte vertraut, Admiral?« Er fragte sich, wie Kirk darauf gekommen war, ihr das Problem zu stellen, das er ihr gestellt hatte. Er hätte kaum eine bedeutungsvollere Wahl treffen können, ob es ihm nun bewußt gewesen war oder nur Zufall. Der Kolonieplanet, auf dem Saavik gelebt hatte, war aufgegeben worden. Das romulanische Militär, das sich kaum von der romulanischen Regierung unterschied, hatte diese Entscheidung getroffen und auch die Evakuierung durchgeführt. Sie retteten alle.

Das heißt, alle außer den Alten, den Krüppeln und den geistig Zurückgebliebenen – und einer kleinen Horde halbblütiger Kinder, deren Existenz sie verleugneten.

Die offizielle romulanische Ansicht war, daß Romulaner und Vulkanier ohne technische Intervention keine Mischlingskinder hervorbringen könnten. Aus diesem Grund konnten die verlassenen Kinder nicht existieren. Dies war eine politische Entscheidung, die, wie so viele politischen Entscheidungen, nichts mit der Wirklichkeit zu tun hatte.

Die Wirklichkeit war, daß die Evolution von Romulanern und Vulkaniern erst seit wenigen Jahrtausenden voneinander divergiert war. Die genetischen Unterschiede waren absolut trivial. Doch ein paar Jahrtausende kultureller Divergenz hatten eine Kluft aufreißen lassen, die anscheinend unüberbrückbar war.

»Sie ist halb vulkanisch und halb romulanisch«, sagte Kirk. »Gibt es noch mehr, was ich wissen sollte?«

»Nein, das reicht. Es war nur so eine Frage.« Kirk hatte sie aufgewühlt, doch sie hatte sich wieder gefangen. Spock fühlte sich nicht ermächtigt, Kirk Dinge zu berichten, von denen Saavik selten sprach, selbst mit Spock nicht. Wenn sie beschlossen hatte, ihre Vergangenheit beiseite zu schieben, so mußte er ihre Entscheidung respektieren. Sie hatte auf ihr Recht auf einen Antigen-Scan verzichtet, durch den man ihren vulkanischen Elternteil hätte feststellen können. Das war ein sehr ehrenwerter Entschluß, führte jedoch zu der Konsequenz, daß sie keine Familie besaß, daß sie nicht einmal wußte, welcher ihrer Elternteile vulkanisch und welcher romulanisch war.

Keine vulkanische Familie hatte sich zu ihr bekannt.

Unter diesen Umständen konnte Spock nur den kompetenten und selbstbeherrschten Menschen bewundern, den Saavik aus dem halb verhungerten, gewalttätigen, barbarischen Kind gemacht hatte, das sie einst gewesen war. Und bestimmt konnte er ihr nicht verübeln, daß sie ihre Eltern genauso konsequent ablehnte wie sie sie verlassen hatten. Er fragte sich, ob ihr bewußt war, warum sie sich so hart antrieb, denn sie versuchte, sich Leuten gegenüber zu beweisen, die ihre Leistungen niemals sehen würden – und denen sie egal waren. Vielleicht würde sie sich eines Tages sich selbst gegenüber beweisen und damit die letzten Bande zerbrechen, die sie an die Vergangenheit fesselten.

»Hmm, ja«, sagte Kirk und riß Spock aus seinen Reflexionen. »Ich erinnere mich, daß Vulkanier für ihre Begabung zur Faulheit berühmt sind.«

Spock beschloß, das Thema zu wechseln. Er nahm ein Päckchen auf, das er vorher in den Konferenzraum gebracht hatte. Ein wenig verschämt reichte er es Kirk.

»Was ist das?« fragte Jim.

»Ein Geburtstagsgeschenk«, sagte Spock.

Jim nahm das Geschenk und drehte es in seinen Händen. »Woher wissen Sie, daß heute mein Geburtstag ist?«

»Das Datum ist nicht schwer festzustellen.«

»Ich meine warum ...? Lassen Sie, das war wieder so eine dumme Frage. Ich danke Ihnen, Spock.«

»Vielleicht sollten Sie es öffnen, bevor Sie mir danken; es könnte Ihnen nicht gefallen.«

»Dessen bin ich ganz sicher – und Sie kennen doch das Sprichwort: es ist der Gedanke, der zählt.« Er fuhr mit der Hand unter das elegant gefaltete Einwickelpapier.

»Ich habe das Sprichwort tatsächlich gehört und schon immer fragen wollen«, sagte Spock mit ehrlicher Neugier, »wenn allein der Gedanke zählt, warum machen Menschen sich die Mühe, ein Geschenk zu kaufen?«

Jim lachte. »Darauf gibt es keine richtige Antwort. Ich glaube, es ist nur ein Beispiel für den Unterscheid zwischen unseren Idealen und der Realität.«

Das Päckchen war nur in Papier eingeschlagen, ohne Bänder oder Klebestreifen. Nachdem er das Geschenk gekauft hatte, war Spock an einem kleinen Stand vorbeigekommen, in dem eine alte Frau einfache, schöne Päckchen mit nichts anderem als gefaltetem Papier herstellte. Fasziniert von der Geometrie und Topologie hatte Spock ihr eine Weile zugeschaut und dann von ihr Jims Geburtstagsgeschenk einschlagen lassen.

Auf eine leichte Berührung fächerte das Papier unzerrissen auseinander.

Jim sah, was in ihm eingeschlagen gewesen war, und setzte sich schwer.

»Vielleicht – *ist* es der Gedanke, der zählt«, sagte Spock.

»Nein, Spock. Mein Gott, ist das schön.« Er berührte vorsichtig den Ledereinband mit einem Finger; er nahm das Buch mit beiden Händen auf und öffnete es behutsam, langsam, um den Rücken zu schonen.

»Ich habe erst kürzlich Ihre Vorliebe für Antiquitäten bemerkt«, sagte Spock. Es war ein Hobby, das er auf eine seltsame Weise zu verstehen begonnen zu haben glaubte, nachdem es ihm aufgefallen war. Das Buch, zum Beispiel, kombinierte die Fehler und die Perfektion von etwas Handgemachtem; es war auf eine eigenartige Weise befriedigend.

»Ich danke Ihnen, Spock. Es ist wunderschön.« Er blätterte ein paar Seiten um und las die ersten Zeilen des Romans. »Es war die schönste, es war die schlimmste Zeit ... Hmm, wollen Sie mir damit etwas sagen?«

»Nicht mit dem Text«, sagte Spock, »und mit dem Buch nichts anderes als ›herzlichen Glückwunsch zum Geburtstag.‹ Zählt das nicht zu der ›schönsten Zeit‹?«

Jim wirkte bedrückt und wich dem Blick Spocks aus. Spock fragte sich, wie ein Geschenk, das im ersten Moment Freude ausgelöst hatte, so rasch bedrückend wirken konnte. Wieder hatte er das Gefühl, daß Jim Kirk über irgendetwas tiefunglücklich war.

»Sir ...?«

»Ich danke Ihnen, Spock«, unterbrach ihn Kirk und ignorierte die Frage in Spocks Tonfall. »Wirklich. Ich weiß, daß Sie auf die *Enterprise* zurück müssen. Wir sehen uns morgen.«

Und damit verließ er den Raum.

Spock nahm das gefalzte Einschlagpapier auf und faltete es in seine ursprüngliche Form – um leere Luft.

Er fragte sich, ob es ihm jemals gelingen würde, die Menschen zu verstehen.

2. KAPITEL

BRÜCKEN-LOG: STERNDATUM 8130.4: HÖCHSTE GEHEIMHALTUNGSSTUFE

Log-Eintragung durch Commander Pavel Chekov, Wachoffizier. U. S. S. *Reliant* im Orbit-Anflug auf Alpha Ceti VI, auf der weiteren Suche nach einem Planeten, der als Testareal für das Genesis-Experiment dienen kann. Dies ist der sechzehnte Planet, den wir aufsuchen; bis jetzt sind alle Bemühungen, die Voraussetzungen für das Testareal zu finden, fehlgeschlagen.

Reliant – von seiner Crew nicht sehr schmeichelhaft ›dieser alte Eimer‹ genannt – pflügte durch den Raum auf Alpha Ceti und seine zwanzig kleinen, unbewohnten, unscheinbaren, unerforschten Planeten zu. Pavel Chekov, der wachhabende Offizier auf der Brücke des ältlichen Schiffes, brachte seine Log-Eintragung zu Ende und befahl dem Computer, es zu siegeln.

»Log vollständig, Captain«, sagte er.

»Danke, Mr. Chekov.« Clark Terrell lehnte sich im Kommandantensessel zurück. »Ist die Sonde für Alpha Ceti klar?«

»Jawohl, Sir.« Chekov tastete die Daten auf den Bildschirm, damit Captain Terrell sie abrufen konnte, wenn er es wollte. Jetzt zeigte der Bildschirm Alpha Ceti VI. Der Planet drehte sich träge vor ihnen im Raum, seine Oberfläche zeigte verwaschene, kränkliche gelbe Farbtöne. Stickstoff und Schwefeloxide beherrschten die Atmosphäre, und der Sand, der ihn bedeckte, war von Äonen korrodierender Orkane zu Staub zerrieben worden.

Alpha Ceti war ein Planet, auf dem man kein Leben zu finden erwarten konnte. Wenn die Crew der *Reliant* Glück hatte, würden ihre Hoffnungen hier erfüllt werden.

Bei Antritt der Fahrt hatte Chekov erwartet, daß sie langweilig sein würde, aber auch kurz und simpel. Was konnte schon schwierig daran sein, einen Planeten zu finden, auf dem es kein Leben gab? Jetzt, mehrere Monate später, hatte er das Gefühl, auf einer Reise gefangen zu sein, die langweilig, endlos und undurchführbar war. Planeten ohne Leben gab es wie Sand am Meer, doch leblose Planeten von der richtigen Größe, die um einen Stern mit den richtigen Eigenschaften kreisten, sich innerhalb der Biosphäre dieses Sterns befanden und in einem Sternsystem, das ohne Leben war, so ein Planet war nicht leicht zu entdecken. Fünfzehn vielversprechende Planeten ohne Leben hatten sie bisher untersucht, doch auf keinem hatten sie die für das Experiment geforderten strikten Bedingungen vorgefunden.

Chekov fühlte sich gelangweilt. Die ganze Crew fühlte sich gelangweilt.

Anfangs war das Schiff zu Planeten geflogen, die zumindest oberflächlich erforscht waren, doch jetzt stieß *Reliant* tiefer in den Raum vor, in Sektoren, die nur selten, wenn überhaupt von bemannten Raumschiffen der Föderation aufgesucht worden waren. Die Computersuche nach Dokumenten über das Alpha Ceti System, die Chekov durchgeführt hatte, war ergebnislos verlaufen; die einzige existierende Unterlage war ein alter Bericht einer automatischen Sonde. Es hatte ihn ein wenig überrascht, so wenige Daten zu finden, und dann war er ein wenig überrascht, daß er niemals von dem System gehört hatte. Alpha Ceti VI stand auf der Liste des Genesis-Projekts aus dem gleichen Grund, aus dem sich niemand die Mühe gemacht hatte, den Planeten aufzusuchen, nachdem man vor sechzig Jahren den Bericht der Sonde empfangen hatte: er war monumental uninteressant.

Terrell projizierte die Daten der Sonde in eine Ecke des Bildschirms und fügte die Informationen hinzu, die sie beim Anflug gesammelt hatten.

»Ich verstehe, was Sie mit den Widersprüchen meinen, Pavel«, sagte er. Er blickte auf den Bildschirm und strich seinen kurzen, gewellten, schwarzen Bart.

Die Daten der Sonde zeigten zwanzig Planeten an: vierzehn kleine, felsige innere, drei Gasriesen, drei äußere auf exzentrischen Bahnen. Doch was die *Reliant* beim Anflug ausgemacht hatte, waren neunzehn Planeten, davon nur dreizehn innere.

»Ich habe daran gearbeitet, Captain«, sagte Chekov, »und es gibt zwei mögliche Erklärungen. Alpha Ceti ist von einer der frühesten Sonden beobachtet worden; deren Daten waren nicht immer sehr zuverlässig, und manche der damaligen archivarischen Präservationsmethoden waren ziemlich kümmerlich. Außerdem besteht die Möglichkeit, daß das System seit der Beobachtung durch die Sonde einige Veränderungen erlebt hat.«

»Das klingt nicht sehr wahrscheinlich.«

»Richtig, Sir.« Sechzig Jahre waren ein unendlich kurzer Zeitraum, astronomisch gesehen; die Wahrscheinlichkeit, daß seither irgendwelche wesentlichen Veränderungen geschehen sein könnten, äußerst gering. »Sondenfehler sind recht häufig, Captain.«

Terrence blickte ihn an und grinste. »Sie meinen, daß wir auf einer Felsenkugel zu landen glauben und stattdessen einen Garten Eden vorfinden?«

»*Bosche moi!*« sagte Chekov. »Ich hoffe inständig, daß uns das nicht passiert. Nein, Sir, unsere letzten Beobachtungen haben erwiesen, daß der Planet aus nichts anderem als aus Fels, Sand und einer stark korrosiven Atmosphäre besteht.«

»Ein dreifach Hoch der korrosiven Atmosphäre«, sagte Mr. Beach, und alle, die auf der Brücke waren, lachten.

»Ich stehe hundertprozentig hinter Ihnen, Mr. Beach«, sagte Terrell. »Bringen Sie uns in den Orbit.«

Mehrere Stunden später, beim Orbitalanflug, blickte Chekov angespannt auf den großen Bildschirm, als ob er den häßlichen, kleinen Planeten durch reine Willenskraft dazu zwingen wollte, das zu sein, was sie suchten. Er hatte genug von dieser Fahrt. Es gab zu wenig Arbeit und zuviel leere Zeit. Das brachte Paranoia und Depressionen hervor, die er während des letzten Teils der Reise immer stärker spürte. Gelegentlich hatte er sich gefragt, ob seine Kommandierung für diesen Job auf etwas Schlimmeres zurückzuführen sei als nur Pech. Konnte es eine

Strafe für einen ihm unbewußten Fehler sein, oder hatte er sonstwie das Mißfallen eines vorgesetzten Offiziers erregt?

Er sagte sich immer wieder, daß diese Vorstellungen albern seien, und, was schlimmer war, daß sie zum Selbstzweck werden konnten, wenn er sich von ihnen beherrschen ließ.

Außerdem, wenn dieses Kommando eine Strafe war, mußte man unterstellen, daß auch die anderen Mitglieder der Crew bestraft wurden. Doch eine Mannschaft, die aus Unruhestiftern besteht, verursacht Unzufriedenheit und Desillusionierung, und das Schiff war frei von diesen Problemen. Oder jedenfalls war es das, bevor dieser unmögliche Trip begonnen hatte.

Außerdem hatte Captain Terrell einen ausgezeichneten Ruf: er gehörte nicht zu den Offizieren, denen man einen Haufen Versager mitgab. Er war höflich und zuvorkommend; wenn sich die Tage ergebnisloser Suche zu Wochen dehnten, und die Wochen zu Monaten, bedrückte ihn das zwar, doch er ließ es sich nicht anmerken. Er war zwar kein James Kirk, aber ...

Vielleicht war es das, überlegte Chekov. Ich denke zu viel an die alten Zeiten an Bord der *Enterprise* zurück und vergleiche sie mit dem, was ich jetzt tue. Und das, was ich jetzt tue, hält einfach keinem Vergleich stand.

Aber andererseits, was würde einem Vergleich standhalten?

»Standardorbit, Mr. Beach«, sagte Captain Terrell.

»Standardorbit, Sir«, antwortete der Ruder-Offizier.

»Was haben wir auf dem Oberflächen-Scan?«

»Keine Veränderung, Captain.«

Chekov entdeckte auf seinem Bildschirm ein Signal, von dem er wünschte, daß es nicht aufgetaucht wäre.

»Außer ...«

»Oh, nein«, stöhnte jemand.

Alle Männer und Frauen auf der Brücke wandten den Kopf und starrten Chekov an, mit einem Ausdruck von Ungläubigkeit, Verärgerung oder Feindseligkeit. Der Kommunikationsoffizier auf der anderen Seite des oberen Brückenteils stieß einen lauten Fluch aus.

Chekov blickte Terrell an. Der Captain saß mit hängenden Schultern über seiner Konsole, zwang sich dann zum Entspannen. »Sagen Sie mir nur nicht, daß Sie etwas entdeckt haben«, murmelte er, kam die Stufen herauf zu Chekov und blickte auf die Daten seines Bildschirms.

Jetzt spürt auch er die Belastung, dachte Chekov. Selbst er.

»Es ist lediglich ein geringer Energieflux«, sagte Chekov und versuchte, seiner Entdeckung ihren Stachel zu nehmen. »Es muß nicht unbedingt bedeuten, daß es dort unten biologische Daseinsformen gibt.«

»Die Litanei habe ich schon einige Male gehört«, sagte Terrell. »Besteht die Möglichkeit, daß der Scanner falsch adjustiert ist?«

»Ich habe ihn vorhin überprüft, Sir«, sagte Chekov. »Zweimal.« Er wünschte sofort, die letzte Bemerkung nicht gemacht zu haben.

»Vielleicht ist es prä-biotisch«, meinte Beach.

Terrell lachte. »Kommen Sie, Stanley. Auch das haben wir schon gehört. Von allen Dingen, mit denen Marcus auf keinen Fall etwas zu tun haben will, steht das Herumexperimentieren mit einem Himmelskörper, der prä-biotische Substanzen aufweist, wahrscheinlich an oberster Stelle.«

»Vielleicht ist es prä-prä-biotisch«, sagte Beach mit einem schiefen Lächeln.

Diesmal lachte niemand.

»Okay, ruft Marcus ans Horn. Zumindest können wir ihr eine Transplantation vorschlagen. – Wieder einmal.«

Chekov schüttelte den Kopf. »Sie wissen, was sie Ihnen sagen wird.«

In der Regulus I Raumlabor-Station hörte Dr. Carol Marcus mit gerunzelter Stirn zu, als Captain Terrell ihr die Informationen durchgab, die die *Reliant* bis dato hatte zusammentragen können.

»Sie kennen meinen Standpunkt über Eingriffe in ein präbiotisches System«, sagte sie. »Da mache ich nicht mit. Die Langzeitauswirkungen ...«

»Dr. Marcus, die Langzeitauswirkungen, von denen Sie sprechen, umfassen mehrere Millionen Jahre!«

»Captain, auch *wir* waren vor mehreren Jahrmillionen prä-biotisch. Wo würden wir jetzt sein, wenn damals, als die Erde ein vulkanischer Höllenschlund war, jemand dahergekommen wäre und entschieden hätte: ›Daraus wird nie etwas, also wollen wir ein bißchen damit herumspielen‹?«

»Wahrscheinlich wäre uns das egal«, sagte Terrell.

Carol Marcus grinste. »Sie haben es genau erfaßt. Bitte verschwenden Sie nicht länger Ihre Zeit mit dem Versuch, mich umstimmen zu wollen; dieses Thema steht für mich überhaupt nicht zur Diskussion.«

Sie beobachtete seine Reaktion: ihre nächsten Worte gefielen ihm noch weniger.

»Captain, das Projekt ist erst in frühestens drei Monaten für die nächste Teststufe bereit. Sie müssen also nicht sofort einen geeigneten Planeten finden ...« Sie machte eine Pause; der unerschütterliche Clark Terrell sah aus, als ob er sich gleich seine schwarzen, dekorativ graumelierten Haare ausraufen würde. »Das hätte ich nicht sagen sollen, wie?«

»Doktor, wir haben bereits sehr viel Zeit damit verbracht, nach einem Planeten zu suchen, der ihren Erfordernissen entspricht. Meine Mannschaft kann sich mit jeder anderen in der Starfleet messen. Es sind erstklassige Leute. Aber wenn ich ihnen noch einmal drei Monate wie die vergangenen zumute, habe ich eine Meuterei an Bord. Langeweile können sie ertragen – aber was wir jetzt haben, ist Paralyse.«

»Ich verstehe«, sagte Marcus.

»Hören Sie: angenommen, das, was unsere Sensoren auffangen, ist nicht der Beginn einer evolutionären Entwicklung, sondern ihr Ende? Was ist, wenn ein paar Mikroben im Aussterben begriffen sind? Gerade noch überleben? Würden Sie dann eine Transplantation befürworten?«

»Das kann ich nicht tun«, sagte sie, kaute zerstreut an ihrem Daumennagel und hörte abrupt damit auf. Du bist ein bißchen alt dafür, noch immer an den Nägeln zu kauen, Carol, wies sie sich zurecht. Du hättest zumindest damit aufhören sollen, als du vierzig warst.

Vielleicht wenn ich fünfzig bin, beantwortete sie ihren Selbstvorwurf.

»Lassen Sie den *überhaupt* keinen Raum für Kompromisse?« fragte Terrell wütend.

»Warten Sie, Captain«, sagte sie. »Es tut mir leid, ich habe es nicht so gemeint, wie es geklungen haben mag. Es geht doch nicht darum, daß ich Ihnen kein grünes Licht geben will. Es kommt recht häufig vor, daß man eine Spezies entdeckt, die von ihrer eigenen Umwelt bedroht wird. Es gibt bestimmte Regeln dafür, sich für oder gegen eine Transplantation zu entscheiden, oder für bestimmte Planeten, auf die diese Spezies gebracht wird.«

»Ein mikrobiotischer Zoo, wie?«

»Nicht nur Mikroben, aber im Prinzip ist es richtig.«

»In was für Zeiträumen denken Sie?« fragte Terrell vorsichtig.

»Sie meinen, wie lange Sie warten müssen, bevor das Sub-Komitee für gefährdete Spezies seine Genehmigung dazu erteilt?«

»Das war meine Frage.«

»Normalerweise reagieren sie sehr rasch; wenn sie es nicht täten, könnte es in vielen Fällen zu spät sein. Sie benötigen allerdings Unterlagen. Warum beamen* Sie nicht ein paar Leute auf Alpha Ceti VI, die sich dort umsehen?«

»Wir sind schon unterwegs!«

»Ich möchte Ihnen keine falschen Hoffnungen machen«, sagte Marcus rasch. »Wenn Sie auch nur *ein* prä-biotisches Kügelchen finden sollten, ein Gebilde, das auch nur wie eine Pseudomembran aussieht, selbst nur eine viroide Verbindung, dann ist die Nummer gelaufen. Andererseits, falls Sie eine Entwicklungsreihe entdeckt haben sollten, die unter Schutz gestellt werden muß, haben Sie nicht nur den Genesis-Planeten gefunden, sondern werden wahrscheinlich sogar eine Belobigung erhalten.«

»Mir reicht der Genesis-Planet«, sagte Terrell.

---

* *Beamen:* ein lichtschnelles Transportmittel (Materie-Transmitter), bei dem Materie (auch Menschen) in Energie verwandelt und als Strahl (beam) auf ein Ziel gelenkt wird, wo sie, wieder in Materie verwandelt, in die ursprüngliche Form zurückkehrt. – *Anm. d. Übers.*

Sein Bild erlosch.

Carol Marcus seufzte. Sie wünschte an Bord der *Reliant* zu sein, um zu sehen, was die Leute dort trieben. Doch ihre Arbeit an dem Genesis-Projekt hatte jetzt eine kritische Phase erreicht; sie mußte dabeibleiben. Clark Terrell hatte ihr keinerlei Grund gegeben, ihm zu mißtrauen. Aber er war offensichtlich alles andere als begeistert, Zuträgerdienst für ihr Laboratorium leisten zu müssen. Er stand den Erfordernissen für den Genesis-Grund gleichgültig gegenüber, während sie sich ethisch für sie engagiert hatte. Sie konnte sich vorstellen, wie die Crew der *Reliant* von ihr und den anderen Wissenschaftlern sprach: eine Bande von weltfremden Eierköpfen, Reagenzglas-Jongleure, Tag-Träumer und Phantasten.

Sie seufzte wieder.

»Mutter, warum läßt du dir das von ihnen gefallen?«

»Hallo, David«, sagte sie. »Ich habe dich nicht hereinkommen hören.«

Ihr Sohn trat zu ihr an die Kommunikationskonsole.

»Sie sind faul«, sagte er.

»Sie langweilen sich. Und wenn sie wirklich etwas entdeckt haben sollten, das transplantiert werden muß ...«

»Komm, komm, Mutter! Es ist die Mentalität der Militärs: ›Verschiebe nie morgen etwas, das du auch heute verschieben kannst‹. Falls hier neues Leben beginnen soll ...«

»Ich weiß, ich weiß«, sagte Carol. »Ich war es ja schließlich, die die Spezifikationen dafür ausgearbeitet hat – oder hast du das vergessen?«

»He, Mutter, reg dich nicht auf! Es wird bestimmt klappen.«

»Das ist es ja gerade, glaube ich. Es *wird* klappen, und ich habe ein wenig Angst davor, was dann passiert.«

»Was dann passiert? Man wird dich in einem Atemzug mit Newton, Einstein und Surak nennen ...«

»Wahrscheinlich eher mit Darwin, und ich fürchte, daß ich genauso viel posthumes Geschützfeuer kriegen werde wie er.«

»Wahrscheinlich warten sie nicht einmal, bis du tot bist, bevor sie zu schießen beginnen.«

»Vielen Dank!« sagte Carol mit gespielter Empörung. »Ich

weiß nicht, was ich von anderen Menschen erwarten kann, wenn nicht einmal mein eigener Sohn mich respektiert.«

»So bin ich nun mal; die Undankbarkeit in Person.« Er umarmte sie flüchtig. »Hast du Lust auf eine Partie Bridge nach dem Dinner?«

»Mal sehen . . .« Sie war noch immer mit ihrem Gespräch mit Terrell beschäftigt.

»Ja«, sagte David. »Jedesmal, wenn wir mit Starfleet zu tun haben, werde ich auch nervös.«

»Ein so großes Risiko . . .«, sagte Carol leise.

»Jede Entdeckung, die etwas wert ist, birgt die Gefahr in sich, zu einer furchtbaren Waffe pervertiert zu werden.«

»Mein Gott, das kommt mir bekannt vor.«

David grinste. »Das sollte es auch, es ist das, was du mir seit zwanzig Jahren predigst.« Wieder ernst, fuhr er fort: »Wir müssen uns absichern, daß das Militär dir Genesis nicht aus der Hand nimmt. Dieser angejahrte Pfadfinder, mit dem du früher beisammen warst . . .«

»Hör zu, Junge!« sagte Carol. »Jim Kirk war schon vieles in seinem Leben . . . aber *niemals* ein Pfadfinder.« Ihr Sohn war der letzte Mensch, mit dem sie über Jim Kirk sprechen mochte. Sie deutete auf die Mappe mit Ausdrucken, die David unter dem Arm trug. »Von gestern nacht?«

»Ja, frisch aus der Maschine.« Er öffnete die Mappe mit Röntgen-Mimeographien, und sie machten sich an die Arbeit.

Jim Kirk zog die Leselampe näher heran, drehte sich bedrückt auf die andere Seite, hielt das Buch, das Spock ihm geschenkt hatte, näher vor seine Augen, dann auf Armeslänge entfernt. Ganz egal, was er tun mochte, seine Augen wollten sich nicht auf den kleinen Druck einstellen.

Ich bin nur müde, dachte er.

Das stimmte; er war müde. Doch das war nicht der Grund dafür, daß er sein Buch nicht lesen konnte.

Er schloß es sorgfältig, legte es auf den kleinen Tisch neben der Couch und streckte sich aus. Die Bilder an der gegenüberliegenden Wand konnte er klar erkennen, selbst die feinsten Linien der erotischen, schwarz-weißen Kvern-Zeichnung, auf die er sehr stolz war. Das kleine Bild befand sich seit geraumer Zeit in seinem Besitz; es hatte früher an der Wand seiner Kabine in der *Enterprise* gehangen.

Ein paar seiner Antiquitäten waren extraterrestrische Artifakte, die er von seinen Raumreisen mitgebracht hatte, doch eigentlich mochte er nur Arbeiten aus seinem eigenen Kulturkreis, besonders aus Englands viktorianischer Ära. Er fragte sich, ob Spock das wußte, oder ob die Dickens-Erstausgabe lediglich ein glücklicher Zufall war.

Spock und ein glücklicher Zufall? Diese Vorstellung würde ihn entsetzen. Jim grinste.

Erst im Lauf der letzten zehn Jahre hatte die Schönheit von Antiquitäten seinen Widerwillen gegen das Ansammeln von zu viel Besitz überwinden können, von *Dingen* belastet zu werden. Es war eine ganze Weile her, seit er seine Sachen in einen kleinen Koffer packen und fortgehen konnte, ohne noch einen Blick zurückzuwerfen. Manchmal wünschte er sich, in diese Zeit zurückkehren zu können, doch das war unmöglich. Er war Admiral. Er hatte zu viel andere Verantwortung.

Der Türgong erklang.

Jim fuhr zusammen und richtete sich auf. Es war schon ziemlich spät für Besucher.

»Herein!« sagte er. Die Sensoren der Wohnung reagierten auf seine Stimme. Leonard McCoy trat herein, mit einem Lächeln und mehreren Päckchen.

»Aber, Pille«, sagte Jim überrascht. »Welcher kaputte Transmitter hat denn dich auf meine Schwelle gebeamt?«

McCoy stellte sich in Positur. »*Quidquid id est, timeo Danaos et dona ferentes*«, sagte er.

»Wie war das?«

»So ist das Original. Heute sagt man wohl eher: ›Hüte dich vor Romulanern, die Geschenke bringen.‹ Nicht ganz dasselbe, aber es erscheint mir angebracht, wenn man ...« – er schlug das Papier von einem der Päckchen auseinander, und eine Flasche mit einer elektro-blauen Flüssigkeit kam zum Vorschein –

»... dies berücksichtigt. Herzlichen Glückwunsch zum Geburtstag.« Er reichte Jim die bauchige, asymmetrische Flasche.

»Romulanisches Bier ...? Pille, das Zeug ist so illegal ...«

»Ich verwende es nur für medizinische Zwecke. Sei nicht so kleinlich.«

Jim blickte auf das Etikett der Flasche. »Zweitausendzweihundert ... dreiundachtzig?«

»Das Zeug braucht eine Weile zum Fermentieren. Gib mir die Flasche.«

Jim reichte sie zurück, öffnete die Glastüren seines viktorianischen Sekretärs aus Kirschholz, in dem er sein Geschirr aufbewahrte, und nahm zwei Biergläser heraus. McCoy goß beide bis zum Rand voll.

»Habe ich Halluzinationen, oder raucht das Zeug wirklich?«

McCoy lachte. »Wenn man die Stärke dieses Gebräus bedenkt, wahrscheinlich beides.« Er stieß mit Jim an. »Cheers.« Er nahm einen langen Zug.

Jim trank vorsichtig. Es war eine ganze Weile her, seit er romulanisches Bier getrunken hatte, doch nicht so lange, um zu vergessen, was für eine Wirkung es hatte.

Die elektro-blaue Farbe war passend; er fühlte einen Schlag, als ob der aktive Bestandteil des Biers an seinem Verdauungssystem vorbei direkt ins Gehirn eindränge.

»Wow!« sagte er. Er nahm noch einen Schluck, diesmal etwas großzügiger bemessen, und genoß sowohl den Geschmack als auch die Wirkung.

»Jetzt mach das hier auf!« McCoy reichte ihm ein kleines Päckchen, das in Silberpapier eingeschlagen war.

Jim nahm das Päckchen, drehte es in den Händen, schüttelte es.

»Ich habe beinahe Angst, es zu öffnen. Was ist es?« Er nahm wieder einen Schluck von seinem Bier, einen richtigen Schluck diesmal, und fummelte an dem glänzenden Silberpapier herum. Seltsam: es hatte ihm keinerlei Schwierigkeiten bereitet, am Nachmittag Spocks Päckchen zu öffnen. Ihm kam ein komischer

Gedanke. »Ist es ein Tribble?«* Er begann zu lachen. »Oder vielleicht geschmuggelter, klingonischer ...«

»Es ist eine weitere Antiquität für deine Sammlung«, sagte McCoy. »Auf dein Wohl!« Er hob sein Glas und nahm wieder einen Schluck.

»Nun sag schon Pille, was ist es?« Er hatte jetzt ein Ende des Päckchens offen.

»Nein, das mußt du schon selbst feststellen.«

Obwohl seine Hände sich anfühlten, als ob er dicke Handschuhe trüge, konnte Jim einen harten, spinnenartigen Gegenstand ertasten. Er gab es auf, das Silberpapier zu lösen und riß es auf. »Ich weiß, was es ist, es ist ...« Er starrte auf die seltsame Konstruktion aus Golddraht und Glas, warf McCoy einen raschen Blick zu und sah wieder auf sein Geschenk. »Es ist ... reizend.«

»Es ist vierhundert Jahre alt. Man findet kaum noch welche, deren Linsen intakt sind.«

»Aha ... aber, Pille ... was ist es?«

»Eine Brille.«

Jim trank mehr Bier. Vielleicht, wenn er McCoy noch etwas ausfragte, würde er verstehen, wovon er überhaupt sprach.

»Für deine Augen«, sagte McCoy. »Eine Brille ist fast so gut wie Retinax Fünf ...«

»Aber ich bin *allergisch* gegen Retinax«, sagte Jim mürrisch. Nachdem der Arzt sich bemüht hatte, die Elastizität seiner Augen mit dem Medikament wiederherzustellen, war Jim ziemlich niedergeschlagen gewesen, als er feststellen mußte, daß er es nicht vertrug.

»Eben!« sagte McCoy und goß ihre Gläser wieder voll. *»Herzlichen Glückwunsch zum Geburtstag!«*

Jim entdeckte, daß die Brille sich auseinanderfalten ließ. Geschwungene Golddrahtteile hielten zwei halbrunde Glaslinsen fest; und an beiden Seiten waren Bügel angeschraubt.

---

* *Tribble:* ein kleines, wolliges, kuscheliges, extraterrestrisches Schoßtier, das sich durch seine ungeheure Vermehrungsfähigkeit auszeichnet. – *Anm. d. Übers.*

»Nein, nicht so. Paß auf!« McCoy hakte die Bügel über Jims Ohren. Eine Drahtbrücke saß auf seiner Nase, so daß die halbrunden Glasstücke dicht unterhalb von Jims Augen hingen.

»Das ist eine Brille. Oh, und was ich von den antiken Gläsern gesagt habe, war natürlich nur ein Scherz. Sie sind deinen Augen genau angepaßt.«

Jim erinnerte sich an ein Bild in einem alten Buch, das er besaß. Er schob die Brille etwas tiefer auf die Nase.

»So ist es richtig«, sagte McCoy. »Sieh mich an, über die Gläser hinweg! Jetzt blicke nach unten, durch die Gläser! So solltest du ohne Anstrengung lesen können.«

Jim rückte die Brille so zurecht, wie McCoy es ihm gesagt hatte, und blinzelte überrascht. Er nahm Spocks Buch auf, öffnete es und fand, daß er die kleine Schrift ohne Mühe lesen konnte.

»Das ist ja fabelhaft! Pille, ich weiß nicht, was ich sagen soll . . .«

»Sage doch einfach danke.«

»Danke«, sagte Jim gehorsam.

»Und jetzt noch ein Glas.« McCoy leerte die Flasche.

Sie saßen und tranken. Das romulanische Bier wurde seinem Ruf gerecht. Jim fühlte sich ein wenig so, wie vor langer Zeit, als er zum erstenmal Schwerelosigkeit erlebte: flau im Magen und verwirrt. Ihm fiel nichts ein, was er sagen könnte, obwohl die Stille bedrückend auf ihnen lastete. McCoy schien mehrere Male zum Sprechen ansetzen zu wollen, und mehrere Male blieb es dabei. Jim hatte das Gefühl, daß er das, was der Arzt ihm so widerstrebend sagen wollte, lieber nicht hören würde. Er runzelte die Stirn und starrte in sein Glas. Jetzt wurde er paranoisch. Und das Wissen, daß es das Ergebnis des Trinkens war, machte es auch nicht erträglicher.

»Verdammt, Jim«, sagte McCoy plötzlich. »Was, zum Teufel, ist eigentlich los? Jeder Mensch hat Geburtstag. Warum begehen wir den deinen wie ein Begräbnis?«

»Bist du nur hergekommen, um mir das zu sagen?« sagte Jim scharf. »Eine Lektion habe ich am allerwenigstens nötig.«

»Was hast du dann nötig? Warum sitzt du an deinem Geburtstag allein in deinen vier Wänden? Und komm mir nicht wieder mit deinem Spruch über ›Sport für die Jungen‹! Das ist dummes Zeug, und du weißt es sehr genau. Dies hat nichts mit dem Alter zu tun. Es hat damit zu tun, daß du jetzt an einer Computerkonsole hockst, anstatt ein Schiff durch die Galaxis zu steuern!«

»Erspar mir deine Vorstellungen von Romantik, bitte! Ich habe hier eine Aufgabe ...«

»Mist! Du hättest die *Enterprise* niemals aufgeben dürfen.«

Jim nahm wieder einen Schluck von dem romulanischen Bier und wünschte, daß das erste, wohltuende Glühen länger vorgehalten hätte. Jetzt fiel ihm wieder ein, warum er sich nie an das Zeug gewöhnen konnte. Die Hochstimmung zu Anfang war fast gut genug, um die Depression am Ende zu kompensieren. Fast, aber nicht ganz.

Er lachte niedergedrückt. »Ja, ich würde einen wunderbaren Piraten abgeben, Pille.«

»Das ist auch Mist. Wenn du ein paar Wellen machen würdest, bliebe ihnen gar nichts anderes übrig, als dir dein altes Kommando wiederzugeben.«

»Es gibt sicher kaum einen Flagg-Offizier in der Starfleet, der nicht lieber fliegen würde, als Bytes von einer Datenbank zur anderen zu schieben.«

»Wir sprechen nicht von allen anderen Flagg-Offizieren in der Starfleet, wir sprechen von James T. Kirk ...«

». . . der sich einen gewissen Ruf erworben hat. Es wäre nicht fair, den auszunutzen.«

»Jim, Ethik ist eine gute Sache, aber du kreuzigst dich an der deinen!«

»Es gibt Regeln und Vorschriften ...«

». . . hinter denen du dich versteckst.«

»So? Und vor was verstecke ich mich?«

»Vor dir selbst – Admiral.«

Jim hielt eine wütende Erwiderung zurück. Nach einer langen Pause sagte er: »Ich habe das Gefühl, daß du mir noch mehr gute Ratschläge geben wirst, ob ich sie haben will oder nicht.«

»Jim, ich weiß nicht, ob es mir so wichtig ist, weil ich dein Arzt bin oder dein Freund. Hol dir dein Schiff zurück! Hol es dir zurück, bevor du wirklich zu alt bist! Bevor du ein Teil deiner eigenen Sammlung wirst!«

Jim ließ den Rest seines Drinks im Glas kreisen. Dann sah er auf und blickte in die Augen McCoys.

Der Wind riß Chekov fast von den Beinen, als er aus dem Schutz des Transmitter-Beams trat. Alpha Ceti VI war einer der grausamsten, unwirtlichsten Orte, die er jemals gesehen hatte. Alpha Ceti VI war sogar noch schlimmer als Sibirien im Winter.

Vom orkanstarken Wind getriebener Sand peitschte gegen seinen Raumanzug. Captain Terrell materialisierte neben ihm, blickte umher und rief die *Reliant*.

»Terrell an *Reliant*«.

»*Reliant*. Beach hier, Captain.« Die Übertragung flackerte. »Ziemlich schlechter Empfang, Sir.«

»Es wird reichen, Stoney. Wir sind unten. Keine Spur von Leben – oder irgendetwas anderem.«

»Verstanden, Sir.«

»Hören Sie zu, ich habe keine Lust, mir den ganzen Nachmittag über diese Statik anzuhören. Ich melde mich, sagen wir – jede halbe Stunde.«

». . . verstanden, Sir.«

Kyle sagte: »Denken Sie daran, im Freien zu bleiben, Captain.«

»Keine Sorge, Mr. Kyle. Ende.« Er schaltete ab und zog seinen Tricorder aus dem Gürtel.

Chekov streckte einen Arm aus; seine Hand war in dem Sandsturm kaum noch zu sehen. Selbst wenn das, was sie suchten, makroskopisch sein sollte und nicht mikroskopisch, würden sie es nie durch Sicht finden können. Auch er begann jetzt mit dem Tricorder nach dem Signal zu scannen, das sie auf diesen entsetzlichen Planeten geführt hatte.

»Haben Sie etwas, Pavel?«

Chekov konnte die Worte des Captains kaum verstehen, nicht, weil die Übertragung schlecht war, sondern weil der Sandsturm so laut heulte, daß er Terrells Stimme übertönte.

»Nein, Sir, noch nicht.«

»Sind Sie sicher, daß wir die richtigen Koordinaten haben?«

»Erinnern Sie sich an den Garten Eden, von dem Sie gesprochen haben, Captain? Dies ist er.« Chekov trat ein paar Schritte vor. Sand knirschte in den Falten seines Raumanzuges. Sie konnten nicht lange bleiben, weil hier auch das festeste Material angegriffen wurde. Chekov wußte, was geschehen würde, wenn sein Anzug zerrissen und durchlöchert würde. Die Schwefeldämpfe, die den größten Teil der Atmosphäre bildeten, würden seine Luftversorgung vergiften und seine Lungenflüssigkeit auflösen. Chekov hatte die Absicht, auf eine viel angenehmere Art zu sterben, als Schwefeldämpfe und Schwefelsäure einzuatmen; auf eine sehr viel angenehmere Art, und zu einem Zeitpunkt, der noch weit in der Zukunft lag.

»Ich kann überhaupt nichts sehen«, sagte Terrell. Er ging auf eine niedrige Sanddüne zu, auf die sein Tricorder wies. Chekov folgte ihm mit schleppenden Schritten. Der Wind versuchte, ihn rascher voranzutreiben, als er in dem gleitenden Sand gehen konnte.

Schweiß rann an seinen Wangen herab; seine Nase juckte. Niemand hatte bis jetzt einen Raumanzug erfunden, in dem man seine Hände bewegen und sich die Nase kratzen konnte.

»Ich kriege nichts, Captain«, sagte Chekov. Nichts als ein unheimliches Gefühl, dachte er. »Gehen wir zurück!«

Er erhielt keine Antwort. Er blickte auf. Terrell stand auf dem Kamm der Düne und starrte vor sich hin; seine Gestalt wirkte vage und verschwommen in dem wehenden Sand. Er winkte Chekov zu. Chekov kämpfte sich die Düne hinauf, versuchte zu laufen, glitt auf den glatten, scharfen Sandkörnern zurück. Schließlich erreichte er Terrell und blieb überrascht stehen.

Die Düne bildete einen Windschutz für eine kleine Senke, einen Ruhepunkt wie das Auge eines Taifuns. Chekov konnte etwa hundert Meter weit sehen.

Und innerhalb dieser hundert Meter lagen die halb verwehten Trümmer einer Gruppe von Bauten.

Er fühlte plötzlich einen kalten Schauer über seinen Rücken laufen.

»Was immer das sein mag«, sagte Clark Terrell, »bestimmt ist es nicht prä-biotisch.« Er trat über den messerscharfen Rand der Düne und rutschte an ihrem leeseitigen Hang hinab.

Nach sekundenlangem Zögern folgte ihm Chekov, ausgesprochen widerwillig. Das bedrückende Gefühl einer inneren Spannung, das ihn befallen hatte, seit sie nach Alpha Ceti aufgebrochen waren, packte ihn fester, steigerte sich zu Furcht.

Terrell passierte das erste Bauwerk. Chekov ließ alle Hoffnung fahren, daß sie vielleicht auf eine Schöpfung des scharfen Windes und einer fremdartigen Geologie gestoßen sein könnten. Was sie gefunden hatten, war das Wrack eines Raumschiffes.

Chekov hätte gewettet, daß es ein von Menschen gebautes Raumschiff war. Seine Konturen waren ihm vertraut. Nichtmenschliche Raumschiffe kamen einem immer ... nun ja, nichtmenschlich vor.

»Sieht aus wie ein Frachtschiff«, sagte Terrell.

Chekov beugte sich vor, um in ein Bullauge des Wracks zu blicken.

Das Gesicht eines Kindes erschien hinter dem Glas, lachte lautlos und verschwand.

»*Bosche moi!*« rief Chekov und fuhr zurück. Er fiel rücklings in den Sand.

»Chekov! Was, zum Teufel ...?« Terrell stolperte auf ihn zu.

»Gesicht! Ich sah – das Gesicht eines Kindes!«

Er deutete auf das Bullauge, doch es war leer.

Terrell half ihm auf die Beine. »Kommen Sie! Dieses Schiff macht Sie fertig.«

»Aber ich habe es *gesehen*!« protestierte Chekov.

»Kommen Sie, dort ist die Luftschleuse! Wir wollen nachsehen.«

»Captain, ich habe ein sehr ungutes Gefühl – ich denke, wir sollten zur *Reliant* zurückbeamen, nach einem anderen Test-Planeten suchen und so tun, als ob wir nie hiergewesen wären. Lenin selbst hat einmal gesagt: ›Vorsicht ist der bessere Teil der Tapferkeit‹.«

»Kommen Sie!« sagte Terrell. Sein Ton verbat jeden Widerspruch. »Und außerdem war das von Shakespeare.«

»Nein Captain, von Lenin. Vielleicht anderer Mann ...« Er

hielt inne, weil er sich daran erinnern mußte, wie Standard-Englisch konstruiert wurde. »Vielleicht hat der andere es von Lenin gestohlen.«

Terrell lachte, doch auch das machte es Chekov nicht leichter.

Obwohl der Sand die Fracht-Modulen halb verweht hatte, was darauf hindeutete, daß seit dem Absturz geraume Zeit vergangen sein mußte, funktionierte die Luftschleuse reibungslos. In dieser Umwelt war das aber nur möglich, wenn ihr Mechanismus ständig gewartet wurde.

Chekov hing ein Stück zurück. »Captain, ich halte es nicht für richtig, hineinzugehen. Mr. Kyles Warnung ...« Die elektrischen Störungen, die die Kommunikation unterbrochen und das Scannen so erschwert hatten, waren auch für den Transmitter problematisch. Kyle hatte gesagt, daß selbst eine Abdeckung von Baumzweigen oder ein Dach (da Chekov und Terrell wußten, was sie erwartete, hatten sie über diese Warnung herzlich gelacht) könnte das Zurückbeamen von ›gerade noch möglich‹ zu ›außer Frage‹ verändern.

»Mr. Kyle hat einen Fehler«, sagte Terrell, »und das ist seine übertriebene Vorsicht. Kommen Sie!«

»Ich werde hineingehen«, sagte Chekov widerwillig, »aber Sie bleiben draußen, *paschalusta,* und halten Kontakt mit dem Schiff.«

»Pavel, das ist lächerlich. Beruhigen Sie sich! Ich weiß, daß Sie nervös sind ...«

In der *Reliant* wurde Chekov gelegentlich damit aufgezogen, daß ihm sein Standard-Englisch, das er sonst flüssig beherrschte, entglitt, wenn er wütend oder sehr müde war.

Oder – obwohl seine Kameraden das nicht wissen konnten – wenn er Angst hatte.

»Hören Sie zu!« sagte Terrell. »Ich werde hineingehen. Sie können als Wache hier draußen bleiben, wenn Sie wollen.«

Chekov wußte, daß er Terrell nicht allein das Frachtschiff betreten lassen konnte. Widerstrebend folgte er seinem Captain in die Luftschleuse.

Die innere Tür glitt auf. Chekov mußte einen Augenblick lang warten, doch nachdem sich seine Augen an das Halbdunkel gewöhnt hatten, sah er Kojen und Tische, ein Buch, eine leere Kaffeetasse: hier wohnten Leute. Sie mußten den Absturz des Frachtschiffes überlebt haben. Aber wo steckten sie?

»Wir haben atembare Atmosphäre«, erklärte Terrell. Er löste seinen Helm. Chekov warf einen Blick auf seinen Tricorder. Terrell hatte recht: das Mischungsverhältnis von Sauerstoff, Stickstoff und Kohlendioxid war normal, und die Luft enthielt nur geringfügige Spuren der Giftstoffe, aus denen der größte Teil der Atmosphäre bestand. Trotzdem öffnete Chekov seinen Helmverschluß so vorsichtig, als ob er erwartete, das Brennen von Säuredämpfen in seinen Lungen zu spüren.

Doch die Luft roch so, wie in jedem anderen Schlafraum, in dem Chekov jemals gewesen war: nach Schweiß und ungewaschenen Socken.

Draußen peitschte der Wind Sand gegen die Rumpfwand. Terrell ging weiter und betrat den umgebauten Frachtraum.

Seine Schritte hallten durch die Stille. Kein Geräusch deutete darauf hin, daß dieses Schiff bewohnt wurde; doch man hatte nicht das *Gefühl,* daß es verlassen war.

Man spürte eine böse Ausstrahlung.

»Was, zum Teufel, ist hier passiert? Sind sie abgestürzt? Und wo stecken sie?«

Auf dem Herd stand ein Topf mit Stew, aus dem sich eine leichte Dampfwolke emporkräuselte.

Chakov starrte auf die Wolke.

»Captain . . .«

Terrell war verschwunden. Cekov lief ihm nach und trat in ein Laboratorium, wo Terrell sich umsah. Er stand neben einem großen, mit Sand gefüllten Glas. Chekov trat zu ihm, in der Hoffnung, ihn zur Rückkehr zum Schiff bewegen zu können, oder zumindest eine bewaffnete Wache herunterschicken zu lassen.

»Jesus!«

Terrell sprang von dem Glas zurück.

Chekov riß seinen Phaser aus dem Außenholster und duckte sich, feuerbereit. Doch es gab nichts, worauf er hätte feuern können.

»Captain ... was ...?«

»Da ist etwas in dem verdammten Glas!« Er trat vorsichtig wieder näher, die Hand am Griff seines Phasers.

Der Sand wallte auf wie Wasser. Etwas Langes, Bleistiftdünnes reckte sich sekundenlang heraus. Chekov zuckte zurück.

»Es ist schon in Ordnung«, sagte Terrell. »Irgendein kleines Tier oder ...«

Das leise Plappern eines Kindes, das mit sich selbst sprach, mit Lauten spielte, unterbrach ihn so wirksam wie ein Ruf oder ein Schrei.

»Ich habe es Ihnen gesagt!« rief Chekov. »Ich habe Ihnen gesagt, daß ich gesehen habe ...«

»Schscht!« Terrell ging in die Richtung, aus der das Geräusch kam und winkte Chekov, ihm zu folgen.

Chekov gehorchte und versuchte, sich zur Ruhe zu zwingen. Na und? Dann war eben ein Kind hier. Dies war zwar kein Planet, auf dem Chekov ein Kind zeugen und aufziehen würde, aber offensichtlich hatte zumindest ein Paar von den Überlebenden des Absturzes andere Ansichten darüber. Chekovs Angst war also grundlos, grenzte an Feigheit ...

Er trat durch die zusammengestauchte Passage und blickte in den angrenzenden Raum.

Der Aufschlag hatte den Raum verformt und auf die Seite geworfen, so daß eine Wand jetzt der Boden war, der Boden und die Decke Wände. Die Veränderung ließ die Proportionen seltsam und verwirrend erscheinen; und, was noch schlimmer wirkte, der Boden war nicht eben, und die Wände waren nicht glatt.

In der Mitte dieses Raums – ganz allein – hockte ein Baby auf dem Boden – der Wand – streckte die Hände nach ihnen aus und gurgelte und schrie vor Freude. Terrell ließ sich von der um neunzig Grad versetzten Türöffnung hinabgleiten und ging langsam auf das Kind zu.

»Hallo, Kleines! Haben dir deine Leute nicht einmal einen Babysitter zurückgelassen?«

Chekov blickte in dem Raum umher. An der Wand, die jetzt die Decke bildete, hing eine Sammlung von scharfen, glänzenden Säbeln; Chekov konnte nur die wellenförmige Klinge eines malayischen Kris identifizieren. Er entzifferte ein paar der Buchtitel auf einem Regal: *König Lear?* Das klang für ihn wie imperialistische Propaganda. *Bibel?* Mythologie des zwanzigsten Jahrhunderts, wenn er sich recht erinnerte.

Und dann entdeckte er, an der Bodenwand hängend, das Namensschild des Schiffes, und plötzlich wußte er, warum er Angst hatte.

Botany Bay

»*Bosche moi!*« flüsterte Chekov. »*Botany Bay*. Nein, das ist doch nicht möglich ...«

Terrell kitzelte das Baby unter dem Kinn. »Was haben Sie gesagt, Pavel?«

Chekov sprang auf den Captain zu, riß ihn empor und zerrte ihn zur Passage.

»Langsam, langsam! Was ist denn in Sie gefahren?«

»Wir müssen weg von hier! Sofort! Bitte, vertrauen Sie mir, Captain! Wir haben keine Zeit!«

Gewaltsam drängte er den kräftigeren Mann durch ein Schott und kletterte ihm nach. Terrell, jetzt wütend, versuchte sich umzudrehen.

»Aber das Kind ...«

»Ich kann jetzt nichts erklären!« rief Chekov. »Keine Zeit! Machen Sie schnell!« Er schob den Captain vor sich her den eingedrückten Gang entlang, der zu eng war, als daß Terrell sich ihm widersetzen konnte. Chekov fummelte an seinem Helm, schraubte ihn fest und schaltete den Kommunikator des Raumanzuges ein.

»Chekov an *Reliant!* Bitte melden, *Reliant!* Mayday! Mayday!«

Als Antwort auf seinen Ruf hörte er nur Statik.

Als sie das Laboratorium erreichten, hatte Terrell begriffen, daß es Chekov ernst war, oder er hatte beschlossen, das Spiel mitzumachen und ihn später zum Fähnrich zu degradieren – Chekov war es egal, welche der beiden Möglichkeiten auf ihn zukommen würde. Terrell setzte seinen Helm auf und befestigte ihn, als sie die Küche erreichten und durch den Verbindungskorridor liefen. Der Schlafraum war nach wie vor verlassen.

Chekov begann zu hoffen, daß es ihnen gelingen würde, nach draußen zu gelangen und rechtzeitig Kontakt mit dem Schiff aufnehmen zu können. Sie stürzten in die Luftschleuse. Chekov rief immer wieder die *Reliant* an, in der Hoffnung, durchzukommen, entschlossen, das Schiff zu erreichen, sowie er und Terrell die Schleuse verließen.

Er öffnete das Schleusenluk, stürmte hinaus ...

... und blieb reglos stehen.

Sie waren von Gestalten in Raumanzügen umzingelt, jede von ihnen bewaffnet, und jede richtete die Waffe auf ihn und Terrell.

»Beamt uns hinauf!« schrie Chekov in den Transmitter.

Als er nach seinem Phaser griff, sprang eine der Gestalten auf ihn zu, entwaffnete ihn und stieß ihn in die Luftschleuse zurück.

Hoch über ihnen, an Bord der *Reliant*, versuchte Mr. Kyle wieder Terrell und Chekov zu erreichen. Sie waren zwar erst kurze Zeit ohne Verbindung mit dem Schiff, doch die Verhältnisse auf der Oberfläche von Alpha Ceti VI waren so furchtbar, daß er einen ständigen Kontakt vorgezogen hätte.

»Versuch's noch einmal!« sagte Beach überflüssigerweise.

»*Reliant* an Captain Terrell. Hier Kyle. Hören Sie mich, Captain Terrell? Bitte melden, Captain! Bitte melden ...!«

Er bekam keine Antwort.

Beach stieß mit einem irritierten Schnauben die Luft aus seinen Lungen.

»Wir wollen ihnen noch ein wenig Zeit lassen.«

Kyle wußte genausogut wie Beach, wie sehr Clark Terrell es haßte, gegängelt zu werden; trotzdem wollte er protestieren, als plötzlich ein quakendes Geräusch aus seinem Kopfhörer drang, das von den Lautsprechern übernommen wurde. Er zuckte zusammen.

»Was war das?« fragte Beach. »Hast du das gehört?«

»Ja.« Er schaltete die Übertragung auf den Computer, der sie filterte und verstärkte. »Stoney, ich brauche mehr Energie auf die Sensoren!«

»Du hast die Überlastungssperre bereits abgeschaltet – noch mehr Saft, und du schmorst die Schaltkreise durch.«

»Ich glaube, daß sie in Gefahr sind.«

Die Übertragung wurde klarer.

»Eeeebeeeess ...«, quakte es aus den Lautsprechern. Kyle schlug mit der flachen Hand auf seine Konsole und schickte das Signal noch einmal durch den Computer.

»Beeeeusss ...«

Und noch einmal.

»Beamt uns ...!«

Kyle blickte Beach an.

»Beamt uns ...!«

»Okay, mehr Saft«, sagte Beach. »Sieh zu, daß du sie orten kannst.«

»Beamt uns ...!«

»Beamt uns ...!«

»Beamt uns ...!«

3. KAPITEL

Als Captain Terrell zu erklären versuchte, daß er und Chekov nach Überlebenden des Absturzes gesucht hätten, daß sie, praktisch gesehen, ein Rettungstrupp wären, drückte einer der Überlebenden seine Dankbarkeit dadurch aus, indem er ihm mit voller Kraft ins Gesicht schlug. Terrell sackte zusammen.

Chekov machte keinen Versuch, gegen ihre Gefangennahme zu protestieren. Er wußte, daß es sinnlos war.

Er und Terrell trugen noch immer ihre Raumanzüge, Helme und Phaser hatte man ihnen jedoch abgenommen. Flucht war somit ausgeschlossen. Außer den vier Leuten, die sie festhielten, standen noch zwölf oder fünfzehn andere schweigend um sie herum.

Als ob sie auf etwas warteten.

Chekov fürchtete das – den – auf den sie warteten, mehr als alle anderen zusammengenommen. Ohne wirklich nach seinem Phaser zu blicken, bereitete er sich darauf vor, ihn an sich zu reißen. Er zwang sich zum Entspannen aller Muskeln; er tat so, als ob er aufgegeben hätte. Als daraufhin einer der beiden, die ihn festhielten, seinen Griff ein wenig lockerte, riß Chekov sich los und sprang vor.

Er war nicht schnell genug. Seine Arme wurden ihm brutal auf den Rücken gerissen und dabei fast ausgerenkt. Er schrie auf. Terrells Bewacher rissen ihn jetzt ebenfalls vom Boden hoch, obwohl er noch immer halb betäubt war.

Chekov erhielt keine weitere Gelegenheit zum Widerstand. Der Druck an seinen Armen ließ nicht nach; er wurde sogar noch verstärkt. Durch einen Nebel von Schmerz suchte er verzweifelt nach alten Erinnerungen, um sich soviel wie möglich über die *Botany Bay* ins Gedächtnis zu rufen. So viel war innerhalb von so kurzer Zeit geschehen, daß er sich zwar an den Zwischenfall selbst mit aller Klarheit erinnern konnte, die Einzelheiten jedoch nur noch vage und verschwommen sah. Es war auch so lange her. Fünfzehn Jahre ...

Die Luftschleuse summte, ein Zeichen, daß Druckausgleich geschaffen wurde. Die Bewacher zwangen Chekov, Haltung anzunehmen, rissen Terrells Oberkörper empor und drehten beide herum, so daß sie mit dem Gesicht zur Schleusentür standen. Die Schwellung in Terrells Gesicht war ein brandroter Fleck auf seiner dunklen Haut. Chekov fühlte, wie Schweiß über seine Brust rann.

Eine hochgewachsene Gestalt, die sich vor dem Licht wie eine dunkle Silhouette abhob, trat aus der Schleuse und nahm langsam den Helm ab.

Chekov atmete aus, und es klang wie ein tiefes Seufzen.

»Khan ...«

Der Mann hatte sich verändert; er schien um mehr als nur fünfzehn Jahre gealtert zu sein. Sein langes Haar war jetzt weiß, von eisengrauen Strähnen durchzogen. Doch die Aura der Macht und Selbstsicherheit war unverändert geblieben; alles andere war ohne Bedeutung. Chekov hatte ihn sofort wiedererkannt.

Khan Singh warf Chekov einen raschen Blick zu; erst jetzt wurde Chekov bewußt, daß er den Namen laut ausgesprochen hatte. Khans dunkler, direkter Blick ließ das Blut aus Chekovs Gesicht weichen.

Khan trat auf die beiden Männer zu und blickte sie prüfend an. Die gnadenlose Musterung riß Terrell wieder ganz ins Bewußtsein zurück, doch Khan überging ihn mit einem Achselzucken.

»Sie kenne ich nicht«, sagte er und wandte sich dann Chekov zu, der zurückwich.

»Aber Sie«, sagte er mit leiser, freundlicher Stimme, »an sie erinnere ich mich, Mr. Chekov. Ich hatte nie gehofft, Sie wiederzusehen.«

Chekov schloß die Augen, um den Anblick von Khans Gesicht nicht länger ertragen zu müssen, auf dem jetzt so etwas wie ein Lächeln stand.

»Chekov, wer ist dieser Mann?« fragte Terrell und versuchte vergeblich, ein wenig Autorität zu beweisen.

»Er war ... ein Experiment, Captain. Und ein Verbrecher.« Obwohl er befürchtete, Khan in Wut zu versetzen, konnte er an keine andere Formulierung denken – und schon gar keine zufriedenstellende –, um ihn zu beschreiben. »Er ist vom ... er ist aus dem zwanzigsten Jahrhundert.« Er war ein Experiment, ein nobler Traum, der als Versagen endete. Seine ohnehin gewaltige Intelligenz war durch genetische Manipulationen noch weiter vergrößert worden; die Natur hatte ihn mit einer starken Persönlichkeit und einem überwältigenden Charisma ausgestattet. Was jedoch seinen unermeßlichen Machthunger hervorgerufen hatte, konnte Chekov nicht sagen.

Khans einzige Reaktion auf Chekovs Erklärung war ein spöttisches Lächeln.

»Wie kommen Sie dazu, uns so zu behandeln?« fragte Terrell wütend. »Ich verlange ...«

»Sie, Sir, befinden sich in einer Lage, wo Sie nichts verlangen können.« Khans Stimme klang sehr milde. Er konnte charmant sein, wie Chekov sich nur zu gut erinnerte. »Ich, andererseits, befinde mich in der Lage, Ihnen nichts gewähren zu können.« Er deutete auf seine Leute, auf die Umgebung. »Sie sehen hier den Rest der Crew meines Schiffes, der *Botany Bay*, und den Rest des Schiffes selbst, mit dem wir vor fünfzehn Jahren von Captain James T. Kirk hier ausgesetzt worden sind.«

Die Worte waren eine simple Erklärung, doch der Ton ließ Chekov einen Schauer über den Rücken laufen.

»Ich kann nichts gewähren, weil wir nichts haben«, sagte Khan.

Terrell wandte sich an Khans abgerissen wirkende Gruppe von Männern und Frauen.

»Hören Sie zu, Leute ...!«

»Sparen Sie sich die Mühe, Captain«, sagte Khan. »Sie sind mir verschworen, und ich ihnen, und das seit hundert Jahren vor Ihrer Geburt. Wir schulden einander unser Leben.« Er blickte Chekov freundlich an. »Mein lieber Mr. Chekov, muß ich annehmen, daß Sie ihm die Geschichte nie erzählt haben?« Er wandte sich wieder Terrell zu. »Wollen Sie mir sagen, daß James Kirk Sie niemals damit amüsiert hat, wie er mein Schiff und seine Besatzung aus dem cryogenischen Gefängnis im tiefen Raum ›rettete‹? Er hat sich nie in der Öffentlichkeit über uns lustig gemacht? Captain, ich bin gerührt.«

Seine leisen Worte waren mit tödlichem Gift gefüllt.

»Ich kenne Admiral Kirk nicht!«

»*Admiral* Kirk? Ah, also hat er die Belohnung für seine Tapferkeit und Ritterlichkeit bekommen – dafür, daß er siebzig Menschen auf einem trostlosen Sandhaufen ausgesetzt hat.«

»Sie lügen!« rief Chekov. »Ich habe den Planeten gesehen, auf dem wir Sie zurückgelassen haben; er war wie ein riesiger Garten: Blumen, Obstbäume, Bäche ... und ein Mond ...« Chekov erinnerte sich am klarsten an den Mond, eine enorme Silberkugel, zehnmal so groß wie der irdische Mond, die über dem Land hing, denn Captain Kirk hatte Khan und seine Gefolgsleute auf einem Zwillingssystem abgesetzt, bei dem Planet und Satellit von gleicher Größe waren. Doch der eine lebte, und der andere war ohne Leben.

»Ja«, sagte Khan in seinem heiseren Flüsterton. »Das war Alpha Ceti V, für eine Weile.«

Chekov schluckte erregt. *»Alpha Ceti V!«* Jetzt fiel ihm der Name wieder ein und alle Teile des Puzzles fügten sich ineinander: es gab keine amtlichen Unterlagen, weil zu befürchten stand, daß Khan Singh sich noch einmal befreien könnte; der Unterschied zwischen den Daten der Sonde und den Informationen, die die *Reliant* gesammelt hatte. Jetzt, zu spät, begriff Chekov, warum er während der letzten paar Tage ständig im Schatten einer unbestimmten Furcht gelebt hatte.

»Mein lieber Junge«, sagte Khan in verletztem Tonfall, »haben Sie denn alles vergessen? Haben Sie vergessen, wo Sie mich zurückgelassen haben? Ja, es ist aus Ihrer Erinnerung verschwunden, wie ich sehe ... Oh, ihr Normalmenschen mit eurem bejammernswerten Verstand.«

Wenn das Zwillingssystem noch existiert hätte, dann hätte Chekov es beim Anflug gesehen, sich daran erinnert und Terrell gewarnt, einen weiten Bogen um Alpha Ceti zu machen.

»Warum haben Sie dann Alpha Ceti V verlassen und leben jetzt auf seinem Zwilling?« fragte Chekov. »Was ist mit dem Planeten geschehen?«

»*Dies* ist Alpha Ceti V!« schrie Khan.

Chekov starrte ihn entgeistert an.

Khan senkte seine Stimme wieder, doch der gefährliche Glanz in seinen tiefen, schwarzen Augen blieb.

»Alpha Ceti VI, unser herrlicher Mond – den haben Sie nicht untersucht, nicht wahr, Mr. Chekov? Seine tektonische Instabilität war Ihnen uninteressant. Er ist zerfallen, Mr. Chekov, buchstäblich auseinandergebrochen! Er hat unseren Planeten verwüstet. *Ich* habe dafür gesorgt, daß wir überleben konnten. Ich, ohne irgendetwas anderes als die lächerlichen Vorräte in unseren Frachträumen.«

»Captain Kirk war Ihr Gastgeber ...«, sagte Chekov.

»Und ist sich nie der Ehre bewußt gewesen, die das Schicksal ihm bot. Ich war ein Fürst auf der Erde; Millionen standen hinter mir, und ich habe sie geführt. Ihm war der Gedanke unerträglich, daß ich wieder an die Macht gelangen könnte. Er hat mich nur besiegen können, indem er Gott spielte. Er war Zeus, und ich Prometheus; er hat mich hier ausgesetzt, mit dauerhaften Ketten gefesselt, um einen nackten Fels zu bewachen!«

»Sie haben versucht, sein Schiff zu stehlen ...«

Khan ignorierte den Einwand, beugte sich vor und blickte direkt in Pavel Chekovs Augen. »Sind Sie der Adler, Mr. Chekov? Sind Sie hergekommen, um mir die Eingeweide herauszureißen?«

»... und Sie haben versucht, ihn zu ermorden!«

Khan wandte sich ab und blickte Clark Terrell an. »Was ist mit Ihnen, Captain? Sind Sie mein Chiron? Sind Sie hergekommen, um meinen Platz im Fegefeuer einzunehmen?«

»Ich ... ich begreife nicht, was Sie damit sagen wollen.«

»Nein, natürlich nicht! Sie wissen nichts von Opfern. Weder Sie, noch James T. Kirk«. Er schnarrte den Namen haßerfüllt. »Niemand außer der mutigen Lieutenant McGiver, die sich Ihrem Admiral widersetzt und alles aufgegeben hat, um hier das Exil mit mir zu teilen.«

Khans Stimme brach, und er schwieg. Er wandte sich ab.

»Ich wünsche Ihnen allen die Pest auf den Hals!«

Er fuhr wieder herum. Seine Augen glänzten vor Tränen, doch er hatte sich wieder in der Gewalt. Die entsetzliche

Freundlichkeit, die in seiner Stimme lag, warnte vor einer Wut, die unter einem solchen Druck explodieren mußte.

»Sie sind nicht hergekommen, um mich zu finden«, sagte er. »Sie haben geglaubt, daß dies Alpha Ceti VI sei. Was suchen Sie auf einem so kahlen Planeten? Warum sind Sie hier?«

Chekov schwieg.

»Dummer Junge«. So behutsam wie ein Vater, der ein Baby streichelt, fuhren Khans Finger über Pavels Wange, glitten zu seinem Hals hinab. Dann packte er sein Kinn und riß seinen Kopf hoch.

Genauso plötzlich fuhr er herum, packte Terrell um die Kehle und riß ihn von den Füßen.

»Warum?«

Terrell schüttelte den Kopf. Khan packte härter zu.

Keuchend versuchte Terrell Khans behandschuhte Hand zu packen. Khan sah lächelnd zu, wie der Captain langsam und schmerzhaft das Bewußtsein verlor.

»Es gefällt ihm nicht, mir zu antworten«, sagte Khan. Seine Lippen verzogen sich zu einem grausamen Lächeln. Er öffnete seine Faust, und Terrells erschlaffter Körper sank zu Boden.

Chekov versuchte sich loszureißen. Die beiden Männer, die ihn festhielten, brachen ihm fast die Arme. Chekov keuchte. Terrell krümmte sich am Boden zusammen und hustete. Aber zumindest war er am Leben.

»Sie werden mir sehr bald alles sagen, was ich wissen will«, sagte Khan. Er gab seinen Leuten mit einem Kopfnicken ein Zeichen. Sie schleppten Chekov und Terrell ins Laboratorium und warfen sie vor dem großen, sandgefüllten Glas zu Boden.

Khan trat an den beiden vorbei, nahm ein kleines Sieb zur Hand und fuhr damit in das Glas. Er hob es heraus, Sand fiel durch die Maschen des Siebes und wurde von den zappelnden Kreaturen, die er eingefangen hatte, über den Rand geschleudert.

»Sind Sie vielleicht auf einer Forschungsreise? Dann möchte ich Sie mit der einzigen überlebenden, auf Alpha Ceti V heimischen Spezies bekanntmachen.« Er hielt das Sieb dicht vor Chekovs Gesicht. »Ceti-Aale«, sagte er. Der letzte Sand rieselte durch die Maschen. Die beiden langen dünnen Aale wanden sich umeinander, schlugen mit den Schwänzen und schnappten mit ihren langen, spitzen Kiefern. Ihre Körper waren mit gelbem Sand verklebt. Sie hatten keine Augen. »Als unser Planet zur Wüste wurde, konnte nur eine Kreatur der Wüste hier überleben.« Khan nahm einem seiner Leute, einem ernsten, blonden, jungen Mann, Chekovs Helm aus den Händen.

»Ich danke dir, Joachim.« Er hielt das Sieb schräg, so daß einer der Aale in den Helm fiel.

Joachim kippte den anderen Aal in Terretts Helm.

»Sie töten. Sie haben langsam und auf grauenvolle Weise zwanzig meiner Leute getötet«, sagte Khan. »Einer davon – war meine Frau.«

»Oh, nein ...«, flüsterte Chekov. Er erinnerte sich an Lieutenant McGiver. Sie war eine große und schöne Frau von klassischer Eleganz gewesen: und, was erheblich wichtiger war, nett und freundlich und klug. Er hatte nur ein einziges Mal mit ihr gesprochen, und auch das nur rein zufällig: er war Fährich der Nachtwache gewesen, als sie auf der *Enterprise* gedient hatte, und Fähriche und Offiziere hatten nur wenig miteinander zu tun. Doch einmal hatte sie mit ihm gesprochen. Und tagelang danach hatte er sich brennend gewünscht, älter und erfahrener zu sein, ihr im Dienstgrad gleichgestellt zu sein ... So vieles hatte er sich gewünscht.

Als sie die *Enterprise* verlassen hatte, um mit Khan zu gehen, hatte Pavel Chekov sich in seine Kabine eingeschlossen und geweint. Wie konnte sie mit Khan gehen? Er hatte das nie begriffen. Und er begriff es auch jetzt nicht.

»Sie haben sie sterben lassen«, sagte er hart.

Khans giftiger Blick hielt ihn fest.

»Sie können ihren Tod Ihrem Admiral Kirk ankreiden«, sagte er. »Wissen Sie, *wie* sie gestorben ist?« Er schwang Chekovs Helm in kreisenden Bewegungen. Pavel konnte den Aal darin herumgleiten hören. »Der junge Aal dringt in den Körper seines Opfers ein, sucht sich einen Weg zum Gehirn und windet sich um die Großhirnrinde. Als eine kleine Nebenwirkung wird das Opfer sehr aufnahmebereit für Suggestionen.« Er trat auf Chekov zu. »Der Aal wächst, mein lieber Pavel Chekov, im Gehirn seines Opfers. Als erstes ruft er Wahnsinn hervor. Dann tritt Lähmung ein – das Opfer wird unfähig, sich zu bewegen, unfähig, irgendetwas zu fühlen – außer dem ständigen Winden dieser Kreatur in seinem Gehirn. Ich habe das Fortschreiten der Symptome sehr genau kennengelernt. Ich habe alles miterlebt – bei meiner Frau.«

Er genoß die detaillierte Schilderung und sprach jedes einzelne Wort sorgfältig und präzise aus, als ob er sich selbst damit quälen wollte und die Agonien als eine passende Strafe ansah.

»Khan!« rief Pavel. »Captain Kirk hat doch nur seine Pflicht getan! Hören Sie mich an, bitte ...«

»Das werde ich auch tun, Pavel Chekov; in ein paar Minuten werden Sie mir alles sagen, was ich wissen will.«

Pavel fühlte, wie man seinen Kopf in der Travestie einer Verbeugung herunterzwang. Er wehrte sich, doch die Wachen überwältigten ihn. Khan ließ ihn einen Blick in seinen Helm werfen, wo der dünne Aal sich aufgeregt wand.

»Jetzt werden Sie Bekanntschaft mit meinem kleinen Haustier machen, Mr. Chekov. Sie werden feststellen, daß es nicht ... ganz ... gezähmt ... ist«

Khan stülpte den Helm auf Pavels Kopf und drehte die Befestigungen zu.

Der Aal wurde gegen Pavels Gesicht geschleudert und peitschte seine Wange mit dem Schwanz. In Panik krallte Pavel nach der Sichtscheibe, doch Khans Leute rissen seine Hände herab und hielten ihn fest.

Der Aal, der die Wärme eines lebenden Körpers spürte, hörte auf, um sich zu schlagen, und begann zu kriechen, wobei er zielstrebig mit seiner kleinen spitzen Schnauze suchte. Pavel schüttelte heftig den Kopf. Der Aal wand sich durch sein Haar, verankerte sich dort und setzte seine Suche fort.

Er ließ sich zu Pavels Ohr gleiten, an der Ohrmuschel vorbei, und richtete seinen schmalen Kopf aufwärts.

Er fraß sich zielstrebig durch Pavels Trommelfell.

Pavel hörte das Rauschen von Blut und spürte seine Wärme auf der Wange.

Dann fühlte er den Schmerz.
Er begann zu schreien ...

An Bord der *Reliant* versuchte Kyle immer wieder, Terrell und Chekov zu erreichen. Seine Stimme war angespannt und heiser.

»*Reliant* an Terrell, *Reliant* an Terrell, bitte kommen, Captain! Captain Terrell, melden Sie sich!«

»Mein Gott, Kyle, hör doch auf damit!« sagte Beach.

Kyle fuhr zu ihm herum. »Stoney, ich kann sie nirgends *finden*«, sagte er. »Ich kriege überhaupt kein Signal!« Mehrere Minuten waren seit Pavel Chekovs Notruf vergangen. Die Sensoranzeigen zitterten unter Überbelastung.

»Ich weiß. Stell ein Lande-Kommando zusammen! Voll bewaffnet! Bereitschaft für Transmitter-Raum! Ich beam euch sofort hinunter.« Er ging auf den Turbo-Lift zu.

»Terrell an *Reliant*, Terrell an *Reliant*. Bitte melden, *Reliant!*«

Beach lief zu der Konsole zurück.

»*Reliant*, Beach hier. Mein Gott, Captain. Alles in Ordnung?«

Die Pause schien etwas länger zu dauern, als durch die Verzögerung des Signallaufs erforderlich, doch Beach schrieb das seiner Sorge und seiner Erleichterung zu.

»Hier ist alles okay, Commander«, antwortete Terrell. »Ich erkläre alles andere, wenn ich Sie sehe. Wir bringen übrigens ein paar Gäste an Bord. Bereiten Sie sich vor, uns auf mein Kommando heraufzubeamen.«

»Gäste? Captain, was ...«

»Terrell Ende.«

Beach blickte Kyle an, der die Stirn runzelte.

»Gäste?« sagte Kyle.

»Vielleicht transplantieren wir doch etwas.«

»*Enterprise* Shuttle Nummer sieben, Sie haben Starterlaubnis.«

»Verstanden, Seattle.« Captain Hikaru Sulu gab Energie auf die Schwerkraftfelder, und das quadratische, kleine Shuttle hob elegant von dem weiten Landefeld ab.

Er blickte umher, um sich zu versichern, daß seine Passagiere alle festgeschnallt waren: Admiral Kirk, Dr. McCoy, Commander Uhura. Es war fast wie in alten Zeiten. Kirk las ein Buch – war das eine Brille, die auf seiner Nase saß? Ja, wirklich – McCoy machte Eintragungen in einen Krankenbericht, und Uhura saß über einen Taschencomputer gebeugt, völlig konzentriert auf das Programm, an dem sie arbeitete.

Am Tag zuvor hatte es geregnet, und die Luft war kristallklar. Vom Shuttle aus hatte man einen dreihundertsechzig Grad weiten Überblick auf eine Landschaft, die so atemberaubend schön war, daß Sulu am liebsten jeden an Bord gepackt und geschüttelt hätte, bis sie hinaussahen: Zwei Gebirgsketten, die Cascades im Osten und die Olympics im Westen, grau und dunkelrot und glänzend weiß; die lange, weite Wasserstraße des Puget Sound, mit Inseln bestreut und von der Furche eines Luftkissenbootes durchpflügt. Sulu drehte das Shuttle um einhundertachtzig Grad nach Steuerbord, bis sie die majestätischen Vulkankegel von Mount Baker, Mount Rainier, Mount St. Helens im Blickfeld hatten, den nach zweihundertjähriger Ruhepause wieder qualmenden Mount Hood, und weit entfernt im Süden, die Spitze in Gewitterwolken verborgen, Mount Shasta.

Das Shuttle stieg weiter. Die Höhe ließ die Zeichen der Zivilisation schrumpfen, sogar von Leben, entblößte die darunterliegende Geologie, bis die lithische Geschichte von Lava-Flüssen, von Gletschern, die ganze Orogenie klar vor seinem Blick lagen. Ein Blitz zuckte an Mount Shastas Flanke herab.

Und dann kurvte die Erde von ihm fort, verschwand auf der einen Seite in der Sonne und auf der anderen in den tiefen Schatten des Terminators.

Uhura streckte die Hand aus und legte sie leicht auf seinen Arm. Er wandte sich um. Der Computer lag vergessen neben ihr.

»Danke«, sagte sie sehr leise. »Das war wunderschön.«

Sulu lächelte, glücklich darüber, daß er wenigstens einen Menschen hatte, mit dem er dieses Erlebnis teilen konnte.

»Es war mir ein Vergnügen.«

Sie beugte sich wieder über ihren Computer. Sulu nahm Kurs auf das Raumdock von Starfleet und schaltete den Autopiloten ein. Es würde eine Weile dauern, bis er wieder etwas zu tun bekam. Er streckte sich auf einem der Passagiersitze aus, wo er sich ausstrecken, aber doch die Konsolen im Auge behalten konnte.

Der Admiral klappte das Buch zu und schob seine Brille auf die Stirn.

»Sie sehen ein wenig mitgenommen aus, Mr. Sulu – eine Nachwirkung von gestern?«

Hikaru Sulu griff an die Beule über seinem rechten Jochbein und grinste verlegen. »Ja, Sir. Ich habe nicht gemerkt, daß ich etwas abbekommen hatte, bis es zu spät war, um noch etwas unternehmen zu können.«

»Etwas muß man Mr. Spocks Schützlingen lassen: sie tun *alles* sehr gründlich.«

Hikaru lachte. »Ganz egal, was sie tun. Das war eine schöne Show gestern, nicht wahr?«

»Das kann man wohl sagen. Ich habe kaum Gelegenheit gefunden, mit Ihnen zu sprechen. Schön, Sie wiederzusehen.«

»Danke, Sir. Ganz meinerseits.«

»Und, übrigens, gratuliere zur Beförderung, Captain.«

Hikaru warf einen Blick auf das neue Rangabzeichen an seiner Uniform. Er war noch nicht ganz daran gewöhnt.

»Ich danke Ihnen, Admiral. Sie haben sehr viel dazu beigetragen. Sie haben mir im Lauf der Jahre eine Menge Hilfe gegeben.«

»Sie haben es verdient«, sagte Kirk achselzuckend. »Und ich war nicht der einzige Kommandant, der ein gutes Wort für Sie eingelegt hat. Spock ist förmlich übergesprudelt. Für seine Verhältnisse jedenfalls. Und von Hunter haben Sie eine der zwei oder drei besten Beurteilungen bekommen, die ich von ihr jemals gesehen habe.«

»Ich danke Ihnen, daß Sie mir alles offen sagen, Admiral. Ich schätze die Meinung der beiden sehr hoch.«

Kirk blickte sich in dem Shuttle um. »Es ist beinahe wieder wie in alten Zeiten, wie? Stehen Sie noch immer in Verbindung mit Ihrer alten Freundin, Commander Flynn?«

»Ja, Sir – ich habe mich heute Morgen von ihr verabschiedet. Sie ist zum Captain befördert worden – im letzten Frühjahr.«

»Natürlich. Ich hatte das vergessen. Wenn die Erinnerung

nachzulassen beginnt ...« Er brach den Satz ab, grinste, und tat so, als ob es ein Scherz gewesen wäre. Doch seine Stimme hatte verdammt ernst geklungen. »Man hat ihr eins von diesen neuen Schiffen gegeben, nicht wahr?«

»Ja, Sir, die *Magellan*. Sie ist heute gestartet.« Und es wird sehr lange dauern, bis ich sie wiedersehe, dachte Hikaru bedauernd.

Eine lange Zeit. Die neuen Schiffe der Galaxis-Klasse waren zwar kleiner als die *Enterprise*, aber erheblich schneller. Am wirkungsvollsten waren sie bei Warp zwölf. Bisher gab es nur drei von ihnen: die *Andromeda*, *M-31*, und die *Magellanschen Wolken*. Sie waren dazu gedacht, auf langen, weiträumigen Forschungsreisen eingesetzt zu werden; das Kommando eines solchen Schiffes war das Ziel, das Mandala Flynn, die im Raum geboren und aufgewachsen war, ihr ganzes Leben angestrebt hatte.

Jim Kirk lachte leise. Hikaru blickte ihn fragend an.

»Erinnern Sie sich noch, was sie zu mir an dem Tag, als sie an Bord der *Enterprise* kam, beim Begrüßungsempfang gesagt hat?«

»Ah – ich bin nicht sicher, Sir.« Er konnte sich noch sehr gut daran erinnern, aber wenn Admiral Kirk zufällig an etwas anderes denken sollte, hielt Hikaru es für klüger, ihn nicht an diesen Ausspruch zu erinnern.

»Ich habe sie nach ihren Plänen gefragt, und sie blickte mir direkt in die Augen und sagte: ›Captain, ich will Ihren Job‹.«

Hikaru konnte ein Lächeln nicht unterdrücken. Nicht nur daran erinnerte er sich, sondern auch an die schreckliche Stille, die darauf gefolgt war. Mandala hatte es nicht als Drohung gemeint, und Kirk hatte es auch nicht so aufgefaßt. Nicht wirklich. Doch es war sicher nicht der beste Start für einen im Feld beförderten Offizier – der aus dem Mannschaftsstand hervorgegangen war – beim Antritt eines neuen Kommandos.

»Und sie hat es ja auch geschafft«, sagte Kirk leise, mit dem Blick aus dem Fenster, wahrscheinlich ohne die Erde tief unter ihnen zu sehen, oder die Raumstation voraus, sondern neue Welten und neue Abenteuer.

»Sir? Haben Sie einen Antrag auf das Kommando von einem der neuen Galaxis-Schiffe gestellt?« fragte Hikaru schockiert, einmal, weil Kirk, wenn er einen Antrag gestellt haben sollte, zugunsten von Mandala Flynn zurückgestellt worden sein mußte, aber noch mehr, daß er überhaupt so einen Antrag gestellt hatte.

»Was? Oh, nein. Nein, natürlich nicht. Ich habe das nicht so gemeint, wie es geklungen hat. Sie hat ihr Kommando verdient, genau wie Sie das Ihre. Ich bin auf keinen von Ihnen neidisch.« Er grinste. »Aber wenn ich zehn Jahre jünger wäre, hätte sie vielleicht mit mir um eins der Galaxis-Schiffe kämpfen müssen.«

»Ich kann Sie mir an keinem anderen Platz vorstellen, als auf der Brücke der *Enterprise,* Captain ... ah, verzeihen Sie, bitte ... *Admiral.*«

»Ich denke, ich werde das als Kompliment nehmen, Captain Sulu.«

Der Autopilot stieß ein leises Summen aus, als er sich auf das Funkfeuer des Raumdocks einstellte. Kirk nickte Sulu zu, der sich wieder auf seinen Platz setzte, den Autopiloten deaktivierte und Navigationscomputer und Kommunikationssystem einschaltete.

»Shuttle Nummer sieben an *Enterprise.* Admiral Kirk und Begleiter im Anflug.«

»Shuttle Nummer sieben. Willkommen an Bord der *Enterprise.* Klar zum Eindocken.«

»Danke, *Enterprise.* Verstanden.«

Als Sulu mit seinen Vorbereitungen fertig war, suchte Kirk wieder seinen Blick.

»Übrigens, Captain, möchte ich Ihnen danken, daß Sie mitkommen.«

»Ich war sehr erfreut über Ihre Aufforderung, Admiral. Eine Chance, wieder auf der alten *Enterprise* zu sein, sich ein wenig der Nostalgie hinzugeben, wer würde sich das entgehen lassen?«

»Ja ...«, sagte Krik gedankenvoll. »Trotzdem, ich erinnere mich, wie viel Arbeit es gegeben hat, und wie wenig Zeit, in der sie getan werden mußte, kurz bevor ich die *Enterprise* übernahm. Und es ist nicht mehr lange bis zum Ende des Monats – wenn Sie das Kommando über die *Excelsior* übernehmen.«

»Ich bin bereit, Sir. Ich habe mich schon seit langem darauf gefreut.«

»Ich weiß. Es war mir ein persönliches Vergnügen, ein paar Drähte zu ziehen, damit Sie schneller zu Ihrem ersten Kommando kommen.«

»Ich danke Ihnen, Admiral.«

»Trotzdem bin ich froh, Sie während der nächsten drei Wochen am Ruder zu wissen.« Er grinste: für einen Augenblick verzog sich die düstere Wolke der Verantwortung und ließ etwas von dem Captain James Kirk vom Starship *Enterprise* erkennen. Er beugte sich vor und sagte mit gespielter Vertraulichkeit: »Mr. Sulu, ich glaube nicht, daß diese Kinder ein Ruder bedienen können.«

Lieutenant Saavik beobachtete Shuttle Nummer sieben, als es an den magnetischen Verankerungen festmachte; sein Pilot – Captain Sulu, wie sie annahm – war ausgezeichnet. Die breiten Tore der Landebucht des Sternenschiffs glitten zu, und Luft strömte ein, um normalen atmosphärischen Druck herzustellen.

Die anderen Trainingsoffiziere warteten nervös auf Admiral Kirk. Saavik blieb nach außen hin ruhig, obwohl sie kein gutes Gefühl dabei hatte, Kirk nach dem gestrigen Desaster gegenübertreten zu müssen. Er hatte ihre Beschämung nur noch vergrößert, indem er sie für die ganze Serie der Simulationstests gut benotet hatte. Sie war der Meinung, daß er ihre Gesamtbenotung wegen ihrer mangelhaften Leistungen beim letzten Test hätte erheblich herabstufen sollen. Sie fühlte sich verwirrt – und Saavik haßte dieses Gefühl mehr als jedes andere.

Captain Spock wußte erheblich mehr über Menschen als Saavik jemals zu lernen hoffte, und besonders über Admiral Kirk. Vielleicht konnte er ihr Kirks Motive erklären. Seit sie an Bord gekommen war, hatte sie jedoch zu viel zu tun gehabt, um ihn danach zu fragen.

»Eindocken beendet«, meldete der Computer.

»Bereit zur Inspektion«, sagte Spock. »Luftschleuse öffnen!«

Alle Trainingsoffiziere nahmen Haltung an, als die Türflügel aufglitten. Der Computer, als Ersatz für den Bootsmann, gab das Pfeisignal von sich, das einen an Bord kommenden Offizier salutiert. Kirk blieb stehen, salutierte vor dem Emblem der Föderation und tauschte dann einen Salut mit Spock aus.

»Bitte an Bord kommen zu dürfen, Captain.«

»Willkommen an Bord, Admiral.«

Kirk betrat die *Enterprise.*

»Ich denke, daß Sie meine Trainingsoffiziere kennen«, sagte Spock. »*Sie* haben sie jedenfalls recht gut kennengelernt.«

Kirk blickte Saavik an. »Ja«, sagte er. »Wir sind gemeinsam durch Leben und Tod gegangen.«

Saavik behielt ihre Beherrschung; doch allein die Techniken der Biokontrolle, die Spock sie gelehrt hatte, bewahrten sie davor, rot zu werden. Kirks Tonfall war ihr unverständlich. Vielleicht versuchte er humorvoll zu sein.

Während der ersten zehn Jahre ihres Lebens hatte Saavik niemals gelacht, hatte sie nie einen anderen lachen gesehen, es sei denn, daß er jemanden Schmerzen bereitete.

Humor war nicht gerade Saaviks Stärke.

Kirk hielt ihren Blick noch ein paar Sekunden länger fest, doch als sie nicht reagierte, wandte er sich ab.

»Hallo, Mr. Scott«, sagte er zu dem Chefingenieur. »Wie geht es denn, Scotty, Sie alter Raumhase?«

»Gut, Admiral. Ich hatte eine kleine Auseinandersetzung, aber Dr. McCoy hat mich wieder zusammengeflickt.«

»Eine kleine Auseinandersetzung? Weswegen?«

Saavik achtete besonders aufmerksam auf solche Wortspiele unter Menschen. Spock sagte, daß es dabei auf die Worte kaum ankäme. Beobachten Sie ihre Reaktionen aufeinander, ihren Gesichtsausdruck. Nehmen Sie den Tonfall ihrer Stimme mindestens genauso wichtig wie das, was sie sagen.

Das erste, was nach der Frage des Admirals eintrat, war eine Pause. Unfähigkeit, sie zu beantworten? Saavik strich diese Erklärung sofort wieder. Überraschung? Verwirrung? Das wären Möglichkeiten. Widerstreben, vielleicht?

Mr. Scott warf Dr. McCoy einen Blick zu – einen sehr raschen Blick, als ob er hoffte, daß niemand ihn bemerken würde. Also:

Widerstreben war es. McCoy gab den Blick Scotts zurück, hob ein wenig die Schultern und lächelte dünn.

»Ah – Landurlaub, Admiral«, sagte Mr. Scott.

»Verstehe«, sagte Kirk.

Sein Tonfall verriet Verstehen, obwohl Mr. Scott seine Frage nicht beantwortet hatte, sondern einer Antwort ausgewichen war. Saavik sezierte das Gespräch und setzte es nach bestem Können wieder zusammen. Mr. Scott und Dr. McCoy wußten also von einem Ereignis in Scotts Leben, das der Admiral zu erfahren wünschte, dessen Enthüllung Mr. Scott jedoch peinlich war. Dr. McCoy gab durch sein Schweigen seine Zustimmung, es zu verheimlichen; der Admiral hatte durch seinen verständnisvollen Ton angezeigt, daß er sich mit ihrem Vorhaben einverstanden erklärte, sie jedoch gleichzeitig darauf vorbereitet, daß er vorhatte, genau herauszufinden, was geschehen war, jedoch bei einer passenderen, vielleicht privateren Gelegenheit.

Saavik fühlte eine gewisse Befriedigung über die intellektuelle Übung ihrer Analyse; es blieb abzuwarten, ob sie auch zutraf.

Admiral Kirk schritt die Reihe der Trainingsoffiziere ab und blickte jedem von ihnen ernst, aber nicht unfreundlich in die Augen. Spock und Scott begleiteten ihn dabei.

»Und wer ist das?« fragte Kirk und blieb vor einem Jungen stehen.

Peter richtete sich so ernst und steif auf, daß Saavik ein Lächeln unterdrücken mußte. Er war blond und hatte eine sehr helle Haut; unter den Blicken des Admirals lief sein Gesicht rosa an. Er war ein netter Junge, so enthusiastisch, daß er fast glühte, so stolz darauf, mit vierzehn Jahren schon im Raum zu sein, daß er in einer strahlenden Sphäre von Glück lebte, die sich unwillkürlich auf alle Menschen seiner Umgebung übertrug.

Selbst auf Saavik.

Jetzt, bei seiner ersten Admirals-Inspektion, antwortete er atemlos: »Kadett Erster Klasse Peter Preston, Maschinenmaat, Sir!« Er salutierte steif und mit großem Eifer.

Kirk lächelte, nahm Haltung an und erwiderte den militärischen Salut auf die gleiche Art.

Wenn er sich über Peter lustig macht, dachte Saavik, reiße ich ihm die Leber heraus.

Der zivilisierte Teil von ihr, der nach dem kurzen Rückfall sofort wieder die Oberhand gewann, erwiderte: Das wirst du auf jeden Fall nicht tun; außerdem: weißt du überhaupt, wo bei einem Menschen die Leber sitzt?

»Ist dies Ihr erster Trainingsflug, Mr. Preston?«

»Jawohl, *Sir!*«

»Ich verstehe. In diesem Fall sollten wir wohl die Inspektion im Maschinenraum beginnen.«

»Jawohl, Sir!«

»Ich denke, daß Sie da alles in Ordnung finden«, sagte Mr. Scott.

»Wir erwarten Sie dann auf der Brücke, Admiral«, sagte der Captain.

»Sehr gut, Mr. Spock.«

Chefingenieur Scott ging neben Kirk auf den Turbo-Lift zu; die Maschinenmannschaft folgte den beiden. Peter grinste Saavik im Vorbeigehen stolz und glücklich an, dann eilte er den anderen nach.

Die Veteranen des Schiffes verliefen sich rasch, um ihre Posten einzunehmen. Spock und Saavik gingen zur Brücke.

»Haben Sie irgendwelche Beobachtungen gemacht, Lieutenant Saavik?« fragte Spock.

»Der Admiral ist . . . nicht ganz so, wie ich ihn mir vorgestellt habe.«

»Und wie haben Sie sich ihn vorgestellt?«

Saavik machte eine Pause, um nachdenken zu können. Wie *hatte* sie sich ihn vorgestellt? Spock schätzte Kirk sehr, und ihre Vorstellungen basierten fast ganz auf dieser Tatsache. Ich habe erwartet, daß er so ist wie Spock, überlegte sie. Aber er ähnelt ihm überhaupt nicht.

»Er ist sehr . . . menschlich.«

»Sie müssen sich vor Augen halten, daß Sie sich als Offizier von Starfleet menschlicher Gesellschaft kaum entziehen können. Toleranz ist unbedingt notwendig; außerdem ist sie logisch.«

»Sie sind mein Mentor, Captain. Ihre Ausbildung ist mir unsagbar wertvoll – sogar unverzichtbar.« Sie traten in den Haupt-Turbo-Lift.

»Brücke«, sagte Spock. »Saavik, es gibt niemanden, dessen Herkommen und Erfahrungen den Ihren so ähnlich sind, daß er Sie kompetent beraten könnte. Selbst ich kann Ihnen lediglich sagen, daß Sie als Vulkanier und als Romulaner in einer Welt der Menschen immer eine Fremde bleiben werden. Sie werden sich mit Fremden auseinanderzusetzen haben, die Ihnen gelegentlich unverständlich erscheinen.«

»Captain«, sagte Saavik langsam. »Ich gebe zu, zwar nicht erwartet zu haben, daß der Admiral so repräsentativ für seine Zivilisation ist, habe jedoch kein Vorurteil gegen Admiral Kirk, noch empfinde ich Intoleranz gegenüber der menschlichen Rasse.«

Die Tür des Turbo-Lifts glitt auf, und damit kam das Gespräch zu seinem Ende.

Peter Preston stand steif aufgerichtet neben der Kontrollkonsole, für die er verantwortlich war. Es war das zweite Hilfssystem für Zusatzenergie, und sein Logbuch wies nach, daß es, außer bei Tests, seit zwei Jahren nicht eingeschaltet gewesen war. Trotzdem hatte Peter jeden Schaltkreis und jeden Erinnerungs-Nexus und jedes Byte des Daten-Speichers mindestens ein Dutzend Mal überprüft. Manchmal, spät in der Nacht, wenn das Schiff gedockt lag und nicht einmal eine Wachmannschaft an Bord war, hatte Peter vor seiner Konsole gesessen und ihre diagnostischen Programme durchlaufen lassen. Er war gern allein hier, in dem riesigen Maschinenraum, wo die Echos von gewaltigen Energieströmen um ihn herum spürbar waren.

Peter stand als letzter in der Inspektionsreihe. Er konnte kaum noch warten. Er wußte, daß seine Konsole tadellos in Ordnung war. Aber was war, wenn Admiral Kirk doch einen Fehler finden sollte? Was war, wenn ...?

Der Admiral blieb vor ihm stehen, musterte ihn von Kopf bis

Fuß und fuhr mit dem Finger über die Oberfläche der Konsole. Ob er nach Staub suchte? Es gab dort bestimmt keinen Staub.

»Ich denke, daß Sie alles in Ordnung finden werden, Admiral«, sagte Peter und wünschte sofort, er hätte den Mund gehalten.

»So, meinen Sie?« sagte Kirk ernst. »Mr. Preston, haben Sie eine Vorstellung, auch nur eine vage Vorstellung, wie oft ich Mr. Scott sagen hören mußte, daß auch nur ein Warp-Faktor mehr dieses Schiff in Stücke reißen würde?«

»Ah – nein, Sir«, sagte Peter überrascht.

»Mr. Preston, wissen Sie, wie man die *Enterprise* im Offizierskasino nennt?«

»Ah – nein, Sir«, sagte Peter wieder und dachte dann: Gute Antwort, Junge. Warum gebrauchst du sie nicht öfter, um einen *wirklich* guten Eindruck zu machen?

»Man nennt sie die ›fliegende Todesfalle‹. Und damit meinen sie nicht das Essen an Bord.«

»Sir, das ist nicht wahr! Dies ist das beste Schiff in der ganzen Starfleet!«

Der Admiral begann zu lächeln, und Mr. Scott lachte leise. Peter fühlte das Blut in sein Gesicht strömen. Oh, nein, dachte er, ich bin tatsächlich darauf reingefallen; Dannan hat mich gewarnt, und ich bin *trotzdem* darauf reingefallen. Dannan war seine älteste Schwester und bereits Commander; sie war zwölf Jahre älter als er, und er hatte ihre Berichte verschlungen, sie sozusagen durch die Haut in sich aufgenommen, solange er sich erinnern konnte. Wenn sie ihn jetzt sähe, würde sie ihn jahrelang damit aufziehen, daß er wie eine reife Tomate aussähe. Das heißt, falls sie überhaupt noch mit ihm reden sollte, wenn sie herausfand, daß er sich wie ein Narr aufgeführt hatte.

»Ich bitte um Entschuldigung, Admiral«, sagte Peter, »aber ein Mensch, der das nicht erkennt, muß so blind sein wie eine tiberianische Fledermaus! *Sir!*«

Kirk blickte ihn einen Augenblick lang schweigend an. Dann griff er in seine Tasche und zog eine spinnenartige, kleine Konstruktion aus Glas und Golddraht heraus. Er faltete sie auseinander, setzte sie auf die Nase, hakte zwei der Drähte über seine Ohren, blickte aufmerksam durch die Gläser auf die Oberfläche der Konsole, dann über die Gläser hinweg in weiter entfernt liegende Teile des Maschinenraums, und wandte sich schließlich wieder Peter zu.

Dr. McCoy lachte, genau wie Mr. Scott. Einen entsetzlichen Augenblick lang fürchtete Peter, daß einer der drei Männer ihm den Kopf tätscheln würde, doch das blieb ihm erspart. Als sie fortgingen, hörte er ihr Gespräch.

»Scotty, Ihr Kadett ist ein Tiger.«

»Der Jüngste meiner Schwester, Admiral.«

Oh, nein, dachte Peter, warum muß er dem Admiral sagen, daß er mein Onkel ist? Peter selbst hatte es niemandem in seiner Trainingsgruppe verraten und gehofft, daß Onkel Montgomery ebenfalls den Mund halten würde. Peter schätzte die Liebe und die Ratschläge seines Onkels, und sogar seine gelegentlichen Grobheiten, doch es wäre alles einfacher gewesen, irgendwie klarer, wenn er unter jemandem ausgebildet würde, der nicht mit ihm verwandt war.

»Verrückt darauf, in den Raum zu gehen«, sagte Mr. Scott. »Schon immer.«

»Das ist wohl der Traum jedes Jungen«, sagte Admiral Kirk. »Ich kann mich selbst noch gut daran erinnern.«

Sie blieben am anderen Ende des Maschinenraums stehen; der Admiral hörte zu, als Mr. Scott ihm Verbesserungen erläuterte, die seit Kirks letztem Besuch auf dem Schiff durchgeführt worden waren.

Peter lief geduckt aus der Reihe der Männer, sprintete zum Werkzeugkasten, kramte einen Moment lang herum und eilte wieder an seinen Platz.

Grenni, der an der Konsole neben der seinen stand, warf ihm einen versteckten Blick zu und murmelte: »Was, zum Teufel, tust du, Pres? Es ist noch nicht Wegtreten befohlen worden.«

»Das wirst du gleich sehen«, flüsterte Peter zurück.

Kirk und Scott und McCoy kamen langsam vom anderen Ende des Maschinenraums zurück. Als sie Peter erreichten, salutierte der Kadett steif.

Kirk blieb stehen. »Ja, Mr. Preston?«

Peter reichte ihm ein Werkzeug.
»Ich glaube, daß Sie danach gefragt haben, nicht wahr?«
Kirk betrachtete es eingehend.
»Was ist das, Mr. Preston?«
»Aber, Sir, ein Schraubenschüssel für Linkshänder natürlich.«
Mr. Scott wirkte zutiefst schockiert. Die Mundwinkel Kirks zuckten. Dr. McCoy unterdrückte ein Grinsen, dann gab er auf und begann schallend zu lachen. Nach einer kurzen Pause lachte Kirk ebenfalls. Mr. Scott brachte nicht mehr zustande als ein steifes, finsteres Lächeln. Peter blickte mit seinem besten Ausdruck reiner Unschuld von einem zum anderen.
»Mr. Scott«, sagte Kirk, doch er wurde zu sehr von Lachen geschüttelt, um weitersprechen zu können. Schließlich konnte er sich wieder fangen und wischte sich die Tränen aus den Augen. »Mr. Scott, ich glaube, wir sollten mit diesen Kindern jetzt zu ihrem Trainingsflug starten, bevor sie das Schiff komplett übernehmen. Sind Ihre Maschinen bereit für einen kleinen Ausflug?«
»Sie brauchen nur den Befehl zu geben.«
»Der ist hiermit gegeben, Mr. Scott.«
»Jawohl, Sir.«
Kirk gab Peter den ›Schraubenschlüssel für Linkshänder‹ zurück und ging zur Tür. Nach ein paar Schritten blickte er über die Schulter zurück und blinzelte Peter zu.

Sobald sich die Tür des Turbo-Lifts geschlossen hatte, brach Kirk wieder in Lachen aus. »Ist das zu glauben, Pille?« Er mußte so lachen, daß er zwischen den Sätzen Pausen machen mußte. »Mein Gott, was für ein prachtvoller Junge. Ein Schraubenschüssel für Linkshänder!« Jim wischte sich die Tränen aus den Augen. »Das habe ich verdient, wie? Ich hatte vergessen, wie sehr ich es gehaßt habe, wenn man sich über mich lustig machte, als ich in seinem Alter war.«
»Ja, hin und wieder müssen wir alten Esel daran erinnert werden, wie es in den nebelhaften, prähistorischen Zeiten war.«
Kirks fröhliche Stimmung verflog von einer Sekunde zur anderen. Er haßte es noch immer, wenn sich jemand über ihn

lustig machte, und McCoy war sich darüber völlig im klaren. Jim runzelte die Stirn. Er wußte nicht, wie er McCoys Bemerkung auffassen sollte. »Brücke«, sagte er zum Stimmen-Sensor des Turbo-Lifts.

»Was wird mit dem Rest der Inspektion, Admiral?« fragte McCoy. Er ließ seinen Tonfall in einen nicht ganz wohlwollenden Spott abgleiten. Jim Kirk ein wenig zu reizen war eine der wenigen Möglichkeiten, ihn zur Selbstkritik zu zwingen.

Ihn unter Alkohol zu setzen, hatte sich jedenfalls als Fehlschlag erwiesen.

»Das hat Zeit bis später«, sagte Jim milde. »Wenn wir unterwegs sind.«

»Jim, glaubst du wirklich, daß ein dreiwöchiger Trainingsflug einmal pro Jahr einen Ausgleich für neunundvierzig Wochen Papierkrieg darstellt? Glaubst du, das reicht, um dich davor zu bewahren, verrückt zu werden?«

»Ich war der Meinung, daß wir dieses Thema gestern abend erledigt hätten«, sagte Jim. »Soll ich dir etwas sagen? Es wird allmählich verdammt langweilig.«

»Ja, die Sorge eines Freundes kann einen anöden, stimmt's?«

»Manchmal schon«, sagte Jim. »Du bist als Arzt viel besser denn als Psychotherapeut.«

Die Tür des Turbo-Lifts glitt auf, und McCoy unterdrückte einen Fluch. Ein paar Minuten länger, und er hätte vielleicht bei Jim irgendeinen Durchbruch erreichen können.

Oder einen Schlag in die Fresse eingefangen, überlegte er. Das wäre vielleicht ein Durchbruch.

Admiral Kirk trat auf die Brücke der *Enterprise,* und Dr. McCoy folgte ihm.

McCoy mußte zugeben, daß es schön war, wieder hier zu sein. Er nickte Uhura zu, und sie lächelte ihn an. Mr. Sulu saß an der Ruderkonsole, obwohl es den Anschein hatte, daß Lieutenant Saavik, Erster Offizier und Wissenschaftsoffizier auf diesem Trainingsflug, die *Enterprise* führte, um Übung zu bekommen. Der einzige Unterschied zu früher war, daß Mr. Spock jetzt im Kommandantensessel saß und Captain war. Er gab seinen Platz auch nicht für Kirk auf; das wäre gegen das Reglement gewesen.

Der Himmel möge verhüten, daß Spock irgendetwas täte, das gegen das Reglement verstieße!

»Admiral auf der Brücke!« sagte Mr. Sulu.

»Weitermachen«, sagte Kirk, bevor jemand aufstehen oder salutieren konnte.

»Starfleet Operations an *Enterprise.* Start freigegeben.«

»Lieutenant Saavik«, sagte Spock, »alle Verankerungen lösen.«

»Jawohl, Sir.«

Sie machte sich an die Arbeit. Kirk und McCoy traten auf den unteren Teil der Brücke.

»Willkommen, Admiral.« Spock nickte McCoy ebenfalls zu. »Dr. McCoy. Ich hoffe, daß die Inspektion zu Ihrer Zufriedenheit ausgefallen ist.«

»Ja, Captain. Ich war sehr beeindruckt.«

»Verankerungen gelöst, Captain«, meldete Saavik.

»Danke, Lieutenant.« Spock machte eine kurze Pause, und dann bekamen seine Augen den verhangenen Ausdruck, den McCoy richtig zu interpretieren gelernt hatte.

»Lieutenant Saavik«, sagte Spock, »wie oft haben Sie schon ein Sternenschiff aus einem Raumdock bugsiert?«

»Einhundertdreiundneunzig Mal, Sir«, antwortete Saavik prompt. Und dann setzte sie hinzu: »In Simulationen.«

Kirk saß stocksteif.

»Unter realen Bedingungen noch nie«, sagte Saavik.

McCoy hatte den Eindruck, daß Jim Kirk jetzt gleichzeitig an zwei Möglichkeiten dachte. Die erste war, Mr. Spock aus dem Kommandantenstuhl zu kippen und Mr. Sulu den Befehl zu geben, das Ruder zu übernehmen. Die zweite war, nichts zu tun. Er entschied sich für die zweite. Doch es war ein sichtlich schwerer Entschluß.

Du verdammter Gnom! dachte McCoy und grinste Spock fröhlich an. Vulkanische Disziplin, wirklich!

Spock vermied Kirks Blick, tat so, als ob er seine Nervosität nicht bemerkte und blickte mit einem fast unmerklichen Lächeln McCoy an. Für einen Vulkanier war das fast eine so extreme Reaktion wie der Lachanfall im Lift für Jim Kirk.

»Bringen Sie uns aus dem Dock, Lieutenant Saavik!« sagte Spock.

»Jawohl, Sir. Schubumkehr, Mr. Sulu, bitte.«

»Schubumkehr, Lieutenant.«

»Es ist immer schön, junge Leute dabei zu beobachten, wenn sie die Grenzen ihre erlernten Könnens testen«, sagte Spock. »Sind Sie nicht auch der Ansicht, Admiral?«

»Oh, bestimmt. Sicher. Schließlich gibt es für alles ein erstes Mal.«

Der große Bildschirm zeigte, wie das Raumdock majestätisch zurückwich und dann langsam außer Sicht rotierte, als Saavik die *Enterprise* nach Steuerbord lenkte.

»Vorwärts, Viertelkraft-Impuls, bitte, Captain Sulu!« sagte Saavik.

Jim öffnete den Mund, um etwas zu sagen, atmete tief durch, schloß ihn abrupt und verkrampfte die Hände auf seinem Rücken.

McCoy beugte sich zu ihm.

»He, Jim«, sagte er herausfordernd, »brauchst du eine Beruhigungspille?«

Kirk blickte ihn an und schüttelte den Kopf.

Das Schiff nahm Fahrt auf.

»Viertelkraft-Impuls«, sagte Mr. Sulu. Und, kurz darauf: »Frei und klar.«

Kirk ließ den Atem ab, den er angehalten hatte.

»Kurs, Captain?« fragte Saavik.

Spock wandte sich Kirk zu und hob eine Braue.

»Nach Ihrem Ermessen, Captain«, sagte Kirk.

Spocks Augen bekamen wieder diesen verhangenen Ausdruck, und McCoys Verdacht, daß sich der Vulkanier genauso große Sorgen um Kirk machte wie er, verstärkte sich.

»Dort hinaus, Lieutenant Saavik!«

Kirk zuckte zusammen.

»Sir?« Saavik blickte zu Spock zurück.

›Dort hinaus‹ war ein Ausdruck, den Kirk zum letztenmal gebraucht hatte, als die *Enterprise* unter seinem Kommando stand.

»Ich glaube, man sagt allgemein: ›immer der Nase nach‹«, sagte Spock.

»Jawohl, Sir«, sagte Saavik, die es offensichtlich nicht verstand.

Aber Jim hatte es verstanden, erkannte McCoy.

4. KAPITEL

Sobald die Inspektion vorüber war, legte Peter den ›Schraubenschlüssel für Linkshänder‹ in den Werkzeugkasten zurück und sprintete zu seinem Spind. Er war zu spät dran für seine Mathematikstunde. Er nahm den kleinen Computer heraus, schlug die Spindtür zu, wandte sich um und lief in seinen Onkel Montgomery hinein.

»Ah ...« Peter nahm Haltung an und salutierte. »Ich muß zum Unterricht, Sir. Mit Ihrer Erlaubnis ...«

»Erlaubnis verweigert, Kadett. Zuerst muß ich ein paar Worte mit dir reden.«

»Aber, Sir, ich komme zu spät!«

»Dann kommst du eben zu spät! Was hast du dir eigentlich bei dieser dreisten Vorstellung gedacht?«

Oh, Junge, dachte Peter. Jetzt werde ich durch den Wolf gedreht.

»Sir?« sagte er unschuldig, um Zeit zu gewinnen.

»Sage nicht immer so blöde ›Sir‹ zu mir, du junger Dachs. Wolltest du mich vor dem Admiral lächerlich machen? Vor Jim Kirk selbst?«

»Sie hätten ihm nicht zu sagen brauchen, wer ich bin!« sagte Peter. »Das hat niemand an Bord gewußt. Bis jetzt!«

»So? Und schämst du dich etwa, mein Neffe zu sein?«

»Sie wissen, daß das nicht der Fall ist! Aber jetzt wird jeder denken, daß ich nur deshalb hier bin.«

Montgomery Scott verschränkte die Arme vor der Brust. »Hast du so wenig Vertrauen zu dir?«

»Ich will nur meine Pflicht tun, wie jeder andere«, sagte Peter und erkannte sofort, daß auch das nicht das Richtige war.

»Ich verstehe«, sagte Onkel Montgomery. »Nicht du bist es, dem du nicht vertraust, sondern ich. Glaubst du, daß ich dir einen schlechten Dienst erweise, wenn ich dich jetzt mit einem blauen Auge davonkommen lassen? Wenn du glaubst, daß du nicht hart genug gearbeitet hast, will ich gerne für Abhilfe sorgen.«

Jetzt komme ich ganz bestimmt zu spät zu meiner Mathematikstunde, dachte Peter. Lieutenant Saavik wird sie ausfallen lassen, und zu allem anderen wird es mich drei Tage kosten, bis der Onkel seine miese Laune wieder überwunden hat. Na, du Schlauberger, war es das wert?

Er sah wieder den Gesichtsausdruck des Admirals vor sich, als er ihm den ›Schraubenschlüssel für Linkshänder‹ übergeben hatte und entschied, daß allein das die Folgen wert war.

Unglücklicherweise war Onkel Montgomery anderer Ansicht.

»Du weißt, daß ich nicht so denke, Onkel«, sagte Peter in einem Versuch, ihn friedlich zu stimmen.

»Ah, *jetzt* ist es der Onkel! Und wechsle gefälligst nicht das Thema! Ich verlange eine Erklärung für dein unmögliches Benehmen!«

»Er hat mich getestet, Onkel, er wollte sehen, wie dumm ich bin. Und wenn jemand das tut, sagt Dannan ...«

»Dannan!« schrie Onkel Montgomery. »Diese Schwester von dir hat nur Glück gehabt, daß sie nicht öfter in Arrest geflogen ist, als ein Computer zählen kann! Ich würde mir deine Schwester nicht als Beispiel nehmen, wenn du weißt, was gut für dich ist!«

»Moment mal!« schrie Peter zurück. »Dannan ist ... sie ist ...«

Es stimmte, daß sie eine Menge Disziplinarstrafen eingesammelt hatte; es traf sogar zu, daß sie einmal beinahe aus der Starfleet geflogen wäre. Doch selbst Onkel Montgomery hatte ihm tausend Mal erklärt, daß man manchmal die eigene Initiative benutzen müsse, und genau das war es, was Dannan getan hatte. Außerdem kam es nicht darauf an. Dannan war Peters Schwester und er verehrte sie wie eine Göttin.

»Du darfst nicht so über sie sprechen!«

»Ich spreche über sie, wie es mir paßt, und du wirst zuhören und einen höflichen Ton bewahren.«

»Kann ich jetzt gehen?« fragte Peter mürrisch. »Ich bin schon fünf Minuten zu spät dran, und Lieutenant Saavik wird nicht länger warten.«

»Das ist ein anderer Punkt. Du bist viel zu häufig mit ihr

zusammen. Glaubst du, sie hat nichts besseres zu tun, als die Gesellschaft eines Kindes zu ertragen?«

»Was soll *das* nun wieder heißen?« fragte Peter aufgebracht.

»Versuche nicht, deinen alten Onkel zum Narren zu halten, junger Mann! Ich kann eine Schuljungen-Schwärmerei erkennen, wenn ich sie sehe – und alle anderen auch. Mein Rat für dich ist«, setzte er herablassend hinzu, »laß es dir nicht so anmerken.«

»Du weißt ja nicht, wovon du sprichst!«

»So? Meinst du? Dann verschwinde, du überschlauer Bursche, wenn du dir zu klug vorkommst, um auf den Rat von Älteren zu hören.«

Peter floh aus dem Maschinenraum.

Saavik erschien etwas verspätet zur Mathematikstunde. Die Inspektion und das Ausdocken hatten ihren normalen Zeitplan etwas durcheinandergebracht. Sie war überrascht, daß Peter auch noch nicht da war. Vielleicht war er, wie immer, pünktlich gewesen, hatte Saavik nicht vorgefunden und angenommen, daß der Trainingsflug die gewohnte Routine verändern würde. Aber sie würde noch ein paar Minuten warten. Vielleicht wollte Mr. Spock nach der Inspektion des Maschinenraums noch einmal mit den jungen Leuten sprechen.

Das konnte ziemlich lange dauern, überlegte Saavik. Ich werde warten.

Als Spock sie darum gebeten hatte, Peter Preston Stunden in höherer Mathematik zu geben, hatte sie das ablehnen wollen. Peter war mit seinen vierzehn Jahren kaum älter, als sie zu der Zeit, als das vulkanische Forschungsteam auf ihrem Heimatplaneten gelandet war.

Saavik hatte befürchtet, daß sie den freundlichen und gut erzogenen Peter mit der Kreatur vergleichen würde, die sie auf Hellguard gewesen war. Sie hatte befürchtet, daß sie ihm die Vorteile verübeln würde, die seine Kindheit ihm gewährt und ihr vorenthalten hatte. Sie fürchtete sich vor ihrer Wut, und vor ihren Reaktionen darauf, wenn sie ihr auch nur für eine Sekunde nachgab.

Als sie dies alles Captain Spock zu erklären versuchte, hatte er ruhig und mit allen Zeichen des Verstehens zugehört. Dann entschuldigte er sich dafür, sich unklar ausgedrückt zu haben: er hätte sie nicht gebeten, sondern ihr einen Befehl erteilt, den sie als Teil ihres Trainingsprogramms auszuführen habe. Sturer Gehorsam sei unlogisch, doch Vertrauen absolut notwendig. Wenn Saavik in all den Jahren, die sie Spock kannte, ihn nicht ihres Vertrauens für würdig hielt, stünde ihr es natürlich frei, den Befehl zu verweigern. Auch dann würden ihr viele Wege der Ausbildung und der Beförderung offen stehen. Keine jedoch unter Spocks Kommando.

Spock war Teilnehmer der vulkanischen Expedition nach Hellguard gewesen. Er allein hatte die anderen Vulkanier dazu gebracht, die Verantwortung für die zurückgelassenen Bewohner dieses Planeten zu übernehmen, obwohl sie viele logische Gründe vorbrachten – und noch besser fundierte, unausgesprochene Ausreden –, um jede Verantwortung abzulehnen. Saavik verdankte ihre Existenz als zivilisiertes Wesen, und wahrscheinlich sogar ihr Leben – denn man starb jung und grausam auf Hellguard – Spocks Eingreifen.

Sie gehorchte seinem Befehl.

Saavik hörte Peter den Korridor entlanglaufen. Außer Atem und verstört stürzte er herein.

»Entschuldigen Sie vielmals, daß ich mich verspätet habe«, sagte er. »Ich bin so rasch gekommen, wie ich konnte. Ich fürchtete schon, daß Sie nicht warten würden.«

»Ich habe mich auch verspätet«, gab sie zu. »Ich nahm an, daß Sie durch die Inspektion aufgehalten worden seien, genau wie ich.« Saavik wollte jedoch sich selbst gegenüber ehrlich sein: einer der Gründe, warum sie gewartet hatte, war, daß ihr der Unterricht mit dem jungen Kadetten sehr viel Vergnügen bereitete. Peter war intelligent und schnell, und wenn sie auch zu verschiedenen Altersgruppen gehörten, so daß Peter noch ein Kind war und sie erwachsen, war sie doch nur sechs Jahre älter als er.

»Haben Sie sich auf die heutige Lektion vorbereitet?«

»Ich denke schon«, sagte er. »Ich glaube, ich habe die Projektion von n-dimensionalen Hyperebenen in n-l-dimensionale Räume begriffen, bin aber ein bißchen durcheinander gekommen, als sie sich zu überschneiden begannen.«

Saavik verband Peters kleinen Computer mit dem größeren Monitor.

»Lassen Sie uns das überprüfen«, sagte sie, »dann werden wir sehen, wo Sie ... ein bißchen durcheinandergekommen sind.«

Während sie Peters Arbeit durchsah, dachte sie daran, wie falsch sie ihre eigene Reaktion auf Peter eingeschätzt hatte. Sie hatte von Anfang an keinen Widerwillen gegen den Jungen empfunden; ganz im Gegenteil, die Erkenntnis, daß ihre Kindheit eine Abnormalität gewesen war und nicht symptomatisch für ein vorsätzlich grausames Universum, hatte ihr Trost gegeben. Natürlich gab es Grausamkeit in der Welt, doch die Naturgesetze erforderten sie nicht.

Sie lernte zumindest ebensoviel von Peter, wie er von ihr lernte: sie erhielt Lektionen über die Freude am Leben und die Möglichkeit, glücklich zu sein, Themen, über die sie nicht ungezwungen mit Spock sprechen konnte, die sie ihm gegenüber sogar strikt vermied.

Doch der Captain war viel empfindlicher und komplexer als sein vulkanisches Äußeres ihm zu zeigen erlaubte. Vielleicht hatte er ihr diese Aufgabe nicht gestellt, damit sie, wie sie angenommen hatte, lernte, ihre Wut, deren Ausbruch sie so fürchtete, unter Kontrolle zu halten. Vielleicht lernte sie von Peter genau das, was Spock beabsichtigt hatte.

»Hier, Peter«, sagte sie. »An dieser Stelle liegt der Fehler.« Sie deutete auf eine falsch aufgelöste Gleichung.

»Wie?«

Er starrte mit blinden Augen auf den Monitor. Seine Gedanken waren tausend Lichtjahre weit entfernt.

»Die Stelle, wo Sie durcheinanderkommen«, sagte sie, »liegt genau hier.«

»Oh. Ja. Okay.« Er starrte darauf und blinzelte und sagte nichts weiter.

»Peter, was ist mit Ihnen los?«

»Ah, nichts.«

Saavik schwieg ein paar Sekunden lang. Peter spielte nervös mit den Händen.

»Peter«, sagte Saavik, »Sie wissen, daß ich manchmal Schwierigkeiten habe, die Reaktionen von Menschen zu begreifen. Ich brauche Hilfe, um das zu lernen. Wenn alles in Ordnung ist, wird für mich die Überlegung, warum ein Mensch sich so verhält, daß ich glaube, etwas sei mit ihm nicht in Ordnung, zu einem ernsten Problem.«

»Es gibt so Sachen, über die man nicht reden mag.«

»Ich weiß – und ich will mich nicht in Ihre persönlichen Angelegenheiten drängen. Aber wenn Sie wirklich nichts bedrückt, muß ich viele Kriterien meiner Verhaltensanalyse neu überdenken.«

Er atmete tief durch. »Ja, es ist etwas passiert«, sagte er.

»Sie brauchen mir nicht zu sagen, was es ist«, erklärte Saavik.

»Darf ich es Ihnen sagen, wenn ich will?«

»Natürlich.«

Er zögerte, als ob er seine Gedanken erst ordnen müßte. »Wissen Sie«, sagte er schließlich, »ich hatte vorhin einen kleinen Streit mit Commander Scott.«

»Einen Streit?« sagte Saavik erregt.

»Wir sind nicht mit Fäusten aufeinander losgegangen oder sowas. Aber darum geht es gar nicht. Er kann sich über jeden Dreck aufregen.«

»Peter, es wäre besser, wenn Sie nicht in diesem Ton von Ihrem Vorgesetzten reden würden.«

»Ja, Sie haben natürlich recht. Aber das hat er schon mein ganzes Leben lang getan – sein ganzes Leben lang, sollte ich wohl sagen. Ich weiß das, weil er mein Onkel ist.«

»Oh«, sagte Saavik.

»Ich habe niemand auf dem Schiff etwas davon gesagt, aber jetzt fängt er an, es herumzuerzählen. Er hat es dem *Admiral* erzählt – können Sie sich das vorstellen? Das war das eine, was mich in Wut gebracht hat.« Er schwieg und atmete tief durch und schüttelte den Kopf.

»Aber . . .«

Saavik wartete schweigend.

Peter blickte zu ihr auf, wurde ein wenig rot und sah wieder fort. »Er hat gesagt ... er meinte, Sie hätten Besseres zu tun, als sich mit mir zu beschäftigen. Er sagte, ich sei eine Pest, und er sagte ... er sagte, daß ich ... Nein, lassen wir das. Es ist zu dumm. Er sagte, daß ich Ihnen bestimmt lästig bin.«

Saavik runzelte die Stirn. »Die erste Feststellung stimmt nicht, und die zweite ist lächerlich.«

»Sie wollen sagen, daß es Ihnen nichts ausmacht, mir Mathematikstunden zu geben?«

»Im Gegenteil, es macht mir Freude.«

»Und Sie finden nicht, daß ich eine Pest bin?«

»Ganz bestimmt nicht.«

»Das freut mich. Ehrlich.« Peter strahlte. »Er ist der Meinung, daß ich mich ... also ... sehr dämlich benommen hätte. Er hat mich ausgelacht.«

»Das haben Sie nicht verdient.«

Er fühlte sich beschämt, erkannte Saavik. Sie hatte eine Menge Erfahrung mit diesem Gefühl. Sie wollte sie nicht an einen anderen weitergeben. Sie wünschte sich, ein Mittel zu kennen, das seinen Schmerz lindern konnte, doch sie fühlte sich genauso verwirrt wie er.

»Peter«, sagte sie. »Ich kann Ihre Mißverständnisse mit Ihrem Onkel nicht lösen. Ich kann Ihnen nur sagen, daß ich mir als Kind immer etwas gewünscht habe, dessen Namen ich damals nicht kannte. Später habe ich diesen Namen erfahren: es ist *Freund.* Ich habe Menschen gefunden, die ich bewundern und achten kann. Doch ich habe niemals einen Freund gefunden. Bis jetzt.«

Er blickte zu ihr auf. »Sie meinen ... mich?«

»Ja.«

Aus unerklärlichen Gründen brach er in Tränen aus.

Pavel Chekov schrie.

Nichts geschah.

Sein Verstand und sein Erinnerungsvermögen waren scharf und klar. Er war sich allem, was um ihn herum vorging, überbewußt: er befand sich auf der Brücke der *Reliant.* Joachim saß neben ihm an der Ruder-Konsole, Terrell saß reglos, mit stumpfem Gesichtsausdruck, auf dem Platz des Ersten Offiziers, und Khan ...

Khan räkelte sich im Kommandantensessel. Der große Bildschirm war auf die Heck-Sensoren geschaltet; Alpha Ceti V wurde von einer Kugel zu einer Scheibe zu einem Lichtfleck und verschwand dann ganz. Die *Reliant* ging auf Warp über, und jetzt wurde selbst Alpha Ceti, der Stern des Systems, zu einem winzigen Fleck, der sich im Sternenfeld verlor.

»Auf Kurs«, sagte Joachim. »Alle Systeme normal.«

»Es war nett von Ihnen, Mr. Chekov, mir ein Schiff zu bringen, das der *Enterprise* so ähnlich ist«, sagte Khan.

Vor fünfzehn Jahren hatte Khan die technischen Manuale der *Enterprise* durchblättert und anscheinend Seite für Seite mit einem einzigen Blick in sein Gedächtnis eingeprägt. Soweit Chekov es beurteilen konnte, hatte er sich diese Erinnerung in allen Details bis zu diesem Tag bewahren können. Mit diesem Wissen, und mit Terrell unter seiner absoluten Kontrolle, hatte Khan kaum Schwierigkeiten gehabt, die *Reliant* zu übernehmen. Die meisten Mitglieder der Crew waren ihrer Arbeit nachgegangen, ohne zu ahnen, daß irgendetwas nicht in Ordnung war, bis Khans Leute über sie hergefallen, einen nach dem anderen gefangengenommen und auf die Oberfläche von Alpha Ceti V gebeamt hatten.

Nur die Crew des Maschinenraums blieb an Bord, durch Aale gefügig gemacht.

Von den dreihundert Menschen an Bord hatte Khan nur zehn so widersetzlich gefunden, daß er sich die Mühe gemacht hatte, sie zu töten.

»Mr. Chekov, ich habe ein paar Fragen an Sie.«

Nicht antworten! Nicht antworten!

»Ja.«

Das Verhör begann.

Er antwortete auf alle Fragen, die Khan ihm stellte. Sein Gehirn schrie; er fühlte, wie sich die Kreatur in seinem Schädel wand; er antwortete.

Terrell befragte Khan nur kurz, doch schien es ihm viel Freude zu bereiten, Chekov immer neue Fragen zu stellen. Als er fertig war, wußte er jedes kleinste Detail von dem wenigen, was den Leuten der *Reliant* über das streng geheime Projekt Genesis bekanntgegeben worden war. Khan wußte, wo das Schiff gewesen war, was seine nächsten Ziele waren, und er wußte, daß alle Berichte an Dr. Carol Marcus gegeben wurden.

»Sehr schön, Mr. Chekov. Ich bin sehr zufrieden mit Ihnen. Aber sagen Sie mir noch etwas: Hat mein alter Freund Admiral Kirk etwas mit dem Projekt zu tun?«

»Nein.«

»Weiß er davon?«

»Das kann ich nicht sagen.«

Mit etwas schärferem Tonfall fragte Khan: »Könnte er etwas darüber in Erfahrung bringen?«

Kirk war Mitglied des Admiralstabs von Starfleet; er hatte Zugang zu sämtlichen geheimen Informationen, die ihn interessierten. Chekov versuchte verzweifelt, das vor Khan zu verbergen. Sein Verstand arbeitete so rasch und so gut, daß er *wußte,* was Khan vorhatte. Er wußte es, und er fürchtete es.

»Antworten Sie mir, Mr. Chekov.«

»Ja.«

Khan lachte leise, und es klang wie ein sanftes Streicheln.

»Joachim, mein Freund, setz einen neuen Kurs fest. Wir werden Regulus I einen kleinen Besuch abstatten.«

»Mylord . . .!« Joachim blickte seinen Fürst an, Widerspruch schwang in seiner Stimme.

»Paßt dir das nicht?«

»Khan Singh, ich bin dir verschworen. Wir alle sind es. Aber wir sind doch jetzt frei! Dies ist der Moment, auf den wir zweihundert Jahre lang gewartet haben! Wir haben ein Schiff! Wir können gehen, wohin wir wollen . . .«

»Ich habe vor fünfzehn Jahren einen Schwur abgelegt, Joachim. Du warst dabei Zeuge, damals, und als ich ihn wiederholt habe. Bis dieser Schwur, den ich gegenüber mir selbst und gegenüber meiner Frau geleistet habe, erfüllt ist, bin ich nicht frei.«

»Khan, Mylord, sie hat niemals nach Rache verlangt.«

»Du überschreitest deine Grenze, Joachim«, sagte Khan gefährlich leise.

Der jüngere Mann schluckte heftig, fuhr jedoch fort. »Du bist aus dem Gefängnis entkommen, in das James Kirk dich eingeschlossen hatte! Du hast bewiesen, daß er dich nicht halten kann, Khan! Du hast gesiegt!«

»Er ist eine Herausforderung für mich, Joachim. Er ist eine Herausforderung, und ich will ihn haben.«

Die beiden Männer starrten einander an; Joachim mußte nachgeben und wandte den Kopf ab.

»In fünfzehn Jahren ist das alles, was ich für mich verlangt habe, Joachim«, sagte Khan. »Für mich gibt es kein neues Leben, kein neues Beginnen, bevor ich mein Ziel erreicht habe. Ich weiß, daß du mich liebst, mein Freund. Doch wenn du meinst, daß ich kein Recht auf diese Jagd nach Kirk habe, sage es mir gerade heraus. Ich werde dich dann von dem Treueeid, den du mir geschworen hast, entbinden.«

»Diesen Eid werde ich nie brechen, Mylord.«

Khan Singh nickte. »Regulus I, Joachim«, sagte er freundlich.

»Wie du befiehlst, Khan.«

»Das wär's«, sagte Carol Marcus zum Hauptcomputer. »Genesis acht-zwei-acht Komma SBR. Endgültige Fassung. Speichern.«

»Okay«, antwortete der Computer.

Carol seufzte ungläubig. Endlich fertig.

»Fehler«, sagte der Computer sachlich. »Speicher gefüllt.«

»Was soll das heißen, Speicher gefüllt?« Sie hatte die Speicherkapazität erst tags zuvor überprüft.

Die verdammte Maschine begann ihr die idiotische Erklärung peripherer Speicherung vorzubeten. »Der Speicher ist gefüllt, wenn der Umfang der Daten in RAM größer ist als ...«

»Oh, hör auf!« sagte Carol.

»Okay.«

»Verdammt! David, du wolltest dem Monster doch neue Speicherzellen installieren!«

Alle ihre Computer speicherten Daten durch das Arrangement mikroskopisch kleiner Magnetblasen innerhalb einer Matrix, die in einem Behälter mit flüssigem Wasserstoff von einer Temperatur nahe des absoluten Nullpunkts aufgehängt waren. Diese Speichermethode war überaus effizient, sehr schnell und hatte eine große Kapazität. Doch von Anfang an war Genesis von unzureichender Speicherkapazität geplagt gewesen. Die Programme und Datenaufstellungen waren so enorm, daß jeder neue Speicher fast so rasch gefüllt war, wie man ihn installiert hatte. Besonders kritisch war die Situation beim Monster, dem Hauptcomputer. Er arbeitete weitaus schneller als jeder andere Computer der Station, also wollte natürlich jeder ihn benutzen.

David trat zu ihr. »Das habe ich auch getan«, sagte er. »Ich mußte sogar einen neuen Behälter dafür einrichten, aber ich habe es erledigt. Sind sie etwa *schon wieder* voll?«

»Das ist es, was der Computer sagt.«

Er runzelte die Stirn und blickte im Laboratorium umher.

»Hat jemand von euch irgendetwas gespeichert, das er nicht mehr braucht?«

Jedda, ein Deltaner, der zu sehr schnellen Reaktionen fähig war, lief auf Carol zu und blickte sie alarmiert an. »Wenn du meine Quantum-Daten löschst, wäre ich *sehr* traurig darüber.«

»Ich will überhaupt nichts löschen«, sagte Carol, »aber ich habe sechs Wochen damit zugebracht, diese Sub-Routine auszubügeln, und ich brauche sie.«

An einem Labortisch in der Nähe tauschte Del March einen raschen Blick mit Madison Vance. Vance verzog sein Gesicht zu einer Grimasse, und Carol bemerkte das.

»Okay, Jungens«, sagte sie. »Del, hast du etwa wieder mein Schaumbad benutzt?«

Del trat mit hängendem Kopf auf sie zu; Vance folgte ihm mit seinem schlaksigen Gang. Sie sind wie zwei Kinder, dachte Carol. *Wie* Kinder? Sie *sind* Kinder. Sie waren nur ein paar Jahre älter als David.

»Weißt du, Carol«, sagte Del, »es ist nur ein kleines ...«

»Del, wir haben dreiundneunzig Computer in diesem Raumlabor. Warum müßt ihr eure Spiele ausgerechnet auf den Hauptcomputer programmieren?«

»Da laufen sie viel besser«, sagte Vance mit seiner sanften, wohlklingenden Stimme.

»Man kann ›Boojum Jagd‹ auf keiner anderen Maschine spielen, Carol«, sagte Del. »He, du solltest uns mal dabei zusehen. Das Spiel hat ein Schwarzes Loch mit einer Zuwachsscheibe, die herausschnellt und dich packt, und die Grafik ist phantastisch. Wenn wir einen dreidimensionalen Bildschirm hätten ...«

»Warum muß ich mich mit so Leuten wie euch herumärgern?« stöhnte Carol. Die Antwort darauf war sehr einfach: Vance Madison und Del March waren die beiden besten Quark-Chemiker auf ihren Fachgebiet, und wenn sie gemeinsam arbeiteten, wurden ihre Begabungen nicht einfach addiert, sondern sie multiplizierten sich. Jedesmal, wenn sie eine Arbeit veröffentlichten, erhielten sie ganze Stöße von Einladungen zu wissenschaftlichen Konferenzen. Genesis mußte glücklich sein, sie für sich gewonnen zu haben, und das wußte Carol sehr gut.

Die beiden jungen Wissenschaftler spielten so gut und so gerne zusammen wie sie arbeiteten; unglücklicherweise waren sie nur an Computerspielen interessiert. Del hatte einmal versucht, Carol zum Mitspielen zu bewegen; sie war daran nicht nur uninteressiert, sie war desinteressiert.

»Wie ist der Name eures Programms?« fragte sie. Sie war zu müde, um noch höflich oder geduldig zu sein. Sie wandte sich wieder der Konsole zu. »Vorbereitung zum Löschen eines Programms«, sagte sie zu dem Computer.

»Okay«, antwortete er.

»Nicht löschen, Carol«, sagte Del. »Komm, gib uns eine Chance!«

Sie hätte es beinahe doch gelöscht; Dels Kindereien gingen ihr am meisten auf die Nerven, wenn sie erschöpft war.

»Wir werden dir in Zukunft auch nicht mehr auf den Wecker gehen, Carol«, sagte Vance. »Das ist ein Versprechen.«

Vance sagte nie etwas, das er nicht ernst meinte. Carol gab nach.

»Oh – meinetwegen. Wie ist der Name des Programms?«

»BH«, antwortete Del.

»Habt ihr nicht auch eins drin, das unter BS läuft?« fragte David.

Del grinste verlegen. Carol schaltete einen der kleineren Computer auf das Monster.

»Ah – Carol«, sagte Del, »ich glaube nicht, daß es da reinpaßt.«

»Welchen Umfang hat es denn?«

»Nun ... so um die fünfzig Megs.«

»Jesus auf Latschen!« rief David. »Das Programm, das Saturn verschlungen hat.«

»Wir haben eine Menge neuer Sachen hinzugefügt, seit wir es zum letztenmal mit dir gespielt haben«, sagte Del.

»Mit mir? Ich spiele nie Computerspiele!«

Vance lachte leise. David lief rot an. Carol suchte nach ausreichendem peripհären Speicherraum und transferierte das Programm.

»Okay, Zwillinge«, sagte sie. Es machte ihr Spaß, sie im Scherz ›Zwillinge‹ zu nennen: Vance war zwei Meter groß, schlank, schwarz, konzentriert und still, während Del fast dreißig Zentimeter kleiner war, untersetzt, hellhäutig, manisch und leicht erregbar.

»Danke, Carol«, sagte Vance lächelnd.

Jedda verschränkte die Arme vor der Brust. »Ich hoffe, daß meine Daten nun für einen weiteren Tag sicher sind, oder?«

»Ganz sicher.«

Der Weltraum-Kommunikator summte, und Jedda trat an die Konsole, um sich zu melden.

Carol verstaute die Genesis-Sub-Routine noch einmal im Monster.

»Okay«, meldete der Computer, und zwei Sekunden später: »Befehl?«

Carol atmete befreit auf. »Genesis speichern. Komplett.«

Eine kurze Pause.

»Okay.«

»Und durchlaufen lassen.«

»Okay.«

»Sofort«, sagte Carol. »Wir warten.«

»Carol«, sagte Jedda beim Kommunikator, »es ist die *Reliant*.«

Sie erhob sich rasch. Die anderen folgten ihr zum Kommunikator. Jedda legte den Ruf auf den großen Bildschirm und die Lautsprecher.

»*Reliant* an Raumlabor. Raumlabor bitte melden!«

»Hier Raumlabor. Sprechen Sie, Commander Chekov.«

»Gut, Dr. Marcus. Wir sind unterwegs nach Regulus. Unsere ETA* ist drei Tage von jetzt.«

»Drei Tage? Warum so bald? Was haben Sie auf Alpha Ceti VI vorgefunden?«

Chekov starrte sie vom Bildschirm heraus an. Was ist mit ihm los? fragte sich Carol. Auf einem Hyperkanal sollte es keine Zeitverzögerungen geben.

»Ist irgendetwas geschehen? Pavel, hören Sie mich? Ist irgendetwas geschehen?«

»Nein, nichts, Doktor. Alles in Ordnung. Alpha Ceti VI ist genau das, was Sie suchen.«

»Macht das Bierfaß auf!« sagte Del.

»Aber was ist mit ...«

Chekov unterbrach sie. »Wir haben neue Befehle, Doktor. Nach Ankunft beim Raum-Labor werden wir alle Unterlagen von Projekt Genesis für das Militär in Gewahrsam nehmen.«

»Blödsinn!« sagte David.

»Schscht, David«, sagte Carol automatisch. »Commander Chekov, das ist ein Verstoß gegen alle Vorschriften. Wer hat den Befehl dazu gegeben?«

»Das Flottenkommando, Dr. Marcus. Er kommt direkt vom Admiralstab.«

»Dies ist ein ziviles Projekt! Dies ist *mein* Projekt ...«

»Ich habe meine Befehle.«

»Und welcher geistesschwache Lamettaträger hat die Befehle gegeben?« rief David.

Chekov wandte den Kopf ab, blickte dann wieder aus dem Bildschirm.

---

* *ETA* = Estimated Time of Arrival = voraussichtliche Ankunftszeit – *Anm. d. Übers.*

»Admiral James T. Kirk.«

Carol fühlte, wie ihr alles Blut aus dem Gesicht wich.

David drängte sich an ihr vorbei zur Konsole.

»Ich wußte, daß sie so etwas abziehen würden!« schrie er. »Ganz egal, was irgendjemand unternimmt, sie können es garnicht erwarten, es in ihre dreckigen Hände zu bekommen und damit Menschen umzubringen!« Er griff nach dem Hauptschalter der Konsole, um die Verbindung abzubrechen.

Carol hielt seine Hand fest. Du darfst jetzt auf keinen Fall die Beherrschung verlieren, sagte sie sich und atmete tief durch. »Commander Chekov, dieser Befehl ist gesetzeswidrig. Ich werde keinem Militär Zugang zu meiner Arbeit geben.«

Chekov zögerte, blickte wieder zur Seite.

Was geht dort eigentlich vor? fragte Carol sich.

»Es tut mir leid, daß Sie eine solche Einstellung dazu haben, Dr. Marcus«, sagte Chekov steif. »Der Befehl ist bestätigt worden. Bereiten Sie sich bitte darauf vor, das Projekt Genesis bei unserem Eintreffen in drei Tagen für uns bereitzuhalten! *Reliant* Ende.«

Er streckte die Hand vor; der Kontakt wurde unterbrochen.

Alle begannen gleichzeitig zu sprechen.

»Würdet ihr bitte *den Mund halten!*« rief Carol. »Bei dem Lärm kann ich ja nicht einmal denken!«

Die erregten Stimmen erstarben allmählich.

»Das muß ein Irrtum sein«, sagte Carol.

»Ein Irrtum! Mein Gott, Mutter! Piraterei ist das! Sie kommen her und saugen uns mit einem Schiff aus. ›Für uns bereithalten!‹ Ha!«

»Es sieht eher so aus, als ob sie uns beseitigen wollten«, sagte Jedda.

»David . . .«

»Und wann hätten sie eine bessere Gelegenheit dazu, alles, was wir hier tun, genau zu beschnüffeln? Sie brauchten nur darauf zu warten, daß praktisch die gesamte Besatzung der Station auf Urlaub ist; jetzt können sie über uns herfallen, und nur wir paar Leute sind da, um uns zu widersetzen!«

»Aber . . .«

»Die halten uns doch für Wegwerfware!«

»David, hör auf damit! Du wirfst den Militärs ständig vor, daß sie tobende Paranoiker sind. Was meinst du, wo *du* dich jetzt hineinsteigerst? Starfleet hat hundert Jahre lang den Frieden geschützt ...«

Schweigen.

David konnte dem, was Carol gesagt hatte, nicht widersprechen. Andererseits konnte Carol nicht erklären, was geschehen war.

»Irrtum oder nicht«, sagte Vance, »wenn sie Genesis in ihre Hände bekommen, werden sie es nicht wieder zurückgeben.«

»Du hast recht«, sagte Carol. Sie dachte ein wenig nach. »Okay. Hört jetzt alle genau zu! Sammelt euren Kram zusammen. Beginnt mit den Labornotizen und macht von da aus weiter. Jedda, schläft Zinaida?« Carol wußte, daß Zinaida, die Mathematikerin der Station, bis zum frühen Morgen an den Streuungs-Gleichungen gearbeitet hatte.

»Sie schlief noch, als ich unser Zimmer verlassen habe«, sagte er. Wie Jedda, war auch Zinaida Deltaner. Deltaner pflegten in Gruppen zu leben und zu arbeiten, weil ein Deltaner sich allein entsetzlich isoliert vorkommt. Sie brauchten gefühlsmäßige und körperliche Nähe von einer solchen Intensität, daß keine andere Spezies ein intimes Zusammenleben mit einem von ihnen längere Zeit überleben konnte.

»Okay, dann solltest du sie lieber wecken. Vance, Del, ihr beiden Computer-Magier: ihr werdet alles, was in den Maschinen gespeichert ist, auf transportable Speicher übertragen, weil wir sämtliche Daten, sämtliche Programme, die wir nicht mitnehmen können, löschen werden – und das gilt auch für euer BH, oder BS, oder wie immer es heißen mag! Also macht euch an die Arbeit!«

»Aber wohin wollen wir gehen?« fragte Del.

»Das wissen nur wir, und die *Reliant* muß es herausfinden. Aber wir haben nur drei Tage. Also wollen wir keine Zeit vergeuden.«

Die Tür des Turbo-Lift begann zuzugleiten.

»Bitte warten!«

»Halt!« sagte Jim Kirk zu den Sensoren. Gehorsam glitt die Tür wieder auf.

Lieutenant Saavik sprang in die Kabine.

»Danke, Sir.«

»Es ist mir ein Vergnügen, Lieutenant.«

Sie blickte ihn forschend an; Kirk begann sich unbehaglich zu fühlen.

»Admiral«, sagte sie plötzlich, »darf ich mit Ihnen sprechen?«

»Lieutenant«, antwortete Kirk, »Mangel an Ausdrucksfähigkeit scheint nicht Ihr Problem zu sein.«

»Wie bitte, Sir?«

»Lassen Sie nur! Was wollten Sie sagen?«

»Ich möchte mit Ihnen über meine hohe Benotung sprechen.«

»Die haben Sie verdient.«

»Da bin ich anderer Meinung.«

»Wegen des Resultats von *Kobayashi Maru?*«

»Ich bin mit der Situation nicht fertig geworden«, sagte Saavik.

»Das konnten Sie auch nicht. Es gibt keine Lösung. Es ist ein Charaktertest.«

Sie dachte eine Weile darüber nach.

»War dieser Test Teil unserer Ausbildung, Admiral?«

»Ganz gewiß«, sagte Jim Kirk mit einem Lächeln.

»Darf ich fragen, wie *Sie* mit dem Test fertig geworden sind?«

»Natürlich dürfen Sie fragen.« Kirk lachte.

Sie starrte ihn an.

»Das war ein kleiner Scherz, Lieutenant«, sagte Kirk.

»Admiral«, sagte sie vorsichtig, »die Scherze der Menschen unterscheiden sich sehr stark von denen, mit denen ich vertraut bin.«

»Was für Scherze meinen Sie damit?«

»Die der Romulaner.«

Möchtest du sie kennen? fragte sich Jim. Nein, das willst du nicht.

»Ihr Konzept, Admiral«, sagte Saavik, »das menschliche Konzept, erscheint mir komplexer und schwieriger.«

Plötzlich dachte er: *Mein Gott, ist sie schön.*

Vorsicht! rief er sich zur Ordnung, und dann, sarkastisch: Du bist *Admiral!*

»Wissen Sie, Lieutenant, wir lernen durch unsere Fehler.«

Auch dagegen hatte sie nichts einzuwenden. Er beschloß, das Thema zu wechseln.

»Lieutenant, darf ich Ihnen einen Rat geben?«

»Bitte«, sagte sie seltsam gepreßt.

»Es steht Ihnen frei, den Test mehr als einmal zu absolvieren. Wenn Sie mit Ihrer Leistung nicht zufrieden sind, sollten Sie ihn wiederholen.«

Der Lift wurde langsamer und stoppte. Die Tür glitt auf, und Dr. McCoy, der ungeduldig gewartet hatte, trat in die Kabine.

All diese Modernisierungen, dachte er, und was kommt davon: alles wird sogar noch langsamer.

»Wer hat den verdammten Lift festgehalten? – Oh!« sagte er, als er Kirk und Saavik sah. »Hallo.«

»Ich danke Ihnen, Admiral«, sagte Saavik, als sie aus der Liftkabine trat. »Ich schätze Ihren Rat sehr. – Guten Tag, Doktor.«

Die Tür glitt zu.

Jim schwieg und starrte zur Decke der Kabine empor.

McCoy bemühte sich, seine beste Imitation eines alten Schwerenöters abzugeben und hob die Brauen.

»Hat sie ihre Frisur geändert?«

»Was?«

»Ich sagte ...«

»Ich habe verstanden, Pille. Wann wirst du endlich erwachsen?«

Endlich mal etwas anderes, dachte McCoy. Vielleicht nicht besser, aber zumindest anders.

»Wunderbares Zeug, dieses romulanische Bier«, sagte McCoy mit einem Anflug von Sarkasmus.

Kirk senkte den Kopf und sah ihn an. »Ein gutes Mittel zur Auffrischung von Erinnerungen«, sagte er.

»So?«

»Es hat mich daran erinnert, warum ich es nie gemocht habe.«

»Das ist Dankbarkeit ...«

»Admiral Kirk«, tönte die Stimme Uhuras aus dem Intercom. »Dringender Ruf für Admiral Kirk.«

Jim schaltete das Intercom ein. »Hier Kirk.«

»Sir, das Regulus-Raum-Labor ist auf Hyperraum-Kanal. Dringend. Dr. Carol Marcus ...«

Carol Marcus? dachte McCoy. *Carol Marcus?*

»Ah ... Uhura, legen Sie es in meine Kabine«, sagte Jim.

»Jawohl, Sir.«

Er schaltete das Intercom wieder ab und starrte McCoy an, als ob es ihn irritierte, einen Zeugen für seine Reaktion zu haben.

»Sieh mal an, sieh mal an«, murmelte McCoy. »Es regnet niemals, aber es ...«

»Du bist vielleicht ein Arzt«, sagte Jim wütend. »Gerade du solltest wissen, wie gefährlich es ist, vernarbte Wunden aufzureißen.«

Die Lifttür glitt auf, und Kirk stürmte hinaus.

»Entschuldigung«, sagte McCoy, nachdem sich die Tür wieder geschlossen hatte. Nun, du alter Landarzt, dachte er, ihn zu reizen bringt auch nichts. Du mußt deine Taktik ändern, wenn du ihn aus seiner Reserve herauskitzeln willst.

Andererseits – warten wir doch erst einmal ab, was Carol von ihm will, vielleicht ist es gar nicht mehr nötig.

Jim Kirk eilte den Korridor der *Enterprise* entlang und versuchte, seine innere Ruhe zu bewahren. Carol Marcus? Nach all den Jahren? Es mußte etwas verdammt Ernstes sein, sonst würde sie sich nicht bei ihm melden. Und was, bei allen Heiligen, war mit McCoy los? Jedes Wort, das der Arzt seit drei Tagen geäußert hatte, enthielt einen Stachel.

Er lief in seine Kabine und schaltete den Bildschirm ein.

»Dr. Marcus für Sie, Admiral«, sagte Uhura.

Das Bild flackerte und zerfloß auf dem Bildschirm. Eine Sekunde lang konnte er Carols Gesicht erkennen, dann fiel es wieder auseinander.

»Uhura, können Sie das Signal nicht verstärken?«

»Ich versuche es, Sir. Es ist sehr stark gestört.«

». . . Jim . . . hörst du . . . kannst du sofort . . .?«

Was durchkam, war Carol Marcus' Verzweiflung und Wut.

»Verbindung bricht auseinander, Carol. Was ist los? Ist etwas passiert?«

». . . nicht verstehen . . .«

»Carol, was ist los?« Er wiederholte es immer wieder, in der Hoffnung, daß die Übertragung irgendwann etwas klarer wurde und sie seine Frage verstehen konnte.

». . . versuchen . . . uns Genesis wegzunehmen . . .«

»Was?« fragte er betroffen. »Genesis wegnehmen? Wer? Wer nimmt dir Genesis weg?«

». . . nicht hören . . . du den Befehl gegeben . . .?«

»Was für einen Befehl? Carol, *wer nimmt dir Genesis weg?*«

Die Übertragung wurde für kurze Augenblicke klarer. »Jim, nimm den Befehl zurück!« Sie brach wieder zusammen. ». . . keine Autorität . . . werde nicht zulassen . . .«

»Carol!«

»Jim, hilf uns bitte! Ich glaube nicht . . .«

Der Ton war ganz weg, der Bildschirm grau. Jim schlug mit der flachen Hand gegen die Konsole.

»Uhura, was ist los, verdammt noch mal?«

»Es tut mir leid, Sir. Es kommt nichts mehr durch. Es wird beim Sender gestört.«

»Gestört!«

»Das ist, was das Testmuster anzeigt, Admiral.«

»Verdammt«, sagte Jim noch einmal. »Commander, verbinden Sie mich mit dem Hauptquartier von Starfleet.«

»Jawohl, Sir.«

Jim Kirk traf auf die Brücke.

»Mr. Sulu«, sagte er, »stoppen Sie Impulsantriebe.«

»Antriebe stoppen!« sagte Sulu.

Die Brücken-Crew wartete, überrascht, erwartungsvoll, verwirrt.

»Wir haben einen Krisenfall«, sagte Kirk steif. »Auf Befehl des

Flottenkommandos übernehme ich vorübergehend das Kommando der *Enterprise.* Tragen Sie das bitte ins Logbuch ein. Wachoffizier! Mr. Sulu, legen Sie uns einen neuen Kurs fest: Regulus I, Raumlabor!« Er machte eine Pause, als ob er auf Widerspruch und Einwände wartete. Niemand sprach. Er schaltete das Intercom zum Maschinenraum ein. »Mr. Scott?«

»Jawohl, Sir.«

»Wir werden sofort auf Warp-Geschwindigkeit gehen.«

»Jawohl, Sir.«

»Kurs auf Raumlabor festgelegt, Admiral«, sagte Mr. Sulu.

»Warp-Antriebe einschalten!«

»Vorbereiten auf Warp-Geschwindigkeit!« sagte Saavik. Ihre Stimme klang angespannt und mißtrauisch, allein die Achtung, die Mr. Spock diesen Menschen entgegenbrachte, hielt sie davon ab, offen zu rebellieren. Sie brachte das Schiff in Warp-Bereitschaft.

»Fertig, Sir«, meldete Mr. Sulu.

»Warp fünf, Mr. Sulu!«

Das Schiff versammelte sich um sie und sprang los.

Kirk trat wieder in den Turbo-Lift und verschwand.

Spock war in seiner Kabine; er lag auf einer Platte aus poliertem vulkanischem Granit, seinem Meditations-Stein. Er bereitete sich darauf vor, von einer leichten Trance in eine tiefere zu sinken, als er spürte, daß die *Enterprise* auf Warp-Geschwindigkeit beschleunigte. Sofort brachte er sich zu vollem Bewußtsein zurück. Kurz darauf hörte er jemand vor seiner Tür.

»Herein!« sagte er leise und richtete sich auf.

Jim Kirk trat herein, setzte sich mit einer Gesäßbacke auf die Kante des Steins und starrte zu Boden.

»Spock, wir haben ein Problem.«

Spock hob eine Braue.

»Irgendetwas ist bei Regulus I passiert. Wir haben den Befehl, eine Untersuchung durchzuführen.«

»Schwierigkeiten beim Raum-Labor?«

»Sieht so aus.« Kirk hob die Hand. »Spock, ich habe Starfleet erklärt, daß wir eine Schiffsladung Kinder an Bord haben. Aber wir sind das einzige Schiff in diesem Oktanten. Falls *wirklich* etwas nicht in Ordnung sein sollte ... Spock, Ihre Kadetten ... wie gut sind sie? Was wird geschehen, wenn sie wirklich unter Druck stehen?«

»Es sind lebende Wesen, Admiral; alle lebenden Wesen haben ihre eigenen Gaben.« Er machte eine Pause. »Das Schiff steht natürlich ganz zu Ihrer Verfügung.«

»Spock ... ich habe die *Enterprise* bereits auf den neuen Kurs gebracht. Mir schien zu der Zeit höchste Eile geboten, und da ...«

»Die Zeit, von der Sie sprechen, liegt, wie ich annehme, zwei Minuten und dreißig Sekunden zurück, als das Schiff in Warp-Geschwindigkeit überging?«

Kirk grinste entschuldigend. »Ich weiß, ich hätte vorher zu Ihnen kommen sollen ...«

»Admiral, ich wiederhole: das Schiff steht ganz zu Ihrer Verfügung. Ich bin Lehrer. Dies ist jetzt nicht mehr ein Trainingsflug, sondern ein Einsatz. Da ist es nur logisch, wenn der ranghöchste Offizier das Kommando übernimmt.«

»Aber es könnte sich auch alles als falscher Alarm herausstellen. Die Verbindung war sehr schlecht. Wenn Sie – als Captain – mich nur bis nach Regulus brächten ...«

»Sie gehen von einer völlig falschen Voraussetzung aus. Ich bin Vulkanier. Ich habe kein empfindliches Ego.«

Jim Kirk blickte ihn prüfend an. »Und jetzt werden Sie mir sagen, daß Ihre Handlungen allein von der Logik diktiert werden.«

»Muß ich Sie an etwas erinnern, das Ihnen sehr gut bekannt ist?« Er machte eine Pause. »Die Logik sagt mir jedoch, daß Sie einen Fehler begangen haben, als Sie die Beförderung annahmen. Sie sind noch immer das, was Sie waren: Kommandant eines Sternenschiffs. Alles andere ist Verschwendung.«

Kirk grinste. »Ich möchte darüber nicht mit Ihnen diskutieren.«

»Sehr weise.« Spock stand auf. »Jedenfalls, auch wenn die Umstände anders wären, diktiert die Logik nach wie vor, daß die Bedürfnisse vieler die Bedürfnisse weniger mehr als aufwiegen.«

»Oder die des einzelnen?«

»Admiral ...«, sagte Spock. Er stockte, begann dann von vorn. »Sir, Sie sind mein Vorgesetzter. Aber Sie sind auch mein Freund. Und ich bin der Ihre und werde es immer bleiben. Ich biete Ihnen die Wahrheit so an, wie ich sie sehe, für mich und für Sie.«

»Spock ...«, sagte Kirk leise und streckte die Hand aus.

Spock zog sich in sich selbst zurück.

Kirk respektierte die Veränderung. Er ließ die Hand sinken.

»Kommen Sie mit auf die Brücke? Ich habe keine langen Erklärungen abgegeben, und Ihre Kadetten fragen sich vielleicht, ob ich gemeutert habe.«

»Natürlich, Admiral. Aber vielleicht sollten wir vorher noch mit Mr. Scott sprechen, damit auch er seinen Kadetten die Situation erklären kann.«

Zur Lunchzeit dieses Tages ging Lieutenant Saavik in die Kantine und stellte sich an. Um sie herum hörte sie die anderen jungen Leute darüber spekulieren, was den unplanmäßigen Kurswechsel verursacht haben mochte, und warum jetzt der Admiral die *Enterprise* kommandierte. Saavik fragte sich ebenfalls, was alle diese Änderungen zu bedeuten hatten. Sie neigte zu der Ansicht, daß es sich um eine neue, noch raffiniertere Trainingssimulation handelte.

Kurze Zeit, nachdem der Admiral seine Befehle zur Änderung von Kurs und Geschwindigkeit gegeben hatte, war er in Begleitung von Spock wieder auf der Brücke erschienen. Spock hatte der Crew erklärt, daß er das Kommando vorübergehend an Admiral Kirk übergeben habe. Und doch fühlte Saavik sich in dieser Situation nicht ganz wohl.

Sie zögerte bei der Wahl ihres Lunch. Am liebsten hätte sie ein Tartar-Steak genommen, doch Captain Spock betrachtete das Essen von Fleisch – ganz besonders von rohem Fleisch – als eine unzivilisierte Angewohnheit, gelinde ausgedrückt, also bestellte sie immer etwas anderes, wenn sie in seiner Gesellschaft aß. Sie hatte lange und ernsthaft versucht, sich an das vulkanische Ideal, den Vegetarismus, zu gewöhnen, doch dabei nur erreicht, daß sie krank wurde.

Sie fand einen Kompromiß und wählte ein Eiergericht, das fade und völlig ungewürzt aus der Kombüse kam, jedoch durch großzüge Zugabe von Sesamöl und Pippali, einem feurigen Gewürz, fast genießbar gemacht werden konnte. Peter Preston hatte einmal Pippali probiert, und Saavik hatte ihn nicht gewarnt, vorsichtig damit umzugehen. Sie hatte keine Ahnung gehabt, was für eine Wirkung es bei einem Menschen hervorrufen würde. Als er endlich aufgehört hatte, zu husten und Wasser in sich hineinzuschütten und wieder sprechen konnte, hatte er sie als eine ›Art Kombination zwischen destilliertem Chili und einer Kernreaktion‹ beschrieben.

Sie fragte sich, wo Peter war. Gelegentlich aßen sie zusammen; doch obwohl er jetzt Mittagspause hatte, war er nicht in der Kantine.

Saavik trat auf Spocks Tisch zu und blieb stehen. Er aß einen Salat.

»Darf ich mich zu Ihnen setzen, Sir?«

»Natürlich, Lieutenant.«

Sie setzte sich und überlegte, wie sie ihm am besten erklären konnte, daß sie sich Sorgen darüber machte, weil der Admiral das Kommando der *Enterprise* übernommen hatte.

»Lieutenant«, sagte Spock, »wie kommen Sie mit Mr. Prestons Mathematikstunden voran?«

»Gut – sehr gut, Sir. Er ist fleißig und hat eine ausgesprochene Begabung für die Mathematik.«

»Ich dachte mir, daß ihm die Arbeit vielleicht zu viel werden könnte.«

»Davon habe ich nichts bemerkt, Captain.«

»Aber Mr. Scott hat mich gebeten, die Stunden vorläufig auszusetzen.«

»Aus welchem Grund?« fragte Saavik betroffen.

»Seine Erklärung war, daß an den Maschinen einiges zu tun sei und er Mr. Prestons Hilfe dabei benötige.«

»Die Maschinen«, sagte Saavik, »haben beim letzten Überholungstest eine Leistung von einhundertfünfzehn Prozent erbracht.«

»Sehr richtig«, sagte Spock. »Ich habe mir auch einige andere Gründe überlegt. Der Versuch, Mr. Preston vor Überbelastungen zu schützen, wäre eine Möglichkeit.«

Saavik schüttelte den Kopf. »Zunächst einmal, Captain, glaube ich, daß Peter ein sehr gutes Verhältnis zu mir hat und es mich wissen lassen würde, wenn er sich untergebuttert fühlte ...«

»Unter-*was?*«

»Ausgenutzt, überfordert. Entschuldigen Sie, ich wollte mich nicht unpräzise ausdrücken.«

»Und ich wollte nicht kritisieren, Lieutenant. Ihrem Fortschritt im Umgang mit Menschen kann das Erlernen ihrer sprachlichen Eigenheiten nur förderlich sein.«

Saavik verglich Spocks seltsame Fragen mit ihrem früheren Gespräch mit Peter. »Ich glaube, ich weiß, warum Mr. Scott den Unterricht Kadett Prestons unterbrechen will.«

Sie erklärte ihm, was geschehen war.

Spock überlegte. »Die Reaktion erscheint mir etwas extrem. Mr. Scott muß doch einsehen, daß eine gute Ausbildung jede Belastung wert ist – für den Lernenden wie für den Lehrenden. Hat Mr. Preston sonst noch etwas gesagt?«

»Einen Teil von Mr. Scotts Vorwürfen wollte er nicht wiedergeben. Er sagte, sie seien ... ›zu dumm‹. Er schien verlegen.«

»So?« Spock aß ein paar Blätter von seinem Salat, Saavik probierte ihren Lunch. Sie schüttete noch mehr Pippali darauf.

»Saavin«, sagte Spock, »hat der Kadett auf irgendeine Weise gezeigt, daß er an Ihnen hängt?«

»Was meinen Sie damit, Sir?«

»Drückt er Ihnen gegenüber Zuneigung aus?«

»So könnte man es nennen, Captain. Er schien sehr erleichtert, als ich ihm versicherte, daß ich ihn nicht als ›Pest‹ betrachte. Und ich muß zugeben ...« Sie machte eine kurze Pause und sagte dann etwas widerstrebend: »... daß ich ihn sehr gern habe. Er ist ein nettes und gewissenhaftes Kind.«

»Aber er ist«, sagte Spock mit Betonung, »ein Kind.«

»Natürlich.« Saavik fragte sich, worauf Spock hinauswollte.

»Vielleicht befürchtet Mr. Scott, daß sein Neffe sich in Sie verlieben könnte.«

»Das ist doch lächerlich!« sagte Saavik. »Selbst wenn es nicht absolut ungehörig wäre, wäre es unmöglich.«

»Es *wäre* ungehörig – aber nicht unmöglich, nicht einmal unwahrscheinlich. Es ist vielmehr eine sehr verbreitete menschliche Schwäche. Wenn Kadett Preston das entwickelt, was die Menschen ›verknallen‹ nennen ...«

»Sir?«

»Damit bezeichnen die Menschen den Zustand, wenn jemand sich stürmisch verliebt; das geschieht jedoch nur bei sehr jungen Angehörigen der Spezies und wird von den älteren mit einigem Amüsement betrachtet.«

Der Grund für Peters Verhalten wurde ihr plötzlich sehr viel klarer. Wenn es das war, das ihn so verlegen gemacht hatte und was er ihr nicht sagen wollte – kein Wunder. Sie wußte, wie sehr er es haßte, wenn man über ihn lachte.

Spock fuhr fort: »Sie müssen damit so gut wie möglich fertig werden, und so behutsam, wie Sie können. Menschen sind auf diesem Gebiet überaus empfindlich und sehr leicht verletzbar. Und wie Sie sehr richtig feststellten, wäre es ungehörig ...«

Saavik fühlte sich schockiert und peinlich berührt. »Mr. Spock«, sagte sie und kehrte damit zu der Anrede zurück, die sie ihm gegenüber viele Jahre lang benutzt hatte, »Peter ist ein *Kind*. Und selbst wenn das Verlieben eine menschliche Schwäche ist, liegt sie nicht in der Natur der Vulkanier.«

»Aber Sie sind kein Vulkanier«, sagte Spock.

Saavik ließ ihre Gabel hart auf den Teller fallen und sprang so rasch auf, daß ihr Stuhl zurückschurrte.

»Setzen Sie sich!« sagte Spock sanft.

Widerwillig gehorchte sie.

»Saavik, mißverstehen Sie mich nicht. Ihr Verhalten gegenüber Kadett Preston ist sicher absolut untadelig – darüber habe ich nicht den geringsten Zweifel. Aber er interessiert mich im Moment nicht, sondern Sie.«

»Ich habe versucht, die vulkanische Art zu erlernen«, sagte sie. »Wenn Sie mir sagen, wo ich versagt habe ...«

»Jetzt sprechen wir wieder vom Versagen.«

»Ich ... ich verstehe nicht.«

»Ich habe den vulkanischen Weg gewählt, als ich noch sehr jung war. Viele Jahre lang habe ich das als die beste, um nicht zu sagen die einzige Möglichkeit für ein denkendes Wesen betrachtet. Aber ...« Er unterbrach sich, dann schien er plötzlich das Thema zu wechseln. »Ich habe mit Ihnen über Toleranz und Verständnis gesprochen ...«

Saavik nickte.

»Ich habe erkannt, daß etwas, das für den einen richtig ist, für den anderen völlig falsch sein mag. Es könnte ihn sogar vernichten. Die Wahl ist schwieriger für jemand, der aus zwei Kulturen stammt ...«

»Ich habe nur eine!«

»... und der seine Wahl zwischen ihnen treffen muß, oder einem anderen folgen muß, oder einen eigenen Weg finden muß. Sie müssen Ihren eigenen Weg finden, Saavik.«

»Mr. Spock, was hat denn das mit Mr. Preston zu tun?«

»Es hat überhaupt nichts mit Mr. Preston zu tun.«

»Was wollen Sie mir denn sagen?«

»Was ich Ihnen zu sagen versuche – und ich bin vielleicht nicht wirklich kompetent dafür, doch es ist nun mal kein anderer da –, ist, daß einige der Entscheidungen, die Sie für Ihr Leben treffen, sich vielleicht von dem unterscheiden, was ich beschließe, ja sogar von dem, was ich anraten würde. Sie sollten auf diese Möglichkeit vorbereitet sein, damit Sie sie nicht ablehnen, wenn sie auftaucht. Haben Sie verstanden?«

Sie wollte ihm sagen, daß sie nicht verstanden habe, fühlte sich jedoch so verstört und durcheinander – wie es, zu ihrer Überraschung, bei Mr. Spock auch der Fall zu sein schien –, daß sie das Gespräch rasch zu Ende bringen wollte.

»Ich möchte über alles, was Sie mir gesagt haben, nachdenken, Captain.« Damit brachte Saavik sich und Spock wieder in ihr Verhältnis von Untergebenem und Vorgesetztem.

»Sehr gut, Lieutenant«, sagte er und nahm damit den Statuswechsel zur Kenntnis.

Sie stand auf. »Ich muß zurück auf die Brücke, Sir.«

»Sie sind entlassen, Lieutenant.«

Sie wandte sich zum Gehen, wandte sich noch einmal um. »Sir – was ist mit Kadett Prestons Stunden?«

Spock faltete die Hände und dachte über die Frage nach. »Die müssen natürlich fortgesetzt werden. Doch Mr. Scott hat eine Aussage über den Zustand der Maschinen gemacht, die anzuzweifeln sehr delikat wäre. Ich werde zwei oder drei Tage abwarten und dann vorschlagen, daß die Stunden weitergeführt werden. Sind Sie damit einverstanden?«

»Ja, Sir. Danke.«

Saavik kehrte auf die Brücke zurück. Sie hatte über vieles nachzudenken.

5. KAPITEL

Peter Preston stand steif aufgerichtet. Seine Schultern schmerzten. Er stand seit fast einer Stunde so und wartete, daß Commander Scott die Kalibrierung seiner Konsole überprüfen würde – zum dritten Mal an diesem Tag.

Dies wird einem aber sehr schnell über, dachte Peter.

Seit zwei Tagen hatte sein Onkel nicht gelächelt und kein außerdienstliches Wort gesprochen. Er nörgelte ständig an Arbeiten herum, die er vor Beginn des Trainingsflugs – und vor ihrem Zusammenstoß – anstandslos akzeptiert hatte. Jetzt war er unzufrieden mit dem Zustand von Peters Konsole.

Endlich trat Scott auf ihn zu und blieb vor ihm stehen.

»Du stehst hier schon eine ganze Weile herum, Kadett. Bist du dir so sicher, daß das Ding jetzt in Ordnung ist und du deine Zeit vertrödeln kannst?«

»Die Konsole war um punkt elf Uhr fertig, wie Sie es befohlen haben, Sir.«

»Du glaubst also, daß du sie *diesesmal* richtig eingestellt hast, wie?«

»Jawohl, Sir.«

»Das werden wir ja gleich sehen.«

Commander Scott ließ ein paar Diagnostik-Programme durchlaufen.

»Nein«, sagte er. »Jetzt hast du eine Feld-Ungleichheit; du hast überkompensiert. Noch einmal kalibrieren, Kadett.«

Nach einem Zögern von einer halben Sekunde überlegte Peter: Dannan sagt immer, es gibt Zeiten, wo du dich durchsetzen mußt, aber es gibt auch andere, wo du beweisen mußt, daß du alles einstecken kannst, was andere dir auftischen.

»Jawohl, Sir«, sagte Peter. »Tut mir leid, Sir.«

»Dazu hast du auch allen Grund. Wirst du es jetzt richtig machen?«

»Jawohl, Sir.«

Dies ist ganz bestimmt eine der Zeiten, wo man beweisen muß, daß man auch einstecken kann, sagte sich Peter.

Und ich *kann* es einstecken.

Er machte sich wieder an die Arbeit an der Konsole.

Er war noch immer dabei, als die anderen Kadetten vom Lunch zurückkamen. Grenni hockte sich neben seine Konsole.

»He, Pres«, sagte er aus dem Mundwinkel heraus. »Der Alte hat heute wirklich einen Piek auf dich, wie?«

»Warum quatschst du so wie die Leute in alten Gefängnis-Filmen?« sagte Peter. »Er wird dich nicht auf Wasser und Brot setzen, nur weil du mit mir sprichst.«

»Das weiß man nie.«

Peter schnaubte verächtlich.

»Du hättest nicht diese dumme Kiste mit dem Admiral abziehen sollen«, sagte Grenni.

»Ja, und das wirst du mir sicher jeden Tag aufs Brot schmieren, wie?« sagte Peter. Grenni besaß all die Selbstgerechtigkeit eines Menschen, der hinterher immer schlauer ist. Das begann ihm genauso auf die Nerven zu gehen wie Onkel Montgomerys schlechte Laune.

»Jesus, Pres, du arbeitest so hart, daß ich allein vom Zusehen müde werde«, sagte Grenni.

»Keine Sorge«, sagte Peter. »Diese Folter brauchst du nicht mehr lange zu ertragen. Commander Scotts Anfälle dauern nur selten länger als drei Tage. Oder ist dir das noch nicht aufgefallen?«

»Nein«, sagte Grenni, »das ist mir neu. Aber ich habe ja auch nicht die Gelegenheit, ihn so gut kennenzulernen wie gewisse andere Leute – schließlich bin ich nicht sein Neffe oder sowas.«

Verdammt, dachte Peter. Grenni hat es gehört, und das heißt, daß es bald alle anderen hören werden. *Verdammt!*

»*Enterprise* an Regulus-I-Raumlabor, bitte kommen, Raumlabor! Dr. Marcus, bitte melden!«

Uhura erhielt keine Antwort.

Sie blickte zu Spock auf.

»Es hat keinen Sinn. Es ist einfach nichts da.«

»Aber die Verbindungen werden nicht mehr gestört?«

»Nein. Keine Störungen. Nichts.«

Spock wandte sich an Kirk, der auf seinem alten Platz auf der Brücke saß.

»Es gibt nur zwei Möglichkeiten, Admiral«, sagte Spock. »Entweder wollen sie nicht antworten, oder sie können nicht antworten.«

»Wie lange ...?«

»Wir erreichen das Raumlabor in zwölf Stunden und dreiundvierzig Minuten, wenn wir die derzeitige Geschwindigkeit beibehalten.«

Kirk verschränkte die Arme vor der Brust und ließ die Schultern fallen. »›Genesis wegnehmen‹, hat sie gesagt. Was, in Gottes Namen, soll das heißen? Wer?«

»Es könnte meiner Analyse helfen, wenn ich wüßte, was Genesis ist«, sagte Spock.

In Kirk stritten sich im Konflikt zueinander stehende Pflichten, einander widersprechende Notwendigkeiten.

»Sie haben recht«, sagte er schließlich. »Es ist etwas geschehen. Etwas sehr Ernstes. Es wäre gefährlich, Sie im Unklaren zu lassen.« Er stand auf. »Uhura, bitten Sie Dr. McCoy, in meine Kabine zu kommen. Lieutenant Saavik, Sie haben das Kommando.«

Die drei Offiziere waren in Kirks Kabine versammelt. Spock und McCoy warteten, während Jim sich gegenüber dem Computer als Geheimnisträger der obersten Stufe auswies.

»Computer«, sagte er. »Sicherheits-Prozeß: Zugang zur Zusammenfassung von Projekt Genesis.«

»Identifizieren Sie sich für den Retina-Scan«, antwortete der Computer.

»Admiral James. T. Kirk, Admiralstab von Starfleet. Geheimhaltungsstufe eins.«

Ein kurzer Lichtimpuls registrierte das Farbmuster seiner Augen; dann erschienen gefilterte Farben auf dem Bildschirm, als der Computer sein Vergleichsprogramm durchführte.

»Geheimhaltungsstufe eins: Zugang frei.«

»Die Zusammenfassung, bitte«, sagte Kirk.

Der Computer ließ mehrere Sekunden lang weitere Farbmuster und codierte Buchstabenreihen über den Bildschirm laufen, bis sie von einem Overlay überdeckt wurden, das die endgültige Freigabe des angeforderten Programms anzeigte.

Das Band begann durchzulaufen. Carol Marcus saß in ihrem Labor und blickte in die Kamera.

Kirk erkannte ihren Sohn am benachbarten Tisch. David besaß große Ähnlichkeit mit seiner Mutter: er war schlank, hatte hohe Wangenknochen und eine sehr helle Haut. Sein welliges Haar hatte einen Goldschimmer, während Carols Haar aschblond war, doch sie hatten die gleichen, tiefblauen Augen.

Jim hatte David Marcus nur einmal getroffen, vor vielen Jahren, und rein zufällig. Er erinnerte sich nicht gern an diese Begegnung. Obwohl David Marcus nichts gegen Jim Kirk persönlich zu haben schien – wofür Jim ihm dankbar war, und sei es auch nur wegen seiner Erinnerungen an Carol – hatte der junge Wissenschaftler eine ausgeprägte Abneigung gegenüber Militärs.

Carol blickte die Kamera an wie einen Gegner und begann zu sprechen.

»Ich bin Dr. Carol Marcus, Direktor des Projekt Genesis-Teams im Regulus-I-Raumlabor. Genesis ist ein Prozeß, durch den die Molekularstruktur der Materie aufgelöst wird, nicht zu subatomaren Partikeln, wie bei der nuklearen Fission, und nicht einmal zu Elementar-Partikeln, sondern zu sub-elementaren Partikelwellen. Diese können dann, durch Manipulation der verschiedenen nuklearen Kräfte, in jede beliebige Materie von vergleichbarer Masse restrukturiert werden.«

»Faszinierend«, sagte Spock.

»Warten Sie ab«, sagte Kirk.

»Phase eins des Experiments ist hier im Labor abgeschlossen worden. Phase zwei werden wir begrenzt im Untergrund versuchen. Phase drei umfaßt einen Versuch in planetarer Größenordnung, wie er in der jetzt folgenden Computersimulation demonstriert wird.«

Das Bild schaltete auf die scharf umrissenen, ultrarealistischen Darstellungen von Computer-Grafik um.

»Wir beabsichtigen, die Genesis-Apparatur mit einem Torpedo auf einen astronomischen Körper von erdgleicher oder etwas kleinerer Masse zu bringen.«

Ein grauer, kahler, mit Kratern übersäter Planet erschien auf dem Bildschirm.

»Dieser Planet wird genauestens überprüft, um die Störung jeder etwa vorhandenen Lebensform oder von prä-biotischen Substanzen zu vermeiden.«

Jim, der das Band bereits gesehen hatte, beobachtete die Reaktionen von Spock und McCoy. Spock nahm die Informationen entspannt und aufmerksam in sich auf. McCoy hockte vorgebeugt auf der Stuhlkante und starrte mit gerunzelter Stirn auf den Bildschirm.

»Wenn der Torpedo auf dem gewählten Planeten aufschlägt«, sagte Carol, »beginnt der Genesis-Effekt.«

Der Planet auf dem Bildschirm erzitterte; dann begann er sich, gerade noch erkennbar, leicht auszudehnen. Ein paar Sekunden lang glühte er so intensiv wie ein Stern.

»Die Genesis-Welle löst Materie zu einer homogenen Masse von beinahe sub-elementaren Partikeln auf.«

Die Kräfte von Gravitation und Rotation lagen miteinander im Kampf, bis deutlich wurde, daß keinerlei Struktur auf dem Planeten überstehen konnte.

»Die subelementaren Partikel fügen sich sofort zu neuen Strukturen zusammen.«

Der ganze Planet war zu einer durchsichtigen Wolke geworden. Seine Masse floß zu einer Scheibe auseinander und verdichtete sich sofort wieder zu einer Kugel, eine Wiederholung der Evolution in einem milliardenfachen Zeitraffer-Tempo.

»*Wozu* sie sich wieder zusammensetzen hängt von der Komplexität der Quantum-Resonanzen der ursprünglichen Genesis-Welle ab, und von der verfügbaren Masse. Wenn genügend Masse vorhanden ist, erlaubt die Programmierung die Schaffung eines ganzen Sternsystems. Die Simulation befaßt sich jedoch nur mit der Reorganisation eines planetaren Körpers.«

Die Kugel verfestigte sich, verwandelte sich in einen neuen Planeten, mit Kontinenten, Inseln, Meeren. Wolken zogen in streifigen Wetterflächen um ihn herum.

»Mit anderen Worten«, sagte Carol, »die Ergebnisse des Prozesses liegen fest in unserer Hand. In dieser Simulation wird aus einem kahlen Felsplaneten eine Welt mit Wasser, Atmosphäre und einem funktionierenden Ökosystem, das die meisten der bekannten, auf Kohlenstoff basierenden Lebensformen unterhalten kann.«

Wo immer die Wolkenfelder aufrissen, zeigten sich grüne Flächen.

»Dies repräsentiert lediglich einen Bruchteil des Potentials, das Genesis bieten kann, wenn diese Experimente bis zu ihrem Abschluß durchgeführt werden.«

Ein unheimlich erdähnlicher Planet drehte sich lautlos vor ihnen auf dem Bildschirm.

»Wenn wir die Probleme von Übervölkerung und Nahrungsversorgung bedenken, wird der Wert dieses Prozesses klar. Außerdem beseitigt er die technischen Schwierigkeiten und die ethischen Probleme von Eingriffen in ein natürliches evolutionäres System, um die Bdürfnisse der Bewohner eines anderen evolutionären Systems zu befriedigen.«

Carol Marcus erschien wieder auf dem Bildschirm.

»Damit sind wir am Ende dieser kurzen Demonstration. Ich und meine Kollegen, Jedda Adzhin-Dall, Vance Madison, Delwin March, Zinaida Chitirih-Ra-Payjh, und David Marcus danken Ihnen für Ihre Aufmerksamkeit.«

Das Band war zu Ende.

»Das *ist* wirklich Genesis«, sagte Spock.

»Die Macht der Schöpfung«, sagte Kirk.

»Haben sie an dem Experiment weitergearbeitet?«

»Carol hat diese Aufzeichnung vor gut einem Jahr gemacht. Das Team hat von der Föderation das beantragte Forschungsstipendium erhalten, also nehme ich an, daß sie inzwischen bei Phase zwei angelangt sind.«

»Guter Gott ...«, sagte McCoy. Er blickte erschüttert auf. »Sind wir ... können wir das wirklich beherrschen? Angenommen, das Ding würde auf eine bewohnte Welt geschossen?«

»Dann würde«, erklärte Spock, »alles Leben zugunsten seiner neuen Matrix vernichtet werden.«

»Seiner ›neuen Matrix‹? Spock, wissen Sie überhaupt, wovon Sie reden?«

»Ich habe nicht versucht, die ethischen Implikationen zu bewerten, Doktor.«

»Die ethischen Implikationen der völligen Vernichtung!«

Spock blickte ihn prüfend an. »Sie vergessen, Dr. McCoy, daß denkende Lebewesen seit Jahrtausenden Waffen für die totale Vernichtung besessen und angewandt haben. Historisch gesehen war es schon immer leichter, zu vernichten als zu schaffen.«

»Aber nicht mehr!« rief McCoy. »Jetzt kann man beides gleichzeitig tun! Eine unsere Mythen behauptet, daß die Erde in sechs Tagen erschaffen wurde; doch jetzt hütet euch! Hier kommt Genesis! Wir machen es für euch in sechs Minuten!«

»Jede Art von Macht in den falschen Händen ...«

»Aber wessen sind die richtigen Hände, mein kaltblütiger Freund? Sind Sie für dieses Experiment?«

»Gentlemen ...«, sagte Kirk.

»Wirklich, Dr. McCoy, Sie können doch nicht jeden Fortschritt verhindern, weil Sie seinen Implikationen mißtrauen. Zivilisation kann als ein Versuch betrachtet werden, neues Wissen zum Besten der Allgemeinheit zu beherrschen. Das Ziel dieses Experiments ist Schöpfung, nicht Zerstörung. Die simple Logik ...«

»Kommen Sie mir nicht mit Logik! Mein Gott! Eine Kraft, die vernichtet, doch das, was sie vernichtet hat, in einem noch gebrauchsfähigen Zustand zurückläßt? Spock, das ist die ultimative Waffe. Wir sprechen von Armageddon! Komplettem, universalen, *verzuckertem* Amageddon!«

»Aufhören!« sagte Kirk. »Alle beide! Genesis ist bereits hier, Spock; Sie brauchen also nicht mehr für seine Existenz zu argumentieren.«

McCoy wollte etwas sagen, doch Kirk schwang sich in seinem Sessel herum und brachte ihn mit einem Blick zum Schweigen.

»Pille, und du brauchst nicht darüber zu argumentieren, wie gefährlich es sein kann, wenn es in falsche Hände gerät. Das wissen wir. Und vielleicht ist es bereits geschehen. Ich brauche euch beide – und nicht als ineinander verbissene Kampfhähne.«

Spock und McCoy blickten einander an.

»Waffenstillstand, Doktor?« sagte Spock.

»Waffenstillstand«, antwortete McCoy widerwillig. Dann fügte er hinzu: »Außerdem war das nur eine Simulation. Die ganze Idee ist unvorstellbar – wahrscheinlich läßt sie sich in der Praxis gar nicht durchführen.«

»Im Gegenteil, die Erfolgsaussichten erscheinen mir äußerst günstig.«

»Und wie wollen Sie das beurteilen, Spock? Sie wissen doch nicht eine Minute länger von diesem Projekt als ich.«

»Das stimmt. Aber Marcus ist eine erstklassige Wissenschaftlerin, und in ihrem Team finden sich beeindruckende Namen.«

»Kennen Sie die Leute, Spock?« fragte Kirk.

»Adzhin-Dall ist ein Quanten-Spezialist, und Chitirih-Rapayjh Mathematikerin. Keiner der beiden ist sehr bekannt, weil ihre Arbeiten aus dem ursprünglichen Deltanischen unübersetzbar sind. Doch sie enthalten faszinierende Implikationen. Was Madison und March betrifft, so habe ich sie vor zwei Jahren auf einem Symposium kennengelernt, an dem sie unmittelbar nach ihrer Promotion teilnahmen.« Er sprach ziemlich trocken, denn ihre Arbeit war, gelinde gesagt, einzigartig gewesen.

Vor einem Jahrzehnt hatten Jaine und Nervek die theoretischen Grundlagen von ›Kindergarten-Physik‹ geschaffen, so genannt, weil sie sich mit sub-elementaren Partikeln befaßte. Madison und March hatten diese Theorie experimentell bewiesen. Ihr erster Durchbruch war die Auflösung von elementaren Partikeln in sub-elementare Partikel gewesen.

Quarks haben fraktionelle Ladungen von einem Drittel oder zwei Dritteln, und Attribute wie ›Charme‹ und ›Fremdartigkeit‹. Die sub-elementaren Partikel haben ebenfalls fraktionelle Ladungen: vier Neuntel und ein Neuntel, die Quadrate der Ladungen von Quarks. Nach Madison ließen sie sich weiter nach ›fünf unverwechselbaren Merkmalen‹ identifizieren, die das Team als Geschmack, Langsamkeit, Humor, Sauberkeit und Ehrgeiz etikettierte.

All dies hatte für Spock seltsam vertraut geklungen. Er hatte in seinen Erinnerungen nach Resonanzen gesucht. Doch gerade,

als es ihm schließlich gelungen war, die richtige Referenz zu finden, hatte March die richtige Terminologie für die Partikel selbst genannt.

Als March einige Verse eines terranischen Nonsensdichters zitierte, hatte die Hälfte der Zuhörer fröhlich gelacht, die andere beleidigt geschwiegen.

Spock hatte seine gewohnte Reserve beibehalten, mußte jedoch zugeben, daß er versucht war, zu lächeln.

»Wir möchten vorschlagen, die sub-elementaren Partikel als *Snarks* und *Boojums* zu bezeichnen«,* hatte March gesagt. »Als wir diese Namen aussuchten, waren wir uns noch nicht im klaren darüber, wie zutreffend sie sind. Doch nachdem wir uns ein wenig mit der mathematischen Seite befaßt hatten, entdeckten wir, daß die beiden Einheiten tatsächlich Abbilder voneinander waren, das eine wirklich, das andere dem Wesen nach.« Er hatte auf dem großen Bildschirm des Auditoriums einen Satz von Formeln aufleuchten lassen, eine Transformation, welche die mathematische Äquivalenz der beiden verschiedenen Partikel-Wellen bewies.

»Und jetzt ein Zitat«, hatte March mit völlig ernstem Gesicht gesagt, »mit einer Bitte um Verzeihung an Lewis Carroll:

›In the midst of the word we were trying to say,
In the midst of our laughter and glee,
We will softly and silently vanish away –
For the Snark, was a Boojum, you see.‹«**

Darauf verließen er und Madison das Podium.

Nach diesem Vortrag hatte Spock einen normalerweise sehr würdigen, älteren Wissenschaftler lachend sagen hören: »Wenn

---

* *Snarks* und *Boojums:* Fabelwesen, erfunden von dem englischen Dichter und Mathematiker Lewis Carrol (eig. Charles Lutwidge Dodgson), Verfasser von »Alice im Wunderland« und »Alice hinter den Spiegeln« – *Anm. d. Übers.*

** Mitten im Wort, das wir sagen wollten,
Mitten in unserem Lachen und Jauchzen,
Werden wir unauffällig und leise verschwinden –
Denn der Snark war ein Boojum, müßt ihr wissen.

die mal von der Wissenschaft die Nase voll haben, können sie sofort zu einer Stegreif-Bühne gehen«, worauf ein Kollege, der nicht so viel Humor besaß, erklärte: »Nun ja, vielleicht, aber die Witze sind ziemlich esoterisch, finden Sie nicht?«

Spock hatte später an diesem Tag auch an der Diskussion mit den beiden teilgenommen und sie im Lauf des eine Woche dauernden Seminars recht gut kennengelernt. Er hatte mehr mit Madison gemeinsam, dessen Intellekt fest in der Rationalität verankert war, als mit dem emotionellen March, dessen Brillanz auf einer scharf geschliffenen Schneide psychischer Intensität beruhte. Doch Spock hatte die Gesellschaft beider anregend gefunden; er würde sich freuen, diese beiden jungen Menschen im Raumlabor wiederzusehen.

»Spock?« sagte Kirk.

Spock riß sich aus seinen Erinnerungen. »Ja, Admiral?«

»Ich habe gefragt: Waren sie Ihre Studenten?«

»Aber nein, Admiral. Sie sind Pioniere auf dem Gebiet der sub-elementaren Teilchenphysik. Es ist mir eine Ehre, bei ihnen gelernt zu haben.«

Del March starrte auf das Computerterminal. Auf keinen Fall würde er die ›Boojum-Jagd‹ übertragen können. Jedes transportable Byte der Speicher war bereits mit grundlegenden Genesis-Daten vollgestopft, und selbst davon würde das Team einiges opfern müssen, wenn sie die eingebauten Speicherzellen löschten.

Er hatte natürlich eine Kopie des Programms, einen Ausdruck, doch es würde gut zwei Stunden kosten, um sie durch den optischen Scan wieder einspeichern zu lassen, und der Scan machte immer Fehler. Es war wirklich eine schwere Arbeit, Boojum auszubügeln. Aber das war nun nicht zu ändern.

Er war froh, daß sie das Programm nicht ganz verlieren würden. Boojum war das beste Stück Software, das er und Vance jemals geschrieben hatten. Es war ein Abenteuerspiel, parallelisierte jedoch ihre Arbeit der letzten Jahre. Vance nannte es ›die extendierte Metapher‹, gab jedoch zu, daß die ›Boojum-Jagd‹ eher kommerziellen Wert besaß.

Dann kam Del eine Idee. Wenn die Sturmtruppen morgen hier eintrafen, würden sie nach *irgendetwas* suchen. Es wäre doch ein Jammer, sie zu enttäuschen.

Vance trat zu Del und legte ihm die Hand auf die Schulter. »Bringen wir es hinter uns, was?«

Del grinste. »Nein, Vance. Hör zu! Findest du nicht auch, daß es an der Zeit ist, Mad Rabbit* wieder zu Leben zu erwecken?«

Vance blickte ihn fragend an, dann begann er zu lachen. Er hatte eine großartige Lache. Del brauchte ihm seinen Plan nicht zu erläutern; Vance begriff sofort, was er vorhatte.

Carol kam ins Labor zurück. Die meisten der wirklich wichtigen Daten waren bereits ausgelagert worden. Nur der Mechanismus von Genesis selbst war noch hier. Sie hatten noch einen ganzen Tag, um ihre persönlichen Sachen zusammenzuräumen und sich zu versichern, alle Hinweise auf ihren neuen Aufenthaltsort beseitigt zu haben.

»Ich könnte jetzt einen guten Witz gebrauchen«, sagte Carol. Ihre Stimme klang müde und gereizt.

Neben allem anderen hat sie es wahrscheinlich satt, sich ständig mit David wegen Starfleet zu streiten, dachte Del. Er hatte wirklich einen Rochus auf die Leute, und jetzt aus gutem Grund, doch das Thema war für Carol alles andere als neu.

»Vance und ich haben gerade beschlossen, etwas für die Truppe hierzulassen«, sagte Del. »Das neueste ›Mad Rabbit‹.«

»Was, zum Teufel, ist Mad Rabbit?«

»Ist das zu glauben, Vance? Sie hat noch nie von uns gehört.« Del spielte den Beleidigten. »Carol, wir waren einmal berühmte Leute.«

»Was soll das heißen: ›wir waren‹? Ihr seid auch jetzt recht berühmt.«

»Wir waren in Port Orchard berühmt, Carol«, sagte Vance milde. »Das ist zwar nicht gerade eine Weltstadt ...«

»Port Orchard?« fragte Carol.

»Siehst du?«

---

* *Mad Rabbit* – das verrückte Kaninchen, nach Lewis Carroll.

»Was ist Mad Rabbit?«

»Ich bin ›Mad‹«, sagte Vance, »und er ist ›Rabbit‹.«

»Wie im *Märzhasen*. Wir haben ganz allein eine Erneuerung der Werke von Lewis Carroll gestartet.«

Carol hob verzweifelt die Hände. »Del, ich hoffe, du wirst mich irgendwann in dieses Geheimnis einweihen, ja?«

Del begann zu erklären. »Wir haben eine Gesellschaft gegründet, als wir Kinder waren. Sie besteht noch immer; wir haben seit damals nur nichts mehr unternommen – das war noch vor der High School, glaube ich, stimmt's, Vance?«

»Die Realität ist viel interessanter«, sagte Vance. Er zog einen Stuhl heran, damit Carol sich setzen konnte.

Del grinste. »Wenn du Quark-Chemie als Realität bezeichnest.«

Vance bemerkte Carols Ungeduld und brachte, wie immer, Del zum Thema zurück. »Wir haben damals Software für Computerspiele geschrieben«, sagte er. »Unsere Gesellschaft hieß ›Mad Rabbit Productions‹. Wir hatten einen recht guten Erfolg. In Port Orchard waren wir für eine Weile ›die lokalen Jungs, die es geschafft haben‹.« Er begann die von Nervosität verspannten Muskeln in Carols Schultern und Nacken zu massieren.

»Davon hatte ich keine Ahnung«, sagte Carol. Sie zuckte zusammen, als Vance auf eine besonders empfindliche Stelle drückte, dann begann sie sich zu entspannen.

»Das Witzige daran ist«, sagte Del, »daß wir den besten Absatz auf den Starfleet-Basen hatten.«

»Je isolierter sie waren, desto besser«, setzte Vance hinzu. »Sie haben ja sonst nicht viel zu tun.«

»Genau wie wir hier im Raumlabor«, sagte Del.

Doch das stimmte. Das Raumlabor war wahrscheinlich die Einrichtung der Föderation, in der es am wenigsten Abwechslung gab. Außer Arbeit gab es für das Team nichts zu tun. Und nachdem sich die Leute achtzehn Stunden pro Tag, sieben Tage pro Woche, seit fast einem Jahr ständig auf dasselbe Thema konzentriert hatten, stand Del jetzt gefährlich nahe vor einem Kurzschluß. Er hatte in letzter Zeit bizarre Wunschträume, in verruchte Kneipen zu gehen, sich bis zum Stammhirn mit Endorphin-Rock und Bier vollzupumpen und sich mit dem erstbesten zu prügeln, der ihn auch nur schief anblickte.

Er glaubte, seit einigen Jahren über solche Dinge hinaus zu sein.

Als er Vance von diesen Alpträumen berichtete, schlug sein Partner vor, ihr altes Geschäft wieder aufzunehmen. Im Raumlabor war es durchaus möglich, sich zu besaufen oder Rauschgift zu nehmen, oder beides, und Vance hatte keine Lust, Del, wie früher, aus Prügeleien herauszuhauen.

»Wir haben ›Boojum‹ geschrieben, um es zu spielen«, sagte Del. »Aber nicht, um es für die *Reliant* zurückzulassen.«

Carol lachte leise. »Was für eine wunderbare Idee. Es wäre doch ein Jammer, wenn sie die ganze weite Reise umsonst gemacht hätten.«

Sie lachten alle.

Die letzten beiden Tage waren recht aufregend gewesen. Jeder hatte den anderen davon überzeugen können, daß der Starfleet-Befehl ein lächerlicher Irrtum war, und daß alles wieder ausgebügelt werden würde, sobald es ihnen gelang, sich mit jemand in der Föderations-Versammlung oder dem Wissenschaftsrat der Föderation in Verbindung zu setzen. Irgend ein übereifriger Westentaschen-Tyrann von Starfleet-Offizier würde einen gewaltigen Rüffel bekommen, vielleicht sogar entlassen werden, und damit war die Sache erledigt. Sie brauchten nichts weiter zu tun, als zu verhindern, daß Genesis und alle dazugehörigen Daten in die Hände des Kapitäns der *Reliant* fielen, bis er der Suche überdrüssig wurde und wieder abzog, oder bis es ihnen gelang, zivile Unterstützung und Hilfe zu finden.

Wenn man es so betrachtete, wurde ein großes Versteckspiel daraus. Es war eine Unterbrechung der Routine, die ein kleines Gefahrenpotential enthielt, gerade genug, um einen kleinen Nervenkitzel auszulösen.

»Ich werde es in das Monster speichern«, sagte Del.

»Oh, ich verstehe«, sagte Carol lächelnd. »Das Ganze ist nur ein Vorwand, damit ihr wieder mit dem Hauptcomputer spielen könnt.«

»Du hast es richtig erfaßt«, sagte Vance.

Wieder lachten sie alle. Sie hatten achtundvierzig Stunden durchgearbeitet. Del fühlte sich schwindelig vor Erschöpfung, und herrlich albern.

Carol klopfte Vance auf die Schulter und stand auf. »Danke«, sagte sie. »Jetzt fühle ich mich sehr viel besser.«

»Gern geschehen«, sagte Vance. »Du hast vorhin ausgesehen, als ob du es nötig hättest.«

Zinaida trat ins Labor.

Während des vergangenen Jahres hatte Del sich daran gewöhnt, mit ihr zu arbeiten, jedoch nie die starke Anziehungskraft überwinden können, die sie auf ihn ausübte, und das Verlangen, das sie in ihm wachrief, wann immer er sie sah. Deltaner hatten nun einmal so einen Einfluß auf Menschen. Der Stimulus war allgemein, nicht individuell. Del verstand das rein intellektuell, doch das auch seinem Körper glaubhaft zu machen, war eine andere Sache.

Kein Deltaner und keine Deltanerin würde sich jemals erlauben, körperliche Beziehungen zu einem Menschen aufzunehmen. Die Vorstellung war ethisch unvorstellbar, da kein Mensch die Intensität einer solchen Beziehung ertragen könnte.

Doch Träumen konnte niemandem schaden, und manchmal träumte Del von Zinaida Chtirih-Ra-Payjh; in seinen Träumen konnte er sich einreden, anders zu sein, ihr geben zu können, was immer sie verlangen mochte, und alles, was sie geben mochte, zu überleben.

Die beiden Deltaner, Zinaida und Jedda, begegneten den Menschen in der Station mit Freundlichkeit, jedoch mit einer Zurückhaltung und Etikette, die man eher den Vulkaniern zutrauen würde, als den zügellosen Sensualisten, die die Deltaner angeblich waren. Sie berührten einander nur selten, wenn sie mit anderen zusammen waren, und nie einen Außenstehenden. Sie richteten einen Schutzwall der Distanz zwischen sich und ihren verletzbaren Kollegen auf, von denen die meisten zwar sehr neugierig waren, was die beiden wohl trieben, wenn sie allein waren, aber zu taktvoll, sie danach zu fragen.

Zinaida grüßte sie und trat zum Sub-Raum-Kommunikator. Seit dem Anruf von der *Reliant* hatte einer der Wissenschaftler es in Abständen von einer Stunde versucht, Verbindung mit der Föderation herzustellen. Doch abgesehen von Carols bruchstückhaftem Gespräch mit Jim Kirk hatte niemand Erfolg gehabt.

Diesmal war es genauso. Zinaida zuckte die Achseln, schaltete den Kommunikator aus und trat zu den anderen, die beim Computer standen.

»Genesis ist so gut wie bereit«, sagte sie zu Carol. »David und Jedda nahmen an, daß du dabei sein willst.«

Ihre Brauen waren so zart und so ausdrucksvoll wie Vogelschwingen, die Wimpern lang und dicht. Ihre Augen waren groß, ein klares Aquamarin, mit Silber gefleckt; die schönsten Augen, die Del jemals gesehen hatte.

»Danke, Zinaida«, sagte Carol. »Wir werden es gleich fortschaffen. Und dann können wir wohl nichts weiter tun als warten ...« Sie verließ das Labor.

Del wußte, daß sie im stillen noch immer hoffte, daß die *Reliant* zurückgerufen werden würde; wenn diese Hoffnung sich erfüllte, brauchten sie nicht sämtliche Datenspeicher der Computer zu löschen. Wenn sie das tun mußten, würde es ein größeres Unternehmen werden, alles wieder funktionsbereit zu machen. Das letzte, was sie tun würden, bevor sie die Station verließen, war das Ablassen des flüssigen Wasserstoffs – der ›Schaumbäder‹ – in den Raum. Die Speicherzellen funktionierten nur, wenn die Flüssigkeit auf fast Absolut-Null unterkühlt war; bei Raumtemperatur zerfielen sie rasch. Und die Neueinrichtung würde lange Zeit in Anspruch nehmen.

Jan, der Steward, trat ins Labor, als Carol gerade gegangen war.

»Yoshi möchte wissen, was die Leute hier zu essen haben wollen.«

Yoshi, der Koch, hatte seinen Urlaub aufgeschoben, bis das Gros der Stations-Crew zurückgekehrt war. Er war überzeugt, daß die Wissenschaftler an Nahrungsmittelvergiftung oder Unterernährung sterben würden, wenn man sie ganz sich selbst überließ.

»Darüber sollte er sich wirklich keine Gedanken machen«, sagte Del.

Jan hob grinsend die Schultern. »Sie kennen doch Yoshi.«

»Wie wäre es mit Sashimi?* schlug Del vor.

»Yechh!« sagte Vance.

»Ich glaube, er hat mehr an Croissants und Früchte und Kaffee gedacht.«

»Jan, warum fragen Sie lange, wenn er schon entschieden hat?«

»Ich weiß nicht. Ich glaube, er möchte Ihnen die Illusion lassen, Herren Ihres eigenen Schicksals zu sein. Wissen Sie schon, wann es losgeht? Oder wie lange wir fortbleiben?«

»Nein zu beiden Fragen. Aber auf jeden Fall eine ganze Weile. Vielleicht sagen Sie Yoshi, daß er einen Vorrat an Pemmikan anlegen sollte.«

»Nein!« sagte Jan entsetzt. »Wenn ich das tue, findet er bestimmt eine Möglichkeit, das Zeug herzustellen, und es klingt noch schlimmer als Sashimi.«

Nachdem Jan gegangen war, schenkte Del sich eine Tasse Kaffee ein, schlenderte zu seinem Büro und überzeugte sich, daß er alle Arbeitsunterlagen ausgeräumt hatte. Sein Schreibtisch war leer, zum erstenmal, seit er zum Raumlabor gekommen war. Das Büro kam ihm öde und verlassen vor, als ob er für immer fortgehen würde. Eine gerahmte Kalligraphie an der Wand war das einzige, was zurückgeblieben war; er sah keinen Grund, sie wegzuräumen, und es schien albern, sie mitzunehmen. Er las den Text, zum erstenmal wieder seit langer Zeit:

---

* *Sashimi:* ein japanisches Gericht: rohe Fischfilets mit Ingwer und Meerrettichsauce. – *Anm. d. Übers.*

Come, listen, my men, while I tell you again
The five unmistakable marks
By which you may know, wheresoever you go,
The warranted genuine Snarks.

Let us take them in order. The first is the taste,
Which is meagre and hollow, but crisp:
Like a coat that is rather too tight in the waist,
With a flavor of Will-o'-the-Wisp.

Its habit of getting up late you'll agree
That it carries too far, when I say
That it frequently breakfasts at five-o'-clock tea.
And dines on the following day.

The third is its slowness in taking a jest.
Should you happen to venture on one,
It will sigh like a thing that is deeply distressed:
And it allways looks grave at a pun.

The fourths is its fondness of bathing-machines,
Which it constantly carries about,
And believes that they add to the beauty of scenes –
A sentiment open to doubt.

The fifth is ambition. It will be right
To describe each particular batch;
Distinguishing those that have feathers, and bite,
From those that have whiskers, and scratch.

For although common Snarks do no manner of harm,
Yet I fell it my duty to say
Some are Boojums . . .

– Lewis Carroll
›The Hunting of the Snark‹

Kommt, hört, ihr Leute, während ich euch noch einmal
die fünf unverwechselbaren Merkmale erkläre,
durch die ihr, wo immer ihr auch sein mögt,
die garantierten, echten Snarks erkennen könnt!

Laßt sie uns der Reihe nach durchgehen. Das erste ist der
der mager und hohl ist, aber knusperig: Geschmack,
wie eine Jacke, die in der Taille etwas zu eng ist,
mit einer Würze von Irrlicht.

Seine Gewohnheit, spät aufzustehen, das werdet ihr einsehen,
treibt es zu weit, wenn ich euch sage,
daß es häufig sein Frühstück zum Fünfuhrtee einnimmt,
und sein Dinner am folgenden Tag.

Das dritte ist seine Langsamkeit, einen Witz zu begreifen.
Falls man ihm einen erzählt,
seufzt es wie in tiefem Leid:
Und es hat gar keinen Spaß an Wortspielen.

Das vierte ist seine Vorliebe für Bade-Maschinen,
die es ständig mit sich herumträgt,
und glaubt, daß sie zur Schönheit der Szenerie beitragen –
Ein Gefühl, das man anzweifeln darf.

Das fünfte ist Ehrgeiz. Es wäre richtig,
jede einzelne Gruppe zu beschreiben,
zu unterscheiden zwischen solchen, die Federn haben und
und solchen, die Schnurrbärte tragen und kratzen. beißen,

Denn obwohl Snarks im allgemeinen harmlos sind,
empfinde ich es als meine Pflicht, festzustellen:
Einige sind Boojums . . .

– Lewis Carroll
›Die Jagd auf den Snark‹

Del saß auf der Schreibtischkante und nahm kleine Schlucke von seinem Kaffee. Die Ermüdung begann ihn einzuholen und verwandelte die zu Kopf steigende Erregung von Trotz in Zweifel.

Vance trat herein und setzte sich rittlings auf einen Stuhl. Del wartete, doch sein Partner sprach kein Wort. Er streckte die Hand nach Dels Tasse aus. Del reichte sie ihm, und Vance nahm einen Schluck von dem Kaffee. Er war immer ausdauernder gewesen als Del, doch jetzt begann auch er Erschöpfung zu zeigen.

»Ich weiß nicht, was ich mitnehmen soll.«

»Das weiß ich auch nicht«, sagte Del. »Eine Zahnbürste und einen Haufen Bücher?«

Vance lächelte, doch ohne rechte Überzeugung. Er trank wieder einen Schluck Kaffee, verzog das Gesicht und stellte die Tasse zurück. »Wie oft hast du das Zeug gekocht?«

»Tut mir leid. Ich habe vergessen, die Platte abzuschalten.«

Vance runzelte plötzlich die Stirn und blickte umher. »Kleiner Bruder ...«, sagte er.

Del hob überrascht den Kopf. Seit ihrer Schulzeit hatte Vance ihn nicht mehr so genannt.

»Kleiner Bruder, dies ist alles Mist, weißt du.«

»Das weiß ich eben nicht. Wovon sprichst du überhaupt?«

»Wenn das Militär beschließt, uns Genesis wegzunehmen, dann tun sie es eben, und wir können nichts dagegen unternehmen.«

»Es muß doch irgendeine Möglichkeit geben! Du sprichst jetzt schon wie Dave.«

»Mit all unseren Lewis-Carroll-Zitaten, mit all unseren Amateur-Komödianten-Auftritten auf Seminaren – verdammt, sogar mit all dem Spaß, den wir hatten – haben wir uns vor den Konsequenzen unserer Arbeit versteckt. Dieser Schritt ist unvermeidlich gewesen, von der Minute an, als wir einen Weg fanden, um Quarks en masse ohne Zyklotron auseinanderzubrechen.«

»Und was, meinst du, sollen wir tun? Einfach alles der *Reliant* übergeben, sobald sie hier eintrifft?«

»Nein! Um Gotteswillen, Del, *nein!*«

»Entschuldige«, sagte Del ehrlich. Schließlich kannte er Vance besser. »Das war eine dumme Bemerkung. Entschuldige!«

»Ich denke an das genaue Gegenteil. Nur – ich weiß nicht recht, was ich mit dem genauen Gegenteil meine. Mir ist lediglich klar, daß wir ihnen Genesis auf keinen Fall überlassen dürfen. Ganz egal, was geschehen mag.«

Plötzlich begannen die Lichter zu flackern – an und aus, an und aus, und eine Sirene heulte auf. Vance sprang auf.

»Was, zum Teufel ...!«

»Das ist ein Notalarm!« sagte Del.

Sie sprinteten aus Dels Büro.

Es muß irgendetwas passiert sein, als sie versucht haben, Genesis fortzuschaffen, dachte Del.

Vance, mit seinen längeren Beinen, war ihm zehn Meter voraus, als sie das Hauptlabor erreichten. Er lief hinein.

Zwei Männer traten aus ihrem Versteck und richteten Phaser auf seine Brust. Er blieb stehen und hob die Hände, ging dann jedoch langsam weiter, um ihre Aufmerksamkeit auf sich zu lenken. Del duckte sich in eine Türnische und verschwand im Schatten; er nutzte blitzschnell die Chance, die sein Freund ihm gegeben hatte.

»Was, zum Teufel, wollen Sie hier?« hörte er Vance sagen. »Wer sind Sie?«

»Wir sind gekommen, um Genesis zu holen.«

Verdammt, dachte Del. Wir sind zwei Tage lang in einem Anfall von Paranoia wegen des Militärs umhergelaufen, und nicht einer von uns hat sich darüber Gedanken gemacht, ob es die Wahrheit war, als sie sagten, daß sie in drei Tagen eintreffen würden.

Er öffnete vorsichtig die Tür, trat in einen dunklen Raum und schloß die Tür hinter sich ab. Er ertastete sich den Weg zur Kommunikationskonsole und schaltete sie ein.

»Hello, Del«, meldete David sich munter. »Kannst du eine Minute warten? Wir wollten gerade los.«

»Nein!« flüsterte Del dringlich. »Dave, sprich leise. Sie sind hier! Sie haben Vance und Zinaida erwischt.«

»*Was?*«

»Sie haben uns angelogen! Sie sind schon hier. Bringe Genesis von hier fort! Schnell!«

Er hörte ein Geräusch auf dem Korridor, suchte in seinem Gedächtnis, was es sein könnte, und identifizierte es: ein Tricorder.

»Dave, verdammt, sie haben mich mit einem Scanner aufgespürt! Bringt Genesis weg und verschwindet selbst, bevor sie euch auch finden!«

»Aber . . .«

»Keine Widerrede! Sie werden uns schon nichts tun. Vielleicht werfen sie uns irgendwo in eine Zelle. Irgendjemand muß in Freiheit bleiben und der Föderation melden, was hier passiert. Und uns herausholen, falls sie uns incommunicado halten sollten. *Geh!*«

»Okay.«

Del brach die Verbindung ab und schaltete die Konsole auf den Hauptcomputer. Er *mußte* die Datenspeicher entleeren, bevor sie ihn erwischten. Der Tricorder summte lauter.

Der Computer war auf seine Konsole geschaltet.

»Okay«, sagte er.

»Flüssigwasserstofftanks – Entleerungsroutine«, sagte Del leise.

Jemand rüttelte an der Tür.

»Wir wissen, daß Sie da drin sind! Kommen Sie sofort heraus!«

»Dafür gibt es eine Sicherheits-Routine«, sagte der Computer.

»Ich weiß«, sagte Del.

»Okay. Welche Tanks sollen entleert werden?«

Jemand hämmerte gegen die Tür, doch sie hielt stand. Del beantwortete die Fragen des Computers so schnell und so leise, wie er sprechen konnte. Aus Sicherheitsgründen akzeptierte der Computer keinen Befehl zur Entleerung der Wasserstofftanks ohne die Nennung mehrerer Codes. Del erklärte dem Computer, daß er alle Tanks entleert haben wollte, bis auf einen der Datenspeicher.

Das Hämmern an der Tür wurde lauter. Er war fast fertig.

»Okay!« schrie er. »Okay, ich komme!« Sie hörten ihn nicht, oder sie glaubten ihm nicht, oder es war ihnen egal.

»Was?« fragte der Computer.

»Ich habe eben nicht mit dir gesprochen.«

»Okay. Codes überprüft und akzeptiert. Entleerungsroutine bereit zum Anlaufen. Bitte Ihr Kennwort.«

»Märzhase«, sagte Del.

»Okay. Entleerungsroutine läuft.«

Kurz darauf begannen die Datenbänke Energie zu verlieren. Das System brach zusammen.

Ein Laserschuß ließ die Tür nach innen explodieren. Die Druckwelle schleuderte Del fast zu Boden. Er griff nach der Konsole und schaltete sie aus. Der Bildschirm verdunkelte sich, als die Eindringlinge auf ihn zustürzten.

Er hob die Hände.

Die Tanks entleerten sich in den freien Raum. In etwa einer Minute würde sich kein Bit mehr in den Computern der Station befinden. Mit Ausnahme des Mad-Rabbit-Programms ›Boojum-Jagd‹.

Drei Männer und eine Frau nahmen ihn in die Mitte, die Frau war mit einem Blaster bewaffnet, die anderen hatten Phaser.

»Mitkommen!« Die Frau mit dem Blaster deutete auf die aufgesprengte Tür.

Del hob die Hände noch etwas höher. »Okay, okay«, sagte er. »Ich habe doch gesagt, daß ich komme.«

Sie stießen ihn ins Hauptlabor. Etwa zwanzig Leute bewachten Vance, Zinaida, Jan und Yoshi. Die Fremden wirkten roh und wild und sahen nicht aus wie Starfleet-Leute.

Vance blickte Del fragend an. Del nickte kaum merklich: alles erledigt.

Ein weißhaariger Mann mit einem brutalem Gesicht erhob sich und trat auf sie zu. Er war fast so groß wie Vance und wirkte arrogant und geschniegelt, trotz seiner abgerissenen Kleidung.

»Ich bin gekommen, um Genesis abzuholen«, sagte er. »Wo ist es?«

»Die Wissenschaftler haben die Station vor einigen Stunden

verlassen«, sagte Vance. »Sie haben uns nicht gesagt, wohin sie gegangen sind und was sie mitgenommen haben. Wir sind nur Techniker.«

Der Anführer der Gruppe wandte sich an einen seiner Männer.

Del erkannte Pavel Chekov und stieß einen leisen Fluch aus. Captain Terrell stand etwas weiter im Hintergrund. Keiner der beiden schien Gefangener zu sein – sie trugen sogar Phaser.

»Stimmt das, Mr. Chekov?«

»Nein, Khan.« Chekov war blaß, Gesicht und Stimme waren ohne jeden Ausdruck.

»Wer ist er?« Khan deutete auf Vance.

»Dr. Vance Madison.«

Khan trat einen Schritt auf ihn zu. Zwei seiner Leute packten Vance' Arme. Del sah, was kommen würde, und wollte Vance zu Hilfe kommen. Die Frau hinter ihm packte ihn mit einem Würgegriff.

Khan schlug Vance mit voller Kraft den Handrücken ins Gesicht, daß er gegen die Männer geschleudert wurde, die ihn festhielten.

Vance schüttelte benommen den Kopf. Er richtete sich auf. Blut rann über sein Kinn.

»Belügen Sie mich nicht noch einmal, Dr. Madison.«

Khan wandte sich wieder an Chekov. »Wer sind die anderen?«

Chekov sagte, daß er Yoshi und Jan nicht kenne, doch er identifizierte Zinaida und Del. Del versuchte, sich klar darüber zu werden, was hier eigentlich los war. Was hatten Chekov und Terrell mit dieser Piratenhorde zu tun?

»Sie würden sich sehr viel Unannehmlichkeiten ersparen, wenn Sie sich meinen Wünschen fügen«, sagte Khan.

Niemand sprach.

»Mylord?«

»Ja, Joachim?«

»Im Computersystem befindet sich nichts als dies.«

Khan trat zu Joachim und starrte auf den Computer-Bildschirm. Zunächst lächelte er. Del bekam einen Schreck. Weil es darauf hinwies, daß Khan entweder Carols Hauptprogramm gesehen hatte, oder daß er sonst eine ganze Menge über Genesis wußte. Die Eröffnungs-Grafiken von ›Boojum‹ waren einer Genesis-Simulation sehr ähnlich.

Del blickte Vance an.

»Bist du okay?«

Die Frau, die Del um den Hals gepackt hatte, drückte fester zu, so daß er den Mund halten mußte. Doch Vance nickte. Der benommene Ausdruck in seinen Augen war verschwunden.

Plötzlich begann Khan zu schreien, außer sich vor Wut. »Ein Spiel!« brüllte er. »Was soll das heißen? *Ein Spiel?*«

Yoshi stand ihm am nächsten. Khan packte ihn, riß ihn hoch und schüttelte ihn.

»Ein Spiel! *Wo ist Genesis?*« Yoshis Kopf wurde hin und her geschleudert.

»Ich weiß es nicht.«

»Er sagt die Wahrheit! Lassen Sie ihn in Ruhe!« Vance versuchte sich zu befreien, doch es gelang ihm nicht.

Khan setzte Yoshi behutsam zu Boden.

»Dieser Mann weiß nichts von Genesis?« fragte er mit sanfter Stimme.

»Das stimmt. Was immer Sie suchen mögen, Jan und Yoshi haben nichts damit zu tun. Lassen Sie sie in Ruhe!«

Khan zog ein Messer aus seinem Gürtel. Bevor irgendjemand begriff, was er vorhatte, packte er Yoshi an den Haaren, riß seinen Kopf zurück und schnitt ihm mit einem Messerhieb die Kehle durch. Yoshi schrie nicht einmal auf. Blut schoß in einer pulsierenden Fontäne durch den Raum. Warme Tropfen spritzten an Dels Wange.

»Mein Gott!«

Irgendjemand – einer von Khans Leuten – schrie. Khan griff nach Jan. Del riß sich los und stürzte sich auf Khan. Das Messer blitzte wieder auf. Jans Schrei erstarb in einem Gurgeln, und hellrotes Blut schoß aus seinem durchtrennten Hals. Del packte Khan, der sich mit einer eleganten, routinierten Drehung aus seinem Griff löste und die Messerklinge bis zum Heft in Dels Seite stieß.

»Del!« schrie Vance.

Del fühlte die heiße Klinge, aber keinen Schmerz. Er glaubte, sie hätte ihm nur unterhalb des Rippenbogens ein wenig die Haut geritzt.

Er warf sich wieder auf Khan, versuchte, seine Kehle zu packen, doch jetzt stürzten sich die anderen auf ihn. Innerhalb weniger Sekunden hatten sie ihn zu Boden geworfen. Das war die mieseste Show, die er geliefert hatte, seit Vance ihn betrunken und mit Rauschgift vollgepumpt und zerschlagen aus einer Bar herausgezerrt und ihm das Versprechen abgenommen hatte, diese gesellschaftlichen Gifte nie wieder zu mischen. Und er hatte sein Versprechen auch gehalten.

Unheimlich, daß er gerade jetzt daran denken mußte.

Er stemmte sich auf Hände und Knie.

Irgendjemand gab ihm einen Tritt.

Del schrie auf vor Schock und Schmerz. Er kippte zur Seite, rollte sich dann auf den Rücken. Die Deckenlampen brannten ihm in die Augen. Alle starrten auf ihn herab, Khan mit einem dünnen Lächeln. Del preßte die Hand gegen seine Seite, in der jetzt ein wütender, brennender Schmerz tobte.

Als er die Hand fortzog, war sie voller Blut. Nun erst wurde ihm klar, daß Khan ihm das Messer in den Körper gerammt hatte.

Sie rissen ihn auf die Füße. Seine Knie waren weich, und er fühlte sich schwindelig.

Vier Männer hatten Mühe, Vance am Boden festzuhalten.

Khan stand gerade nahe genug, um Del zu reizen, ihm einen Tritt zu versetzen, und gerade weit genug entfernt, um einen Versuch, ihn anzugreifen, sinnlos und dumm erscheinen zu lassen. Del preßte seine Hand auf die Messerwunde. Sie war sehr tief. Blut strömte unaufhörlich gegen die pressende Hand.

Yoshi war tot, doch Jan bewegte sich noch schwach, und Blut schäumte mit jedem Pulsschlag aus der zerrissenen Halsschlagader. Einer der Männer trat auf ihn zu, um ihm zu helfen.

»Laß ihn!« schnarrte Khan. »Laß ihn sterben! Er ist nutzlos für mich.« Er deutete mit einer Kopfbewegung auf Del. »Haltet seine Arme fest!«

Sie hielten ihn schon mit Klammergriffen, doch jetzt rissen sie ihm die Arme auf den Rücken. Die Wunde begann stärker zu bluten.

Khan wandte sich ab und trat zu einem Labortisch. »Ihr Laboratorium ist sehr gut ausgestattet«, sagte er sachlich, während alle anderen im Raum, selbst seine eigenen Leute, entsetzt auf den langsam zu Tode blutenden Jan starrten.

»Mein Gott«, flüsterte Vance in hilfloser Wut. »Sie sind wahnsinnig!« Er zwang seinen Kopf herum. »Chekov! Terrell! Sie können doch nicht einfach zusehen, wie der Mann stirbt!«

»Seien Sie still, Dr. Madison!« sagte Khan mit sanfter Stimme. »Meine Leute und ich tun nur, was getan werden muß. Was den jungen Pavel betrifft, und seinen Captain ... sie sind mein Eigentum. Und ich will, daß auch Sie mein Eigentum werden.« Er nahm einen großen Dreifuß vom Labortisch.

»Mein Gott, Khan, ja!« sagte Joachim. »Bring sie ganz in deine Gewalt! Es sind genügend Aale an Bord der *Reliant*. Ich werde sofort zum Schiff zurückkehren und ...«

»Das wird nicht nötig sein, Joachim«, sagte Khan. »Aber ich danke dir für deinen Vorschlag.«

»Mylord ...«

»Fesselt sie!« Er spielte mit dem Dreifuß.

Khans Leute zerrten sie in einen kleineren Raum hinter dem Labor. Dort fesselten sie Zinaida und Vance auf Stühle. Del sah dabei zu, als ob das alles in sehr großer Entfernung geschähe. Er spürte, daß er in einen Schockzustand verfiel. Die ganze Seite seines Hemdes und seiner linken Hüfte waren blutdurchtränkt. Er konnte nicht glauben, was passierte. Die Realität war plötzlich phantastischer geworden als jedes Spiel, das sie jemals erfunden hatten.

Del konzentrierte sich auf den Gedanken: zumindest hat Carol Genesis fortschaffen können. Es *muß* ihr gelungen sein!

Einer von Khans Männern warf ein Seil über eine Deckenstütze, dann schleppten andere ihn darunter, fesselten seine Hände und banden ihm ein Ende des Seils um seine Handgelenke. Als das Seil ihn hochriß, schrie er auf. Sie zogen es an, bis seine Füße gerade noch den Boden berührten, dann belegten sie das andere Ende am Fuß eines fest verankerten Labortisches.

»Khan Singh, Mylord«, flehte Joachim, »diese Mühe ist doch völlig unnötig. Ich brauche nur ein paar Minuten, um zum Schiff ...«

»Nein. Unser lieber Freund, der Admiral, soll wissen, was ich mit ihm vorhabe, wenn er mir in die Hände fällt.«

»Aber, Mylord ...«

Khan trat vor Del.

»Laß uns jetzt allein, Joachim.«

Er hatte den Dreifuß auseinandergenommen; jetzt hielt er eins der Beine in der Hand, ein Stahlrohr, einen halben Meter lang und einen Zentimeter stark.

»Geht!« Er berührte Dels Gesicht mit seiner schmalen, feingliedrigen Hand. Del wandte den Kopf ab. Khan lachte amüsiert.

Seine Leute gingen.

Jan und Yoshi waren tot.

Khan Singh lächelte.

Vance versuchte verzweifelt und fluchend, sich von den Fesseln zu befreien. Zinaida saß schweigend, mit geschlossenen Augen.

Del blickte in Khans Augen. Sie wirkten freundlich, beinahe mitleidig.

»Erzählen Sie mir von Genesis, Dr. March!«

Del versuchte, tief einzuatmen. Schmerz strahlte von der Messerwunde aus.

»Nein ...«, sagte er.

Khan bewegte sich kaum. Das Stahlrohr flippte zurück und traf Del in die Seite.

Der Schmerz war so ungeheuer, daß Del nicht einmal aufschreien konnte. Er stieß nur keuchend die Luft aus.

»Nein!« schrie Vance. »Um Gottes willen, hören Sie auf!«

Khan machte sich nicht einmal die Mühe, ein zweitesmal zu fragen. Langsam, methodisch, mit der Präzision eines Besessenen, prügelte er Del bewußtlos.

Joachim wartete.

Khan öffnete die Tür. Er packte Joachim bei der Schulter. »Wir sind unserem Ziel sehr nahe, Joachim. Dr. March wird mit mir sprechen, wenn er wieder zu sich kommt«, sagte er. »Sorge dafür, daß es bald geschieht, mein Freund.«

Joachim blickte ihm nach, als er den Korridor entlangging.

Er wollte den kleinen Laborraum nicht betreten. Er hatte anhören müssen, was dort passiert war. Er wollte es nicht auch noch sehen müssen. Doch er gehorchte.

Dunkle Streifen durchtränkten Marchs Hemd, wo das Stahlrohr die Haut aufplatzen lassen hatte. Er hatte viel Blut verloren, und die Stichwunde blutete immer noch ein wenig.

Vance Madison hob den Kopf.

»Wenn auch nur ein Rest Menschlichkeit in Ihnen zurückgeblieben ist«, flüsterte er, »dann binden Sie mich los, damit ich ihm helfen kann.« Seine Stimme war heiser.

»Ich habe keine Lust, als Ihre Geisel zu sterben.« Joachim tastete nach Marchs Puls und fand ihn erst nach einigem Suchen. Er war tief im Schock. Wenn ihm nicht geholfen wurde, würde er bald sterben.

Joachim öffnete das Medi-Kit, das er von der *Reliant* mitgebracht hatte, nahm einen Injektor heraus und wählte das stärkste Stimulantium, das es enthielt. Er zog es auf, drückte das Instrument an Marchs Hals und injizierte das Medikament direkt in die Halsschlagader.

Del March erschauerte und schlug die Augen auf.

Joachim hatte noch nie einen solchen Ausdruck im Gesicht eines Menschen gesehen, so viel Schmerz, und Furcht, und Verwirrung. Er ließ Wasser auf ein Tuch rinnen und streckte seine Hand nach Dels Gesicht aus. Der junge Mann zuckte zurück.

»Es tut mir leid«, sagte Joachim. »Ich werde versuchen, Ihnen nicht weh zu tun.« Vorsichtig wusch er den Schweiß von Marchs Gesicht. Er hätte es nicht nötig gehabt, auch nur ein Wort zu ihm zu sprechen, doch er sagte wieder: »Es tut mir leid.«

Joachim hatte keine Entschuldigung dafür, Khan noch länger warten zu lassen. Trotzdem trat er jetzt zu Madison und Chitirih-Ra-Payjh. Madison blickte ihn mit der furchtbaren Intensität eines friedlichen Mannes an, der zum Haß getrieben wurde.

»Wollen Sie etwas Wasser?«

»Blut ist es, was ich haben will«, sagte Madison. »Das Ihres Anführers, oder das Ihre.«

Joachim überhörte die leere Drohung. Er blickte Chitirih-Ra-Payjh an, die sich die ganze Zeit weder bewegt, noch gesprochen, noch die Augen geöffnet hatte.

»Hat Khan Singh sie verhört?«

Madison schüttelte den Kopf.

»Sagen Sie ihm, was er wissen will«, drängte Joachim. »Einen von Ihnen wird er irgendwann zerbrechen, und alle Leiden waren umsonst.«

»Sie hassen dies alles!« sagte Madison. »Sie können nicht ertragen, was er hier tut! Helfen Sie uns, ihn zu stoppen!«

»Das kann ich nicht.«

»Wie können Sie so einem Menschen gehorchen? Er ist verrückt! Er hat den Verstand verloren!«

Joachim war nahe daran, Madison zu schlagen, der nicht wußte, was er sagte. Fünfzehn Jahre lang hatte Khan Singh allein dafür gelebt, das Überleben seiner Gefolgsleute zu sichern, obwohl er selbst nichts mehr besaß, wofür er leben wollte. Nichts als die Rache. Bitterkeit und Haß hatten von ihm Besitz ergriffen. Joachim klammerte sich verzweifelt an die Überzeugung, daß Khan von dem Tag an, wo seine Rache hinter ihm lag, wieder zu sich selbst zurückfinden würde, daß Joachim irgendwann, irgendwie, den Mann wiederfinden würde, dem er seine Treue und sein Leben verschworen hatte.

»Ich habe mein Wort gegeben«, sagte er.

»Wenn kein anderer mehr da ist«, sagte Madison, »werden Sie sein Opfer. Das sollte Ihnen klar sein.«

»Ich werde mich ihm nicht widersetzen.« Joachim stürzte aus dem Raum.

Del krümmte sich zusammen. Er erwartete, daß Khan sofort wieder hereinkommen würde. Doch die Tür schloß sich hinter Joachim, und sie blieb geschlossen.

Zinaida öffnete die Augen und stand auf. Sie warf die zerrissenen Fesseln zur Seite. Ihre Handgelenke waren wundgescheuert. Sie band Vance los.

»Del ...« Vance hob ihn an, um den Zug des Seils zu lindern. Das Blut strömte in Dels Hände zurück, ein prickelnder Schmerz. Vance versuchte, ihm nicht weh zu tun, doch jede Berührung war wie ein weiterer Schlag. Das Stimulantium verstärkte die Schmerzempfindung und verhinderte, daß er wieder das Bewußtsein verlor.

Zinaida löste das andere Ende des Seils. Vance ließ ihn so behutsam wie möglich zu Boden.

»Mein Gott, Vance, was, zum Teufel, geschieht hier?«

»Ich weiß es nicht, kleiner Bruder.« Er gab Del etwas Wasser.

Sie hörten Geräusche vom Korridor. Dels Körper wurde stocksteif.

»Ich kann nicht mehr ...« Er blickte zu Vance auf, und nacktes Entsetzen stand in seinen Augen. »Wenn er mich wieder schlägt ... Ich habe Angst, Vance.«

»In Ordnung«, sagte Vance verzweifelt, »alles in Ordnung. Ich werde es nicht zulassen ...« Er unterbrach sich. Sie wußten beide, daß es ein leeres Versprechen war.

Zinaida kniete sich neben ihn und fuhr mit der Hand leicht über Dels Stirn. Ihre Hände waren wunderbar kühl und beruhigend. Sie hatte ihn nie zuvor berührt.

Sie beugte sich über ihn und küßte ihn leicht auf die Lippen. Vance packte sie bei den Schultern und riß sie zurück.

»Was tust du da?«

»Vance, selbst ein Deltaner kann nicht mit einem einzigen Kuß töten«, sagte sie leise. »Aber ich kann ... Vance, ich kann ihm die Kraft zum Sterben geben. Wenn er sterben will.«

Die Kraft zum Sterben ...

Del fühlte, wie sein bester Freund erschauerte.

»Ich ...« Vance Stimme erstarb.

»Del, kannst du mich hören?« fragte Zinaida.

Er nickte.

»Ich werde alles tun, was du willst.«

»Bitte ...«, flüsterte er.

Sie küßte ihn noch einmal und legte dann ihre Fingerspitzen

auf seine Schläfen. Die Schmerzen wurden stärker, doch seine Angst löste sich langsam auf.

Zinaida ließ ihre Hände sinken. Del fühlte sich sehr schwach, sehr ruhig. Die Wirkung des Stimulantiums hatte aufgehört. Zinaida wandte sich ab; sie zitterte am ganzen Körper.

Sie hörten Khan auf dem Korridor; sie konnten seine Worte nicht verstehen, doch die Stimme war unverkennbar.

»Verdammt, Vance«, flüsterte Del. »Ich hätte so gern deine Drachen gesehen.«

»Ich auch, kleiner Bruder. Ich auch.« Er ließ Dels Kopf vorsichtig zu Boden sinken.

Die einzigen Male, daß Vance jemals bei einem Kampf verletzt worden war – die einzigen Male, daß er überhaupt in einen Kampf geraten war –, das war, wenn er versucht hatte, seinen Partner aus irgendeiner Prügelei herauszuholen. Del wollte die Hand nach ihm ausstrecken, ihn daran hindern, eine Dummheit zu begehen, ihm sagen, daß es zu spät sei.

Versuche nur, ihn aufzuhalten, Bruder, dachte Del. Um deinetwillen ...

Doch er konnte sich nicht bewegen.

Vance preßte sich neben der Tür gegen die Wand. Zinaida erkannte, was er vorhatte, und tat dasselbe auf der anderen Seite.

Die Tür ging auf.

Vance gelang es, Khan mit beiden Händen um die Kehle zu packen, bevor Joachim ihn mit seinem auf ›Betäubung‹ geschalteten Phaser niederstreckte. Zinaidas Hände krallten nach seinen Augen, und sie konnte ihm zumindest die Wange aufkratzen, bevor auch sie vom Phaser niedergestreckt wurde.

Khans Leute rissen Del vom Boden hoch. Ihre Hände waren wie glühende Kohlen. Khan blickte ihm direkt in die Augen, und Del begann Joachims Hingabe an diesen Mann zu verstehen.

»Dr. March ...«, sagte Khan.

Del *wollte* ihm alles über Genesis sagen. Er *wollte*, daß der Schmerz aufhörte, und er *wollte*, daß Khan Singh ein gutes Wort zu ihm sprach ...

Del konzentrierte all seine Schmerzen und ließ sich in sie hineinfallen.

Dann sah er nur noch Schatten.

Als Dr. March zusammenbrach, sprang Joachim sofort mit dem Medi-Kit der *Reliance* auf ihn zu, gelähmt vor Schreck und der Angst vor Khan wegen seines Versagens.

Joachim konnte nicht vergessen, was Vance Madison gesagt hatte. Verzweifelt versuchte er, March ins Bewußtsein zurückzuholen und spürte dabei den rachsüchtigen Blick Khans in seinem Rücken.

»Er ist tot«, sagte Joachim. Und dann belog er Khan zum erstenmal in seinem Leben. »Es tut mir leid, Mylord.«

Khan sagte kein Wort. Schweigend wandte er ihm den Rücken zu.

Madison begann sich langsam von der Wirkung des Phaser-Strahls zu erholen. Khan riß ihn auf die Füße.

»Ich habe keine Zeit, freundlich zu Ihnen zu sein, Dr. Madison«, sagte Khan, »wie ich es bei Ihrem Freund gewesen bin. Ich habe eine andere, wichtigere Beute zu jagen.« Er zog sein Messer heraus. »Es dauert etwa zehn Minuten, bis ein Mensch verblutet. Wenn Sie während dieser Zeit durch ein Wort oder eine Geste zu verstehen geben, daß Sie sich meinen Wünschen fügen wollen, werde ich Ihr Leben retten.«

Benommen von der Trauer um Del starrte Madison durch ihn hindurch. Joachim wußte, daß er niemals reden würde.

Khan befahl seinen Leuten, Madisons Füße zu fesseln und ihn mit dem Kopf nach unten an die Deckenstütze zu hängen. Sie taten es.

Khan würde Madisons Hals mit einem raschen, kleinen Schnitt öffnen, direkt über der Jugular-Vene; das Verbluten würde so langsamer vor sich gehen, als wenn er die Arterie durchtrennte, und Madison würde länger bei Bewußtsein bleiben. Aber sterben würde er trotzdem.

Joachim konnte nicht mit ansehen, wie Khan noch einen Menschen vernichtete. Er floh.

Im Hauptlabor setzte er sich mit der *Reliant* in Verbindung und ließ sich an Bord beamen. Er lief in die Kapitänskabine, die Khan für sich in Beschlag genommen hatte. Ein Glas mit Sand stand auf dem Tisch. Joachim fischte verzweifelt mit einem Sieb darin herum, bis er zwei Aale gefangen hatte. Er ließ sie in eine Schachtel fallen, raste zum Transmitterraum des Schiffes zurück und beamte wieder zum Raumlabor. Atemlos und keuchend erreichte er den kleinen Raum, den Khan zu einer Folterkammer umfunktioniert hatte.

Joachim kam zu spät, um Madison zu retten. Entsetzt blieb er stehen und starrte auf den blutüberströmten Kopf und die riesige Blutlache.

Khan stand vor Zinaida Chitirih-Ra-Payjh. Sie erwiderte seinen Blick ohne zu blinzeln; er schien empört, daß sie keine Angst vor ihm zeigte.

»Mylord!« sagte Joachim, als er wieder sprechen konnte. Seine Stimme bebte. »Khan, sie sind alle zu schwach, um deiner Kraft widerstehen zu können ...«

»Es scheint so ...«, sagte Khan leise.

»Es ist nicht nötig, auch sie zu ... zu ...« Joachim konnte nicht mehr weitersprechen. Er drückte Khan die Schachtel in die Hände. »Sie kann dir das Geheimnis von Genesis nicht verschweigen, Mylord.« Er hielt den Atem an, da er nicht wissen konnte, wie Khan reagieren würde.

Khan öffnete die Schachtel, warf einen Blick hinein und lächelte. Er stellte sie ab und legte beide Hände auf Joachims Schultern.

»Du kennst meine Bedürfnisse besser als ich«, sagte Khan. »Ich bin dir dankbar dafür, Joachim; ich könnte dich nicht mehr lieben, wenn du mein Sohn wärst.«

Er *wird* wieder zu sich zurückfinden, dachte Joachim und fühlte Tränen in seine Augen steigen. Sobald dies vorbei ist ...

Khan löste seine Hände von Joachims Schultern und wandte sich Zinaida Chitirih-Ra-Payjh zu.

Deltaner suchen die Intensität des Erlebens. Zinaida hatte sich, wie die meisten anderen, auf das intensive Auskosten von Lust konzentriert. Ein paar wenige Deltaner bevorzugten den Schmerz; Zinaida hatte sie immer für verrückt gehalten. Doch hier, jetzt, hatte sie keine andere Wahl, als zu akzeptieren, was immer auf sie zukommen mochte, und aus den Erfahrungen zu lernen. Jedda und Carol und David brauchten Zeit, um entkommen zu können. Außerdem war Carol überzeugt, daß bald Rettung kommen würde. Vielleicht, wenn Zinaida kräftig genug war, konnte sie bis dahin durchhalten. Sie wollte nicht sterben. Ihr Bewußtsein griff nach der emphatischen Verbindung, die zwischen ihr und Jedda bestand, und suggerierte Beruhigung. Sie wußte, wenn sie ihn wissen ließ, was geschehen war, würde er versuchen, ihr zu helfen, anstatt zu fliehen.

Khan Singhs Hand fuhr in die Schachtel, die Joachim ihm gebracht hatte. Als er sie wieder herauszog, hielt er zwischen Daumen und Zeigefinger eine lange, dünne, schlangenartige Kreatur. Ihre lange, schmale Schnauze fuhr suchend hin und her.

»Mr. Chekov könnte Ihnen bestätigen«, sagte Khan, »daß der Schmerz nur kurz ist.«

Zinaida fuhr entsetzt zurück und erkannte in diesem Moment, was mit Chekov und Terrell geschehen war.

Dies konnte sie nicht ertragen.

Khans Leute stießen sie vor und bogen ihren Kopf zur Seite. Der Aal glitt über ihren kahlen, glatten Schädel zu ihrem Ohr, tastend, suchend.

»Jedda ...«, flüsterte sie. Sie dachte für ihn alles, was geschehen war, damit er wußte, daß keine Hoffnung mehr bestand, daß er fliehen sollte, und dann zerriß sie die Verbindung zwischen sich und ihrem Geliebten für immer.

Der Aal zerbiß ihr Trommelfell. Zinaida schrie vor Entsetzen und Verzweiflung.

Sie gab sich den Schatten.

Carol und David krochen die Nottreppe hinauf, um ins Hauptlabor zu gelangen. Genesis war vorläufig in Sicherheit, doch sie hatten Angst um die anderen. Ganz gleich, wie beruhigend Dels Worte über das Intercom geklungen hatten, Carol war sicher, wenig später einen Schrei gehört zu haben. David hatte ebenfalls etwas gehört. Doch Jedda versicherte ihnen immer wieder, daß alles in Ordnung sei.

»Verdammt!« sagte Carol noch einmal. »Irgendetwas geschieht dort oben. Wir können doch nicht einfach weglaufen und unsere Freunde im Stich lassen. Nicht einmal, um Genesis zu retten!«

»Del hat gesagt ...«

»David, Del lebt meistens in einer Phantasiewelt!« Sie wünschte, daß Del auch nur halb so ausgeglichen wäre wie Vance, dann brauchte sie sich um beide weniger Sorgen zu machen. Falls Del sinnlose Heldentaten zu vollbringen versuchte, wenn die Leute von Starfleet überreagierten, konnte er sich und alle andere, die dort oben waren, in größere Schwierigkeiten bringen, als sie bewältigen konnten.

Carol erreichte die Hauptdeck-Ebene und öffnete die Stahltür am oberen Ende der Treppe einen Spaltbreit.

Zanaidas Entsetzensschrei hallte durch den Korridor. Carol verhielt reglos.

Jeddas Knie gaben nach, und er fiel zu Boden.

»Jedda! Was ist?«

Carol kniete sich neben ihn. Jedda schlug die Hände vor sein Gesicht, um zu verhindern, daß sie ihn berührte. Er rollte sich von ihr fort, stemmte sich auf Hände und Knie und kam langsam, schwerfällig auf die Füße.

»Wir müssen fliehen«, sagte er dumpf. »Zinaida ist tot. Vance und Del sind tot. Wir können ihnen nicht mehr helfen.«

»Aber du hast doch gesagt ...«

»Sie hat versucht, uns zu schützen. Aber sie ist tot. Wenn wir nicht weglaufen, werden sie uns finden, sich Genesis nehmen, und uns töten!«

Sie liefen.

6. KAPITEL

An diesem Abend nahmen Captain Spock und Dr. McCoy das Dinner mit Admiral Kirk zusammen in dessen Kabine ein. Ihre Diskussion über Genesis wurden während des Essens fortgesetzt, jedoch nicht mehr mit solcher Heftigkeit, daß Kirk wieder davon irritiert wurde und sie aufforderte, den Mund zu halten.

Das Intercom unterbrach das Gespräch.

»Admiral«, sagte Saavik, »Sensoren zeigen ein Schiff auf Gegenkurs, rasch näherkommend.«

»Identifizierung?«

»Es ist eins der unseren, Admiral. Die *Reliant.*«

»Warum ist denn die *Reliant* hier?« fragte Spock.

Kirk wunderte sich auch darüber. Starfleet Command hatte gesagt, daß nur die *Enterprise* sich nahe genug beim Raumlabor befände, um die Lage dort untersuchen zu können.

Er lief aus seiner Kabine. Spock und McCoy folgten ihm.

»Ist nicht Pavel Chekov auf der *Reliant?*«

Sie traten in den Turbo-Lift. Er glitt aufwärts.

»Ja, ich glaube«, sagte Spock.

Die Lifttür glitt auf. Kirk trat auf die Brücke und wandte sich sofort an Uhura.

»Die *Reliant* antwortet nicht, Sir«, sagte sie.

»Nicht einmal auf Notruf-Kanal?«

»Nein, Sir«, sagte sie und versuchte es wieder. »*Enterprise* an *Reliant.* Bitte kommen, *Reliant!*«

»Visuell, Lieutenant Saavik?«

»Gerade in Reichweite, Admiral.«

Saavik schaltete die Bug-Scanner auf den großen Bildschirm und stellte auf volle Vergrößerung. Die *Reliant* war nur ein winziger Lichtpunkt auf dem Bildschirm, der jedoch rasch größer wurde.

»Versuchen Sie visuelle Kommunikation«, sagte Spock.

»Jawohl, Sir.« Uhura schaltete die Schwachstrom-Kommunikationslaser, die mit sichtbarem Licht arbeiteten, ein und richtete sie auf die Rezeptoren der *Reliant.*

»Vielleicht sind ihre Kommunikations-Systeme zusammengebrochen ...«, meinte Kirk zweifelnd.

»Das würde eine Menge erklären«, sagte Spock.

Joachim, noch immer benommen von dem, was im Raumlabor geschehen war, sah die *Enterprise* auf dem Bildschirm der *Reliant* wachsen.

Khan, der hinter ihm stand, kicherte leise.

Nachdem sie Terrell und Chekov losgeworden waren, war Khan nur noch von seinen eigenen, loyalen Leuten umgeben. Bald würde er seine Rache vollziehen können. Und dann ... würde er dann endlich frei sein? Joachim hatte Angst vor der Antwort.

»Geschwindigkeit auf halbe Impulskraft reduzieren«, sagte Khan; und dann, in einem sanften, überredenden Tonfall: »Wir wollen Freunde sein ...«

»Halbe Impulskraft«, sagte der Ruder-Offizier.

Die Laser-Rezeptoren registrierten ein Signal.

»Sie erbitten visuelle Kommunikation, Khan«, sagte Joachim.

»Laß sie Statik fressen!«

»Und sie laufen noch immer, ohne die Schutzschilde zu aktivieren.«

»Aber natürlich. Habe ich nicht gerade gesagt, daß wir Freunde sein wollen? Kirk, mein alter Freund, kennst du das klingonische Sprichwort: ›Rache ist ein Gericht, das kalt serviert werden muß‹?«

Joachim riskierte einen raschen Blick auf seinen Fürsten. Khan saß vorgebeugt, die Hände zu Fäusten geballt, und das Haar hing wirr um seinen Kopf; seine Augen waren vor Erschöpfung und Wut eingesunken.

»Es ist sehr kalt im Raum«, flüsterte Khan.

Auf dem Bildschirm der *Enterprise* wurde die *Reliant* langsam größer.

»*Reliants* Delta-Vau ist eben auf halbe Impulskraft zurückgenommen worden, Admiral«, meldete Sulu.

»Irgendwelche Beschädigungen festzustellen?«

»Keine, Sir.«

»Admiral«, sagte Saavik, »darf ich die General-Order Nummer zwölf zitieren? ›Bei der Annäherung irgendeines Raumfahrzeugs, mit dem keine Kommunikation aufgenommen werden kann ...‹«

»Ich kenne die Vorschriften sehr gut.«

Saavik zwang sich, darauf nicht zu reagieren. »Jawohl, Sir«, sagte sie steif.

»Dies ist verdammt komisch«, sagte Kirk, fast im Selbstgespräch. »Alarmstufe Gelb.«

»Abwehr-Felder aktivieren!« sagte Saavik.

Der Klaxon ertönte; die Beleuchtung wurde matter. Die Zusatz-Crew der Brücke brauchte nur Sekunden, um auf ihren Gefechtsstationen zu sein.

»Ein Ruf von der *Reliant*, Sir ... einen Augenblick ... auf dem Kurzwellenband. Sie sagen, daß ihre Chambers-Spule in allen Haupt-Kommunikationssystemen Kurzschlüsse ausgelöst hat.«

»Spock?«

Spock beugte sich über seine Konsole und machte einen Scan der *Reliant*.

»Sie haben noch immer ihre Schilde nicht aktiviert«, sagte Joachim. Alles, was geschah, schien weit entfernt stattzufinden. Nur seine Erinnerungen blieben bei ihm, entsetzlich nahe, und zuckten durch sein Bewußtsein, sowie er blinzelte oder auch nur seine Konzentration ein wenig lockerte: der Ausdruck in Marchs Augen, das Blut, das über Madisons Gesicht strömte, der Selbstmord von Chitirih-Ra-Payjh. Und er konnte nicht vergessen, was Madison ihm gesagt hatte.

»Sei vorsichtig, Joachim«, sagte Khan. »Nicht alles auf einmal. Der Maschinenraum. Sie sollen Energie auf die Waffensysteme geben! Bereite dich vor, auf meinen Befehl zu feuern!«

Joachim gehorchte. Vor zweihundert Jahren hatte er sein Wort gegeben; also gehorchte er.

Spock studierte die Resultate seines Scan. Sie waren genauso wie die ersten: keine Anzeichen irgendwelcher Schäden.

»Die Emissionen der Spule sind normal, Sir.« Und dann sah er die Anzeigen von etwas, das nicht normal war. »Sie aktivieren die Schutzschilde ...«

»*Reliants* Phaser aktiviert!« meldete Sulu in derselben Sekunde.

»Schilde aktivieren!« sagte Kirk. »Energie auf Phaser! Fertig zum ...!«

Die *Reliant* feuerte.

Peter stand neben seiner Konsole und wünschte, wünschte verzweifelt, daß er etwas hätte tun können. Das Schiff hatte Gefechtsalarm; das Klaxon dröhnte durch den Maschinenraum, und die Crew – die Veteranen – liefen zu ihren Stationen oder waren bereits völlig in ihre Arbeit vertieft. Die Kadetten standen an ihren Reservegeräten und konnten nichts anderes tun, als zusehen. Und ein Junge wie er konnte nur mit den Zähnen knirschen und sich einzureden versuchen, daß er hier irgendeine Aufgabe hatte.

Bis jetzt hatte Peter den Verdacht gehabt, daß der ganze Trip eine aufwendige Scharade war, nicht mehr als eine Simulation mit einem richtigen Schiff und richtigen Apparaturen. Doch vielleicht hatte er sich da geirrt. Denn wenn dies nur ein Test wäre, würden die Veteranen zurücktreten und die Kadetten alles tun lassen. Peters Herz schlug rascher. Er fragte sich, wie Saavik das logisch analysieren würde. Er freute sich darauf, mit ihr über alles sprechen zu können, sowie diese Sache vorbei war, ob sie nun wirklich war oder nur ein Test! Er hatte sie nicht mehr gesehen, seit Commander Scott seine Mathematikstunden abgesetzt hatte.

Onkel Montgomery hatte Captain Spock erklärt, daß er Peter nicht entbehren könne, da es im Maschinenraum zu viel Arbeit gäbe; doch Peter hatte er gesagt, daß er die Stunden erst dann wiederaufnehmen könne, wenn er aufhörte, ›seine Arbeit zu vernachlässigen‹. Peter interpretierte den Widerspruch als einen Versuch seines Onkels, ihm eine Lektion zu erteilen, ohne eine Disziplinarstrafe zu verhängen, die in seine Personalakte eingetragen werden mußte, was er einerseits zu schätzen wußte, andererseits jedoch ablehnte, da er nicht glaubte, diese Lektion nötig zu haben.

Morgen ist seine Wut sicher verraucht, dachte Peter. Vielleicht schon heute, sobald wir diese Sache hinter uns haben, was immer sie sein mag.

Eine Schockwelle, die aus dem Nichts zu kommen schien, warf ihn zu Boden. Eine Sekunde später hörte er das Dröhnen der Explosion. Als Peter sich auf die Beine stemmte, hörte er Metall zerreißen, und ein harter Luftstrom fuhr ihm ins Gesicht. Ein Loch im Schiffskörper saugte Luft aus dem Maschinenraum. Es war unheimlich still, und Peter fürchtete schon, daß seine Trommelfelle geplatzt seien. Die Schotts glitten automatisch zu, und frische Luft strömte in die teilweise evakuierte Sektion. Jetzt waren wieder Geräusche da: er hörte Rufe und Schmerzensschreie durch das Singen in seinen Ohren.

Er packte die Kanten seiner Konsole, um sich festzuhalten. Die Alarmsirenen heulten.

»Oh, mein Gott!« schrie Genni. Seine Konsole funkelte voll von Warnlichtern. »Pres, wir müssen hier raus . . .!«

Peter blickte auf. Direkt über ihnen zischte dicker, gelb-grüner Rauch aus einem Rohr des Wärme-Austauschers. Peters Augen weiteten sich vor Schreck. Die Rohre waren mit einer dreifachen Isolierung aus einem unzerbrechlichen Material umgeben. Der Austritt von Kühlflüssigkeit galt als unmöglich.

Die Strahlungswarnung schickte stroboskopisch zuckende Blitze aus, der Giftgassensor blökte Alarm. Die giftige Kühlgaswolke senkte sich auf den Bereich, in dem die Kadetten ihre Stationen hatten. Peters Augen brannten. Grenni packte ihn beim Arm und versuchte ihn wegzuziehen, als die anderen in Panik davonstürzten.

»Deine Konsole ist aktiviert!« schrie Peter.

»Scheiße!« brüllte Grenni. Er fuhr herum und rannte fort.

Peter fummelte nach seinem Atemgerät. Er konnte kaum noch sehen, als er sie endlich aufsetzte. Seine Lungen brannten.

Die Hauptkonsole war beschädigt, und Lieutenant Kasatsuki lag bewußtlos an Deck. Sie war für die Schaltgeräte für Zusatzenergie verantwortlich, für die Peters und Grennis Konsolen als

Reserve dienten. Jetzt blinkte und surrte Grennis Konsole, zum Zeichen, daß sie nach dem Ausfall der Hauptkonsole aktiviert worden war. Wenn niemand etwas unternahm, würde die Zusatzenergie ganz ausfallen.

Die Gaswolke schloß sich um Peter, als er die Regeln der Hardware-Hierarchie brach und seine eigene Konsole aktivierte. Trotz des Atemgeräts brannten und tränten seine Augen noch immer.

Schmerzens- und Angstschreie fluteten wie Wellen über ihn hinweg. Commander Scott schrie Befehle durch das Chaos. Peter hörte alles, doch es schien Lichtjahre entfernt zu sein; er hatte fast das Gefühl, mit der *Enterprise* verschmolzen zu sein – er tat alles kompetent und selbstverständlich, und er wußte genau, was er zu tun hatte.

Auf der Brücke hatte Kirk alle Hände voll zu tun.

»Mr. Sulu! Die Schilde!«

»Ich versuche es, Sir!«

Das Intercom schrie durch das Durcheinander: »Medizinisches Team zum Maschinenraum!«

McCoy war bereits auf halbem Weg zum Turbo-Lift. Er sprang in die Kabine und verschwand.

»Ich bekomme keine Energie, Sir«, meldete Sulu.

Kirk schlug mit der flachen Hand auf den Knopf des Intercom. »Scotty!«

Eine Kakaphonie von Geräuschen schallte aus dem Intercom, anscheinend versuchte jeder, zur Brücke durchzukommen.

»Uhura, schalten Sie den verdammten Krach aus!«

Sie schlug auf den Hauptknopf.

Stille.

»Mr. Scott, Direktverbindung«, sagte sie.

»Scotty, was ist bei euch los?«

Seine Stimme klang dumpf; Kehlkopfmikrophon, dachte Jim. Er trägt ein Atemgerät! Was, zum Teufel, war dort unten passiert?

»Wir können uns gerade noch halten, Sir. Hauptenergieerzeugung ausgefallen.«

»Auf Zusatzenergie schalten«, sagte Kirk. »Schadensmeldung.«

Auf dem großen Bildschirm erschien eine schematische Darstellung der *Enterprise,* mit einem erschreckend großen roten Areal, das schwere und schwerste Schäden anzeigte und sich vom Maschinenraum bis zur Bordwand erstreckte. Kirk und Spock starrten schweigend auf die schematische Schadensmeldung.

»Ihr Treffer deutet auf genaue Kenntnis unserer verwundbarsten Stellen hin«, sagte Spock.

»Aber wer *sind* diese Burschen? Die *Reliant* ist unter wessen Kommando?«

»Clark Terrell«, sagte Spock. »Ein Kommandant mit einem sehr guten Ruf, bei dem nicht zu erwarten ist, daß er plötzlich durchdreht oder Opfer einer Meuterei wird.«

»Wer greift uns dann an? Und *warum?*«

»Eins ist sicher«, sagte Spock. »Mit Zusatzenergie allein können wir ihnen nicht entkommen.«

»Visuell!« sagte Kirk scharf. Auf dem großen Bildschirm zeigte das von den Bug-Scannern aufgefaßte Panorama. Die *Reliant* war jetzt sehr nahe und kam direkt auf sie zu. »Mr. Sulu, alle Energie auf die Phaser.«

»Zu spät«, sagte Spock.

Auf dem Bildschirm sahen sie, wie die Photonentorpedos der *Reliant* mit schicksalhafter Unausweichlichkeit auf sie zurasten.

Die Energie-Explosion prasselte durch das Schiff, verschmorte Stromkreise, verbrannte Computerchips, ließ Bildschirme implodieren und ganze Systeme zusammenbrechen. Im oberen Deck brach Feuer aus. Der beißende Qualm von verschmortem Plastik und verdampften Metall verdunkelte die Luft.

»Scotty!« schrie Kirk. »Was haben wir noch?«

»Nur die Brennstoffzellen, Sir. Ich kann in ein paar Minuten Zusatzenergie ...«

»Wir *haben* keine paar Minuten mehr. Können Sie mir Saft für die Phaser geben?«

»Höchstens für ein paar Schuß, Sir.«

»Das reicht nicht«, sagte Spock, »gegen ihre Schilde.«

»Wer, zum Teufel, *sind sie?*« sagte Kirk noch einmal.

»Admiral«, sagte Uhura, »Kommandant der *Reliant* ruft ...« Sie zögerte. »Er will die ... Übergabebedingungen aushandeln.«

Kirk sah Spock an, der den Blick unbewegt erwiderte; er blickte rasch zu Saavik, in der Erwartung ... er wußte nicht, was er von Saavik erwartete. Ihre Selbstbeherrschung war so absolut wie die Spocks.

»Auf den Bildschirm«, sagte Kirk.

»Admiral ...«

»Tun Sie, was ich Ihnen sage – solange noch Zeit dazu ist.«

Der Bildschirm veränderte sich langsam, Pixel für Pixel, bis das neue Bild, das erschien, allmählich die Form eines Gesichts annahm.

»Khan!« rief Jim Kirk.

»Sie erinnern sich, Admiral, nach all den Jahren. Ich bin gerührt. Ich hatte befürchtet, Sie hätten mich vergessen. Natürlich erinnere ich mich an *Sie.*«

»Was hat das alles zu bedeuten?« sagte Kirk wütend. »Wo ist die Crew der *Reliant?*«

»Habe ich mich nicht klar genug ausgedrückt?« sagte Khan drohend. »Ich habe vor, Rache zu nehmen, Admiral. An Ihnen. Ich habe Ihrem Schiff die Energie genommen, und ich habe vor, Ihnen sehr bald das Leben zu nehmen.«

»Die *Reliant* manövriert, Sir«, sagte Sulu ruhig. »Geht in Schußposition.«

»Aber bevor Sie sterben, sollen Sie wissen, wer Sie besiegt hat: Khan Noonian Singh, der Fürst, den Sie kaltzustellen versucht haben.«

»Khan, hören Sie mich an!« sagte Kirk. »Wenn ich es bin, den Sie wollen, werde ich mich an Bord Ihres Schiffes beamen lassen. Alles, worum ich Sie bitte, ist, meine Mannschaft zu verschonen. Mit mir können Sie machen, was Sie wollen!«

Kahn räkelte sich in seinem Sessel und lächelte überlegen. Er streckte die Hände aus, mit den Handflächen nach oben, als ob er James Kirk, ihm ausgeliefert, gegen die *Enterprise* und Kirks sicheren, aber etwas weiter entfernt liegenden Tod aufwog.

»Das ist ein äußerst reizvolles Angebot. Es ist ...« – seine Stimme wurde leise und gefährlich – »typisch für Ihren edlen Charakter. Ich werde es in Erwägung ziehen.«

Er machte eine Pause für eine Sekunde.

»Ich nehme es an.«

Kirk stand auf. Spock trat einen Schritt auf ihn zu, blieb jedoch stehen, als Kirk eine harte, zuschlagende Geste machte.

»... mit einem einzigen Zusatz. Sie werden mir auch alle Daten und alles andere Material über das Projekt Genesis aushändigen.«

Jim Kirk zwang einen erstaunten Ausdruck auf sein Gesicht. »Genesis?« fragte er. »Was ist das?«

»Spielen Sie nicht mit mir, Kirk. Meine Hand liegt auf dem Feuerknopf.«

»Ich müßte danach suchen, Khan. Geben Sie mir etwas Zeit. Die Schäden an den Computern ...«

»Ich gebe Ihnen sechzig Sekunden, Admiral.«

Kirk wandte sich an Spock.

»Sie können ihm Genesis nicht geben, Admiral«, sagte der Vulkanier.

Kirk sprach leise und außer Hörbereich des empfindlichen Richtmikrophons der Übertragungsanlage. »Zumindest wissen wir jetzt, daß er es nicht hat. Nicken Sie ab und zu, als ob ich Ihnen Anweisungen erteilte. Lieutenant Saavik, bringen Sie die Daten-Schematik von *Reliants* Kommandokonsole auf Ihren Schirm! Schnell!«

»*Reliants* Kommando ...?«

»Schnell, habe ich gesagt!« flüsterte Kirk ärgerlich.

»Den Präfix-Code?« fragte Spock.

»Das ist alles, was wir haben.«

»Admiral«, sagte Khan, »meine Geduld ist bald erschöpft.«

»Wir haben es gefunden, Khan! Sie wissen, wieviel Schaden Sie auf meinem Schiff angerichtet haben. Sie müssen uns Zeit lassen!«

»Zeit, James Kirk? Sie haben mir gezeigt, daß Zeit kein Luxus ist, sondern eine Folter. Sie haben noch fünfundvierzig Sekunden.«

Mr. Sulu wandte sich an Kirk. »*Reliant* hat das Manöver beendet, Sir. Sie haben uns genau im Visier.«

Saavik fand die Daten, um die Kirk sie gebeten hatte, konnte jedoch nicht begreifen, was er damit anfangen wollte. »Ich verstehe nicht ...«

»Sie müssen lernen, *warum* die Dinge auf einem Schiff der Starfleet funktionieren, und nicht nur wie.« Kirk wandte sich wieder Khan zu und versuchte, seiner Stimme einen überzeugenden Klang zu geben. »Genesis läuft jetzt durch, Khan ...«

»Der Präfix-Code ist eins-sechs-drei-null-neun«, sagte Spock leise.

Er machte sich sofort an die Arbeit. Saavik sah, wie der Präfix-Code seinen Weg durch die Schematik suchte und die Verteidigung der *Reliant* zusammenbrechen ließ. Sie begriff plötzlich, was Kirk vorhatte: er wollte die Kommandokonsole der *Reliant* auf die der *Enterprise* schalten und die Schilde deaktivieren.

»Sie haben noch dreißig Sekunden«, sagte Khan und betonte jedes Wort einzeln.

»Er verfügt über eine außerordentliche Intelligenz«, sagte Spock. »Falls er den Code verändert hat ...«

»Spock, warten Sie auf mein Zeichen«, sagte Kirk dringlich. »Wenn wir zu früh sind, weiß er, was wir vorhaben und aktiviert die Schilde wieder ...«

Spock nickte, und Kirk wandte sich wieder dem Bildschirm zu.

»Khan, wie soll ich wissen, daß Sie Ihr Wort halten werden?«

»Mein Wort halten, Admiral? Ich habe Ihnen kein Wort gegeben, das ich halten müßte. Sie haben keine andere Wahl.«

»Ich verstehe ...«, sagte Kirk. »Mr. Spock, sind die Daten bereit?«

»Phaser Ziel aufgefaßt«, sagte Sulu ruhig.

»Ihre Zeit ist um, Admiral«, sagte Khan.

»Okay. Wir transmittieren sofort. Mr. Spock?«

Spock tastete den Code für die *Reliant* ein und ließ ihm sofort den Befehl zur Deaktivierung der Schilde folgen.

Saaviks Bildschirm zeigte die Veränderung an. »Schilde deaktiviert, Admiral!«

»Feuer!« schrie Kirk, und Khan, auf dem Bildschirm schrie: »Was ...? Joachim! Schilde reaktivieren ... Wo ist der ...«

Mr. Sulu saugte alle Energie aus dem angeschlagenen Schiff und rammte sie in die Phaser.

Ein dünner Lichtstrahl verband plötzlich die *Enterprise* mit der *Reliant*, ein tödlicher Stachel. Der Rumpf der *Reliant* glühte in Brückenhöhe hellrot auf.

Auf dem Bildschirm stieß Khan einen Wut- und Schmerzensschrei aus, als das Schiff um ihn herum erbebte. Die Übertragung zerfaserte, und er verschwand vom Bildschirm der *Enterprise.*

»Sie haben es geschafft, Admiral!« sagte Sulu.

»Ich habe überhaupt nichts geschafft. Ich habe mich mit heruntergelassener Hose erwischen lassen. Verdammt, verdammt, ich muß allmählich senil werden!« Er blickte Saavik an und schüttelte den Kopf. »Lieutenant Saavik, zitieren Sie nur weiter die Vorschriften. Spock, kommen Sie, wir müssen feststellen, wie groß die Schäden sind!«

Er schritt zum Turbo-Lift. Spock folgte ihm. Die Tür glitt zu ...

Joachim ertrug Khans tobende Wut so geduldig, und mit so vielen Schmerzen, als ob er gepeitscht worden wäre.

»Feuern! Feuern! Joachim, du Idiot! Warum feuerst du nicht?«

»Ich kann nicht, Khan. Sie haben die Kontrolle der Photonentorpedos und den Warp-Antrieb zerschossen. Wir müssen uns zurückziehen.«

»Nein!«

»Mylord, wir müssen! Wir haben keine andere Wahl. Wir müssen das Schiff reparieren. Die *Enterprise* kann uns nicht entkommen.« Er wollte nichts anderes, als die Augen schließen, er wollte schlafen, aber er hatte Angst vor seinen Erinnerungen und seinen Träumen. Er fühlte sich todkrank bei dem Gedanken an Töten und Rache.

... der Lift hielt auf der Ebene des Maschinenraums. Kirk machte einen Schritt vorwärts und blieb entsetzt stehen.

»Scotty! Mein Gott!«

Der Chefingenieur war blutverschmiert und zitterte am ganzen Körper. Er hielt Peter Preston auf den Armen. Der Junge hing reglos vor Scottys Brust, seine Augen waren geschlossen, und Blut floß ihm aus Nase und Mund.

»Ich kann Dr. McCoy nicht erreichen; ich kann nicht durchkommen; ich muß den Jungen ins Lazarett bringen ...« Tränen zogen Furchen durch sein rußverschmiertes Gesicht. Er taumelte auf den Lift zu. Kirk und Spock hielten ihn auf. Kirk legte seinen Arm um ihn, und Spock nahm ihm den Jungen von den Armen.

»Lazarett!« schrie Kirk.

Der Turbo-Lift setzte sich in Bewegung.

Spock trat auf die Brücke. Sein Hemd war blutig – rotes Blut, das sich allmählich braun verfärbte – nicht das seine.

Saavik zeigte nicht die Erleichterung, die sie empfand. Schweigend setzte Spock sich neben sie an die Konsole des Wissenschaftsoffiziers. Während Saavik die Reparaturarbeiten koordinierte, legte Spock eine Aufstellung in den Input-Schlitz. Sofort erschien die Information auf dem Bildschirm:

MASCHINENRAUM:

... LEICHT VERWUNDET:

... SCHWER VERWUNDET:

... IN KRITISCHEM ZUSTAND: *Peter Preston.*

Saavik hielt den Atem an. Spock warf ihr einen raschen Blick zu. Sie spürte den Blick, konnte ihn jedoch nicht erwidern.

Saaviks Hände begannen zu zittern. Sie starrte sie an und schämte sich ihrer Schwäche. Du beschämst dich und deinen Lehrer; mußt du die Vulkanier noch mehr erniedrigen?

Alles verschwamm vor ihrem Blick. Sie schloß die Augen.

»Lieutenant Saavik«, sagte Spock.

»Ja, Captain«, flüsterte sie.

»Bringen Sie diese Liste zu Dr. McCoy.«

Sie schluckte hart und versuchte, ihre Augen auf das Papier zu fokussieren, das Spock ihr gegeben hatte.

Die Verwundetenliste des Maschinenraums ...?

Damit konnte Dr. McCoy weiß Gott nichts anfangen; sie war schließlich von ihm gekommen.

»Captain ...?«

»Bitte keine Widerrede, Lieutenant!« sagte Spock. Sein Ton verriet nichts von dem, was er dachte oder fühlte. »Dieser Auftrag sollte Sie nicht länger als fünfzehn Minuten in Anspruch nehmen; länger kann die Brücke Sie nicht entbehren.«

Sie stand auf. Ihre Finger krampften sich um das Papier, zerknüllten es. Sie blickte Spock in die Augen.

»Länger kann die Brücke Sie nicht entbehren, Lieutenant«, wiederholte er. »Gehen Sie, *rasch.* Es tut mir leid.«

Sie lief.

McCoy arbeitete verzweifelt, um Peter Preston zu retten. Er mußte das anästhetische Feld intensivieren, da der Junge allmählich zu Bewußtsein kam.

Die Lebenszeichen-Sensoren stabilisierten sich nicht. Ganz egal, was McCoy tun mochte, der physische Zustand verfiel. Abschürfungen, zwei Knochenbrüche, ein paar innere Verletzungen mit hohem Blutverlust, ein Haarriß im Schädel: alles nicht ernst. Aber Preston hatte sich direkt unter dem Rohr befunden, aus dem das Kühlgas ausgeströmt war. Alles hing davon ab, wieviel er davon eingeatmet hatte, und wie lange er in der Gaswolke gewesen war, bevor die Ventilatoren sie abgesaugt hatten.

McCoy fluchte. Die verdammten Techniker behaupteten, daß nichts anderes, als dieses verdammte, korrosive, teratogene, gamma-verstrahlte *Gift* eine spezifische Hitze besaß, die groß genug war, um das Schmelzen der Maschinen zu verhindern. Und sie behaupteten auch, daß die Schutzanlage absolut sicher wäre.

»Dr. Chapel!« schrie er. »Verdammt, wo bleibt die Analyse?«

Scott stand außerhalb des Operationsraums, gegen das Glasfenster gelehnt.

Chris Chapel trat herein, und McCoy las die Resultate aus ihrem Gesichtsausdruck.

Sie reichte ihm die Analyse von Prestons Blut- und Gewebeuntersuchungen. »Es tut mir leid, Leonard«, sagte sie.

Er schüttelte verbittert den Kopf. Einige der Lebenszeichen-Indikatoren näherten sich bereits der Null-Grenze, und der Junge hatte begonnen, innerlich zu bluten; es war eine massive Blutung, stärker als zuvor. Die Nähte hielten nicht, konnten nicht halten. Die Zellstrukturen begannen sich bereits aufzulösen.

»Ich habe es schon gewußt, Chris. Ich hoffte nur ...«

Er zog sich vom Operationsfeld zurück und veränderte die Anästhesie von allgemein zu lokal. Preston begann, zu sich zu kommen, doch er würde keinen Schmerz spüren.

Als McCoy wieder aufblickte, stand Kirk neben Scott und legte den Arm um seine Schultern.

McCoy schüttelte den Kopf.

Scott stürzte in den Operationssaal. Kirk folgte ihm.

»Dr. McCoy, können Sie nicht ...« Seine Stimme brach.

»Es ist eine Kühlmittelvergiftung, Scotty«, sagte McCoy. »Es tut mir leid. Ich könnte ihn natürlich noch eine halbe Stunde am Leben erhalten, höchstens ... aber das will ich ihm nicht antun.«

Scott wollte protestieren, ließ es dann aber. Er kannte genauso gut wie jeder Arzt, vielleicht sogar noch besser, die Wirkung dieses Giftes. Er trat zu Preston und berührte leicht die Stirn des Jungen.

Preston schlug die Augen auf.

»Peter«, sagte Scott, »Junge. Ich wollte nicht ...« Seine Stimme brach. Tränen strömten über seine rußigen Wangen.

Kirk beugte sich über den Jungen.

»Mr. Preston«, sagte er.

»Ist ... der Befehl gegeben worden?« Peter starrte zur Decke empor, auf eine Szene, die nur er sehen konnte.

»Der Befehl ist gegeben worden«, sagte Kirk. »Warp-Geschwindigkeit.«

»Jawohl, Sir ...«, flüsterte Peter.

Saavik blieb vor der Tür des Lazaretts stehen. Sie war zu spät gekommen.

Mr. Scott kam aus dem Operationsraum, halb geführt und halb gestützt von Admiral Kirk und Dr. McCoy. Er weinte. Hinter ihm lag Peter auf dem Operationstisch.

Dr. Chapel zog ein Laken über Peters Gesicht.

Saavik warf die zerknüllte Liste zu Boden, fuhr herum und hetzte den Korridor entlang. Sie stürzte in den ersten Raum, dessen Tür offenstand und schloß die Tür hinter sich ab.

In dem dunklen, leeren Konferenzzimmer versuchte sie, ihren erregten Atem zu beruhigen, den wilden Ansturm von Trauer und Wut zu bekämpfen, der sie überwältigte.

Es ist nicht fair! schrie sie lautlos. Es ist nicht fair! Er war doch noch ein Kind!

Sie krampfte die Hände um eine Stuhllehne. Und als ob sie noch auf Hellguard wäre, warf sie den Kopf zurück und schrie.

Sekundenlang wurde sie vom Wahnsinn beherrscht. Sie riß den Stuhl aus dem Deck, brach die Schrauben los, mit denen er an den Stahlplatten befestigt war, und schleuderte ihn quer durch den Raum. Er krachte gegen die Wand, schlug eine Beule in das Metall und prallte zurück.

Als Saavik wieder klar denken konnte, saß sie zusammengekrümmt in einer Ecke und zitterte. Sie hob den Kopf.

Dunkelheit war kein Hemmnis für sie; sie sah den Schaden, den sie angerichtet hatte.

Sie war so schwach, daß sie sich wieder in der Gewalt hatte. Langsam erhob sie sich. Langsam, ohne einen Blick zurückzuwerfen, verließ sie das Konferenzzimmer.

Mr. Scott war minutenlang nicht fähig, zu sprechen. Schließlich blickte er zu Kirk auf.

»Warum?«

Jim blickte traurig auf den mit einem Laken zugedeckten Leichnam von Kadett Peter Preston. »Khan will mich töten, weil ich ihn vor fünfzehn Jahren zum Exil verurteilt habe ... und es ist ihm egal, wer zwischen ihm und seiner Rache steht.«

»Scotty«, sagte McCoy. »Es tut mir leid.«

»Er ist auf seinem Posten geblieben«, sagte Scotty. »Als alle anderen weggelaufen sind, ist er geblieben.«

»Wenn er das nicht getan hätte, wären wir alle jetzt ein Stück Raum«, sagte Kirk.

»Brücke an Admiral Kirk«, sagte Spock über das Intercom.

Kirk lief zum nächsten Gerät. »Hier Kirk.«

»Maschinenraum meldet, daß Zusatzenergie wieder funktionsbereit ist. Wir können mit Impulsantrieb weitermachen.«

Kirk rieb sich die Schläfe, versuchte sich von Scotts Trauer zu lösen und wieder an das Schiff und seine Mannschaft zu denken, die sich nach wie vor in Gefahr befand. »Höchstmögliche Geschwindigkeit nach Regulus I, Mr. Spock.« Er hockte sich neben Scott. »Scotty, es tut mir leid, aber ich muß es wissen: können Sie die Hauptmaschinen wieder in Ordnung bringen?«

»Ich ... ich glaube nicht, Sir ...«

»Scotty.«

»... aber ich werde mein Bestes tun ...« Er stand auf wie ein gebrochener, alter Mann, und sagte, als ob er es auswendig gelernt hätte: »Ich weiß, daß Sie alles getan haben, Doktor ...« Er verließ das Lazarett wie ein Schlafwandler.

»Verdammt«, murmelte McCoy.

»Bei dir alles in Ordnung?«

McCoy zuckte die Achseln; er wirkte müde und erschöpft. »Ich habe schon früher Patienten verloren, Jim, Gott helfe mir, auch Kinder. Verdammt! Jim, Khan hat dich hierher gelockt, sonst ergibt die ganze Sache keinen Sinn! Er *muß* deinen Namen benutzt haben, um Genesis zu bedrohen: aber wie ist er dahintergekommen?«

»Das weiß ich nicht – und ich mache mir viel größere Sorgen darüber, daß es ihm noch in die Hände fallen könnte. Du hast es selbst gesagt: Mit einem gewaltigen Knall könnte er das ganze Universum umkrempeln.«

»Vielleicht haben wir noch Zeit. Du hast ihm jedenfalls alles zurückgezahlt.«

»Ich bin *besiegt* worden. Wir sind nur noch am Leben, weil ich etwas über diese Schiffe weiß, was er nicht weiß.« Jim seufzte. »Und weil ein vierzehnjähriger Junge ...« Er brach ab.

»Scheiße«, sagte er und verließ das Lazarett.

7. KAPITEL

Die *Enterprise* kroch nach Regulus I, und die Crew arbeitete rund um die Uhr, um die Schäden zu reparieren, die Khan dem Schiff zugefügt hatte. Als sie das Raumlabor erreichten, brauchte Kirk sich keine Sorgen mehr um die unmittelbare Zukunft seines Schiffes zu machen; dafür aber beunruhigte ihn mehr und mehr der Gedanke, was er an ihrem Ziel vorfinden würde. Die Raumstation hielt völlige Funkstille.

Mr. Sulu brachte die *Enterprise* in einen Orbit um Regulus I. »Orbit stabilisiert, Sir.«

»Danke, Mr. Sulu. Commander Uhura, würden Sie es noch einmal versuchen?«

»Jawohl, Sir. *Enterprise* an Regulus I Raumlabor. Bitte kommen, Raumlabor! Bitte kommen . . .!« Sie erhielt dieselbe Antwort, die sie auf jede der unzähligen Sendungen erhalten hatte, seit Dr. Carol Marcus' Ruf aufgefangen worden war: nichts. »*Enterprise* an Raumlabor. Bitte kommen, Raumlabor! Dies ist U.S.S. *Enterprise*. Bitte melden Sie sich . . .« Sie wandte sich an Kirk. »Keine Antwort, Sir.«

»Sensoren, Captain?«

»Alle Sensoren inoperativ, Admiral«, sagte Spock. »Wir haben keine Möglichkeit, festzustellen, was sich in der Station befindet.«

»Und auch keine Möglichkeit, festzustellen, ob die *Reliant* irgendwo in der Nähe ist«, sagte Kirk.

»Das ist richtig, Admiral.«

»Blind wie . . . wie eine tiberianische Fledermaus«, sagte Kirk leise. »Was ist mit Regulus I?«

»Planetoid Klasse D, nicht sehr aufregend: keine bedeutende tektonische Aktivität. Im Grund genommen ist es weiter nichts als ein großer Felsbrocken.«

»*Reliant* könnte sich hinter diesen Felsbrocken verborgen halten.«

»Das wäre durchaus möglich.«

Kirk öffnete die Intercom-Verbindung zur Maschine. »Scotty, haben wir genug Energie für den Transmitter?«

»Gerade so.« Die Stimme des Chefingenieurs klang müde und leblos.

»Danke, Scotty.«

Jim Kirk zog die Brille aus einem am Gürtel festgesteckten Futteral, blickte sie an, faltete sie auseinander, drehte sie in den Händen, dann faltete er sie wieder zusammen und steckte sie weg.

»Ich gehe ins Raumlabor.«

»Jim«, sagte McCoy. »Khan könnte dort sein!«

»Er *ist* dort gewesen, Pille, und hat nicht gefunden, was er sucht. Kannst du jemand entbehren? Es könnten Verletzte da unten sein.«

»Ich kann *mich* entbehren«, sagte der Arzt.

»Ich bitte um Entschuldigung, Admiral«, sagte Saavik, »aber General-Order fünfzehn verbietet ausdrücklich, daß ein Flagg-Offizier ein gefährliches Gebiet ohne bewaffnete Eskorte betritt.«

»So eine Vorschrift gibt es nicht«, sagte Kirk. Das war einfacher, als mit ihr zu diskutieren.

Sie sagte etwas, hielt inne und runzelte die Stirn, als sie zu entscheiden versuchte, wie sie auf eine so offensichtliche Lüge reagieren sollte.

Andererseits, überlegte Kirk, hatte sie nicht unrecht.

»Aber wenn Sie gerade einen Phaser überprüfen wollen, Lieutenant Saavik, können Sie sich uns gerne anschließen. Mr. Spock, das Schiff gehört Ihnen.«

»Jawohl, Sir.«

»Sie und Mr. Scott halten mich wegen der Schäden auf dem laufenden.« Er stand auf und ging zum Turbo-Lift.

»Sir«, sagte Spock.

Kirk blieb stehen und blickte ihn an.

»Seien Sie vorsichtig.«

Jim nickte grinsend und trat in den Lift.

Dr. McCoy materialisierte im Hauptlabor der Station, den Phaser schußbereit und entsichert.

Eine schöne Situation für einen Arzt, dachte er; hier stehe ich, bereit, irgendjemanden den Kopf wegzubrennen. Jim materialisierte rechts hinter ihm, und Saavik hinter ihnen beiden auf der anderen Seite, so daß sie einen Abwehrkreis bildeten.

»Hallo!« rief Jim. »Ist jemand hier?«

Die Station antwortete mit Echos von Leere und Stille.

Saavik trat zum Hauptcomputer und schaltete ihn ein. Sie sprach ihn an, doch er antwortete nicht, das sichere Zeichen für ein zusammengebrochenes System.

»Es ist nur noch sehr wenig in den Computern zurückgeblieben, Admiral«, sagte sie, nachdem sie eine Weile mit dem Gerät gearbeitet hatte. »Die Datenspeicher sind fast alle gelöscht worden.«

Sie rief das einzige verbliebene Programm ab, ließ es anlaufen und sah es mehrere Minuten lang an.

McCoy zog seinen Tricorder heraus und überprüfte ihre unmittelbare Umgebung. Er glaubte, ein Signal zu sehen – aber es erlosch, bevor er es ablesen konnte.

»Sir ...«, sagte Saavik.

»Ja, Lieutenant?« antwortete Kirk.

»Dies ist äußerst seltsam. Nur ein einziges Programm ist zurückgelassen worden, ein sehr umfangreiches. Es ist ... einzigartig, nach meinen Erfahrungen.«

Sie trat zurück, damit Kirk und McCoy auf den Bildschirm blicken konnten.

»Ich kann keinen Sinn darin erkennen.«

Sie blickten die flackernden, sprühenden, farbigen Grafiken mit gerunzelter Stirn an.

»Noch eine Genesis-Simulation?« sagte McCoy zweifelnd.

»Nein ...«, sagte Kirk. »Mein Gott, Pille, das ist ein Spiel. Wenn das alles war, was Khan hier vorgefunden hat ...« Er schüttelte den Kopf. »Phaser auf ›Betäubung‹. Weiter. Und seid *vorsichtig*!«

McCoy ging vorsichtig den Korridor entlang. Die Beleuchtung war sehr schwach, die Schatten tief. Das Raumlabor hatte eine enorme Größe: neben den Projektwissenschaftlern, für die Spock einen so großen Respekt empfand, lebten mehrere hundert Techniker und Hilfskräfte in dem Satelliten. Die meisten von ihnen befanden sich auf Urlaub, aber es sollten acht oder zehn Leute zurückgeblieben sein. Wo waren sie?

Er hielt den Atem an. Ein kratzendes Geräusch, ein leises Piepen seines Tricorders. Langsam wandte er sich um.

Eine weiße Ratte, die frei im Korridor herumlief, blinzelte ihn aus einer dunklen Ecke heraus an, fuhr herum und floh.

»Ich stehe auf deiner Seite, Freund«, murmelte McCoy.

Ein wenig erleichtert ging er weiter. Er öffnete die Türen aller Räume, an denen er vorbeiging und blickte hinein; er sah nichts als Büros, eine kleine Lounge, hochmodernes, doch bekanntes Gerät für mehrere Wissenschaftszweige.

Wenn sie die ganze Station, Raum für Raum, durchsuchen müßten, würde das mehrere Tage dauern. McCoy beschloß, zum Hauptlabor zurückzugehen, um zu sehen, ob Jim oder Saavik irgendetwas entdeckt hatten.

Er stieß die letzte Tür auf. Der hinter ihr liegende Raum war dunkel.

Sein Nackenhaar sträubte sich. Er trat einen Schritt in den Raum. Keine verdächtigen Geräusche, kein ungewöhnlicher Anblick. Warum fühlte er sich so beunruhigt?

Der Geruch: scharf, salzig, metallisch. Er roch Blut.

Er wandte sich um, und eine kalte Hand schlug ihm sanft ins Gesicht.

»Licht!« schrie er und sprang zurück. Sein Fuß glitt aus, und er stürzte zu Boden.

Die Sensoren reagierten auf seine Stimme. Er lag auf dem Boden und blickte empor.

»Gott im Himmel . . .!«

McCoy starrte die aufgehängten Leichen an und kam langsam auf die Füße. Er fummelte nach seinem Kommunikator.

»Jim . . .«

Fünf Tote – eine Deltanerin und vier Menschen – hingen mit den Köpfen nach unten von einer Deckenstütze. Allen war die Kehle durchgeschnitten worden. McCoy trat zu einem der Toten, einem hochgewachsenen, schwarzen Mann. Das Gesicht war unkenntlich von seinem eigenen Blut. Der Mann neben ihm war gefoltert worden.

Während er darauf wartete, daß Kirk ihm antwortete, gewann McCoy seine Selbstbeherrschung zurück. Die Grausamkeit der Morde löste ein Gefühl von Übelkeit in ihm aus.

Jims Stimme aus dem Kommunikator ließ ihn zusammenfahren.

»Ja, Pille?«

»Ich habe sie gefunden.«

»Ich komme sofort.«

»Nein! Jim, Dr. Marcus ist nicht hier. *Sie ist nicht hier.* Aber die anderen ... sie sind alle tot, Jim. Bitte, bleib, wo du bist! Ich lasse ein medizinisches Team herunterbeamen.« Er überlegte bereits, auf wen, außer Chris Chapel, er sich angesichts dieses Horrors verlassen konnte.

»Kirk Ende.«

McCoy fluchte leise.

Er untersuchte alle Toten mit dem Tricorder. Drei von ihnen waren verblutet, einer war an Schock gestorben, und die Deltanerin ... bei ihr konnte er keine Todesursache feststellen.«

Wie groß ist die Chance, überlegte McCoy, daß ihr Mörder jemals vor Gericht gestellt wird? Kaum der Rede wert.

»Oh, mein Gott ...«, sagte Jim von der Tür. Entsetzt starrte er auf die wie Schlachtvieh aufgehängten Toten.

»Ich habe dir doch gesagt, daß du nicht herkommen sollst«, sagte McCoy verärgert. »Es war durchaus nicht nötig, daß du siehst, was hier passiert ist.« Er entdeckte Saavik hinter Kirk, ihr Gesicht vulkanisch ruhig. »Und auch nicht für sie, verdammt noch mal!«

Kirk warf einen Blick über seine Schulter. »Lieutenant, ich habe Ihnen ausdrücklich befohlen ...«

»Ich bin Ihre Eskorte, Admiral«, sagte sie kühl. »Ihre Sicherheit ist meine Verantwortung, und nicht umgekehrt.«

»Dann bleiben Sie wenigstens draußen«, sagte McCoy freundlich. »Kind, dies ist kein Anblick, dem Sie sich aussetzen sollten ...«

»Ich bin weder ein Kind, noch muß ich beschützt werden.«

»Lieutenant Saavik!« sagte Kirk scharf.

Saavik unterbrach ihn. »Sir, um mich vor Anblicken wie

diesem zu schützen, hätten Sie damit anfangen müssen, als ich noch ein Kind war. Ich werde Sie nicht unbewacht lassen, wenn eine Kreatur, die eine solche Freude am Töten hat – und eine ganz besondere, Sie zu töten – frei herumläuft und sich irgendwo in der Nähe versteckt. Und ich werde auch nicht nur tatenlos herumstehen!«

Sie machte eine kurze Pause und schien erschrocken über ihren heftigen Ausbruch. Dann fuhr sie in einem ruhigeren Tonfall fort, doch ihre Worte waren nicht weniger bestimmt. »Admiral Kirk, falls Sie wirklich eine Eskorte bevorzugen, die sich mehr zurückhält, müssen Sie mich zum Schiff zurückschicken.«

Saavik wartete, doch Kirk sagte nichts.

Sie schritt vorsichtig über den mit geronnenem Blut bedeckten, klebrigen Boden, zögerte einen Augenblick und hob dann Vance Madison an. Sein Körper ruhte schlaff auf ihren Armen, und das Seil um seine Fußgelenke verlor seine Spannung.

»Bitte, schneiden Sie ihn los!«

Kirk tat es.

Sie schnitten die fünf Leichen ab und fanden Laken, in die sie sie einschlugen. Drei von ihnen waren Wissenschaftler des Genesis-Projekts, zwei gehörten zum technischen Personal.

»Sogar den Koch haben sie ermordet«, sagte McCoy. »Die Totenstarre hat noch nicht eingesetzt, Jim, also kann es noch nicht lange her sein.«

Jim blickte in dem blutbesudelten Raum umher.

»Carol ...«, murmelte er.

Sie kehrten ins Hauptlabor zurück.

Saavik hörte ein Geräusch. Sie blickte umher, konnte jedoch nichts entdecken. Doch das leise Geräusch wiederholte sich. Sie zog ihren Tricorder heraus und machte einen Scan.

Das Gerät begann zu piepen. McCoy und Kirk hörten es.

»Lieutenant ...?« fragte Kirk.

»Ich weiß nicht, Sir.«

Sie folgte dem Signal zu einem großen Wandschrank. Als Kirk und McCoy zu ihr traten, schloß sie ihn auf und öffnete ihn.

Zwei weitere Körper fielen heraus und lagen reglos vor ihren Füßen.

Kirk fuhr zusammen. »Mein Gott!«

McCoy kniete sich neben ihnen nieder und untersuchte sie mit seinem medizinischen Tricorder. Einer von ihnen war ein dunkelhaariger, junger Mann, der andere älter und bärtig. Beide trugen die Insignien der *Reliant*.

»Sie leben noch, Jim!«

Hinter ihnen wurde der Kommunikations-Bildschirm des Labors hell. »*Enterprise* an Admiral Kirk. Bitte kommen!« sagte Uhura.

»Aber das ist ja Chekov«, sagte Kirk.

»*Enterprise* an Admiral Kirk«, sagte Uhura wieder. »Bitte melden Sie sich!«

»Und der andere ist Clark Terrell«, sagte McCoy. »Ich habe mit ihm gedient. Ich habe ihn sogar recht gut gekannt.«

Chekov stöhnte.

McCoy blickte stirnrunzelnd auf die Werte seines Tricorders. Anscheinend, überlegte Saavik, kamen sie ihm genauso seltsam vor wie ihr, trotz seiner erheblich größeren Erfahrung.

Kirk drehte Chekov auf den Rücken und richtete ihn auf. »Pavel, hören Sie mich? Pavel, wachen Sie auf.«

»Admiral Kirk!« sagte Uhura. »Bitte melden Sie sich!«

»Saavik, sagen Sie ihr um Gottes willen, daß bei uns alles in Ordnung ist.«

»Bitte melden, Admiral!« Uhuras Stimme klang jetzt sehr dringlich.

»Irgendeine Gehirnstörung«, sagte McCoy, als Saavik zur Kommunikationskonsole lief und Verbindung mit der *Enterprise* herstellte. »Durch irgendwelche Drogen hervorgerufen, so weit ich das feststellen kann.«

»Hier Saavik, Commander Uhura. Bei uns ist alles in Ordnung. Bleiben Sie auf Empfang. Saavik Ende.«

»Danke, Lieutenant«, sagte Uhura hörbar erleichtert. »*Enterprise* bleibt auf Empfang.«

Saavik ließ die Verbindung offen und kehrte zu McCoy und Kirk zurück. Der Captain der *Reliant*, Clark Terrell, begann aufzuwachen, und Chekov war bereits fast wieder bei Bewußtsein. Er öffnete die Augen und starrte Kirk ausdruckslos an.

»Pavel, können Sie mich hören?« sagte Kirk. »Was ist passiert,«

»Admiral Kirk ...«, flüsterte Chekov. Er atmete tief ein, und als er die Luft ausstieß, wurde ein Schluchzen daraus. »Oh, Gott, Sir ...« Die Stimme versagte ihm, und er weinte.

Kirk hielt ihn in seinen Armen. »Jetzt ist alles wieder in Ordnung, Pavel. Machen Sie sich keine Sorgen mehr. Sie sind jetzt bei Freunden.«

Terrell stöhnte und versuchte, sich aufzurichten. McCoy eilte zu ihm.

»Ich bin Len McCoy, Captain.« Der Arzt schüttelte ihn sanft bei den Schultern. »Erinnern Sie sich nicht mehr an mich, Clark?«

Terrells Gesichtsausdruck war der eines Menschen, der sich einem solchen Horror gegenübergesehen hatte, daß er sich darin verloren hatte. »McCoy ...«, sagte er langsam. »Len McCoy ... ja. Oh ... ja ...«

Chekov löste sich von Kirk und versuchte sich aufzusetzen. »Admiral ... es war Khan! Wir haben ihn auf Alpha Ceti V gefunden ...«

»Nicht aufregen, Pavel. Sagen Sie mir nur, was geschehen ist.«

»Alpha Ceti VI war fort. Meine Schuld ...«

McCoy und Kirk blickten einander an; Saavik fragte sich ebenfalls, wie es die Schuld des jungen Commanders sein konnte, daß ein ganzer Planet verschwunden war. Er war offensichtlich noch immer sehr durcheinander.

»Khan hat uns gefangengenommen. Er ... er kann Menschen unter seine Kontrolle bringen! Seine Kreaturen ... er ...« Chekov begann zu zittern. Er preßte beide Hände auf seine Ohren. »*Mein Kopf* ...!«

McCoy trat zu ihm und untersuchte ihn noch einmal mit dem medizinischen Tricorder. »Es ist doch alles in Ordnung! Sie sind jetzt in Sicherheit.«

Chekovs Worte kamen wie ein Sturzbach, fast unverständlich.

»Er hat uns gezwungen, zu sprechen ... zu lügen ... und wir mußten ... gewisse Dinge tun. Aber wir haben ihn geschlagen; er glaubte, uns unter seiner Kontrolle zu haben, doch das war nicht der Fall. Der Captain hat ihn besiegt – er war stark ...« Er zitterte so heftig, daß er nicht weitersprechen konnte. Er zog die Knie an die Brust und preßte seinen Kopf darauf, versteckte sein Gesicht, weil er wieder weinte.

Kirk blickte zu Terrell hinüber, der sich in sich selbst zurückgezogen zu haben schien.

»Captain, wo ist Dr. Marcus? Was ist mit Genesis geschehen?«

»Khan hat sie nicht finden können«, sagte Terrell mit entsetzlicher Ruhe. »Er hat also einige der Wissenschaftler gefunden.«

»Das wissen wir«, sagte Jim scharf.

»Alles andere war fort. Er hat sie gefoltert. Sie weigerten sich, zu sprechen; also hat er sie getötet. Die Station ist zu groß, um sie durchsuchen zu können, bevor er zur *Reliant* zurückkehrte, um Sie zu töten.«

»Das ist ihm auch beinahe gelungen«, sagte Kirk.

»Er hat uns hier zurückgelassen«, sagte Chekov. Er hob den Kopf. Sein Gesicht war feucht von Tränen. »Wir waren ... für ihn nutzlos geworden.«

»Hat er die ganze Crew der *Reliant* unter seine Kontrolle bringen können?« fragte Saavik und überlegte, ob Menschen einer Gedankenkontrolle so zugänglich waren.

»Die meisten hat er auf Alpha Ceti V ausgesetzt.«

»Er ist verrückt, Sir. Er lebt für nichts anderes als seine Rache«, sagte Chekov. »Er gibt Ihnen die Schuld am Tod seiner Frau ... Lieutenant McGiver.«

»Ich weiß, woran er mir die Schuld gibt«, sagte Kirk. Er saß einen Augenblick lang schweigend, den Blick ins Leere gerichtet. »Carol ist fort, aber alle Rettungs-Kapseln sind noch in ihren Ladebuchten. Wo ist der Transmitterraum in diesem Ding?« Er blickte Saavik an.

»Sogar die Lagepläne des Raumlabors sind aus den Computern gelöscht worden, Sir«, sagte sie. »Aber die *Enterprise* sollte eine Kopie davon haben.«

Sie setzten sich mit dem Schiff in Verbindung, versicherten

Commander Uhura und Mr. Spock, daß bei ihnen alles in Ordnung sei, und ließen sich einen Satz Pläne des Raumlabors herunterbeamen. Selbst die dekorativen, gerahmten Drucke, die normalerweise in den Empfangsräumen an den Wänden hängen würden, waren entfernt und vernichtet worden.

Sie gingen zum Transmitterraum, und Kirk inspizierte die Einstellungen der Konsole.

»Mr. Chekov, ist Khan hier unten gewesen?«

»Ich glaube nicht, Sir. Er sagte, eine so riesige Station zu durchsuchen, sei Unsinn. Er glaubte, einen der Gefangenen zum Reden bringen zu können.«

»*Irgendjemand* hat den Transmitter eingeschaltet gelassen«, sagte Kirk. »Hat ihn eingeschaltet, benutzt, und unter Strom gelassen – und hier war niemand mehr, der ihn ausschalten konnte.«

Saavik berechnete den Zielpunkt der Einstellung.

»Das ist unmöglich, Admiral. Die Koordinaten sind *innerhalb* von Regulus I. Der Planetoid ist ohne Leben und ohne Atmosphäre.«

»Wenn Carol Phase zwei abgeschlossen hat, und die unterirdisch stattfinden soll ...«, sagte Kirk nachdenklich, »... sie hat gesagt, daß sie ›im Untergrund‹ sein würde ...«

»Phase zwei?« Er muß an dieses mysteriöse Genesis-Projekt denken, überlegte Saavik.

Kirk riß plötzlich seinen Kommunikator heraus. »Kirk an *Enterprise*.«

»*Enterprise*. Spock.«

»Schadensbericht, Mr. Spock?«

»Admiral, Lieutenant Saavik würde sicher darauf bestehen, daß wir alles genau nach Vorschrift erledigen. Und dann könnten aus Stunden Tage werden.«

Saavik bemühte sich zu begreifen, was der Captain damit gemeint hatte. Es klang vage beleidigend, und das wäre für Captain Spock uncharakteristisch.

»Ich verstehe, Captain«, sagte Kirk nach einer kurzen Pause. »Also raus mit der Hiobsbotschaft!«

»Die Situation ist ernst. Hauptaggregate sind erst in frühestens sechs Tagen wieder funktionsfähig. Zusatzaggregate sind auch ausgefallen, doch die hofft Mr. Scott in zwei Tagen wieder klar zu haben. Nach Vorschrift, Admiral.«

»Spock«, sagte Kirk, »ich muß etwas versuchen. Wenn Sie innerhalb ...« – er machte eine Sekunde Pause – »... einer Stunde nicht von uns hören, kratzen Sie soviel Energie zusammen, wie Sie können, und bringen Sie die *Enterprise* so schnell wie möglich von hier weg. Benachrichtigen Sie Starfleet, sobald sie aus dem Störbereich heraus sind. Nach Vorschrift, Spock.«

Uhura schaltete sich ein. »Wir können Sie doch nicht hier zurücklassen, Sir!«

»Dies ist ein Befehl, Spock! Uhura, wenn Sie nicht von uns hören, ist niemand mehr da, der zurückgelassen werden könnte. Kirk Ende.« Er ließ seinen Kommunikator zuschnappen und steckte ihn in den Gürtel zurück. »Gentlemen«, sagte er zu Terrell und Chekov, »Sie sollten vielleicht besser hierbleiben. Sie haben eine Menge durchgemacht ...«

»Wir teilen lieber Ihr Risiko, Sir«, sagte Terrell sofort.

»In Ordnung. Dann wollen wir gehen.«

»Gehen?« fragte McCoy. »*Wohin* gehen?«

»Wohin immer sie gegangen sein mögen«, antwortete Kirk und deutete mit einer Kopfbewegung auf den Transmitter.

Saavik erkannte, was er vorhatte. Sie trat zur Konsole, und stellte verzögerten Energieimpuls ein, wobei sie darauf achtete, die Koordinaten nicht zu verändern. Kirk trat auf die Transmitter-Plattform. Terrell und Chekov folgten ihm, doch McCoy blieb stehen, die Arme herausfordernd vor der Brust verschränkt.

»Und was ist, wenn sie nirgendwohin gegangen sind?«

Kirk grinste. »Dann wäre dies unsere große Chance, alles hinter uns zu lassen, Pille.«

Dr. McCoy murmelte etwas und marschierte auf die Plattform.

»Fertig«, meldete Saavik. Sie drückte auf den Verzögerungsschalter und lief zu den anderen.

Das Raumlabor löste sich auf, Dunkelheit war um sie herum.

Jim Kirk hielt den Atem an; wenn seine Vermutung falsch war, würden sie in gewachsenem Fels materialisieren und dort für immer vergraben sein, sobald der Transmitterbeam sie freigab. Angst kitzelte sein Gehirn. Doch im nächsten Augenblick flammten Lichter um ihn herum auf.

»Okay«, sagte Jim, als auch die anderen sich materialisierten. »Wenn irgendjemand hier ist, wissen sie jetzt auch, daß wir hier sind.«

Sie befanden sich in einer kleinen Höhle; mehrere Tunnel führten von ihr ab. Die Kavernen waren mit Sicherheit künstlich angelegt worden und kein Werk der Natur. Die Kammer war ein Durcheinander von Papierstapeln, technischen Geräten und periphären Speicherzellen. Offensichtlich war alles in großer Eile vom Raumlabor hierher geschafft worden.

»Admiral .. «, sagte Saavik. Sie deutete in die nächste Kammer. Jim sah darin eine breite, gekrümmte Metallfläche.

Er folgte Saavik in die zweite Kammer. Auch hier war ein Chaos von Papieren und Geräten, doch wurde sie von einem riesigen, torpedoförmigen Behälter dominiert.

»Genesis, nehme ich an?« sagte Dr. McCoy.

Ohne zu antworten drang Kirk tiefer in den Kavernen-Koplex ein.

Plötzlich sprang jemand hinter einem Stapel Kisten hervor, stürzte sich auf ihn und riß ihn zu Boden. Ein Messer blitzte. Jim fühlte, wie die Klinge an seine Kehle gepreßt wurde, dicht unterhalb des Kieferknochens, am Pulsierungspunkt, wo die Karotis am verwundbarsten ist. Als er sich zu wehren versuchte, verstärkte sich der Druck des Messers. Er fühlte die Schärfe der Klinge. Wenn Saavik oder McCoy ihre Phaser zögen, würde er verbluten, bevor sie feuern konnten.

»Du Bastard! Du hast sie umgebracht!«

Jim Kirk erkannte David Marcus.

»Ich bin Jim Kirk!« schrie er. »David, erinnern Sie sich nicht mehr an mich?«

»Wir waren noch dort, du dämlicher Hund. Ich habe Zimaida schreien hören ...«

»David, wir haben sie *gefunden*. Sie waren bereits tot!«

»David ...«

Carols Stimme.

»Geh weg, Mutter!«

»Jim ...«

Kirk bog den Kopf zur Seite und konnte sie sehen. Das Messer ritzte seine Haut auf, und ein Tropfen Blut quoll heraus. Er fühlte seine Wärme.

»Halt still, du schleimiger ...!«

»Carol«, sagte Jim, »du glaubst doch nicht etwa, daß wir irgendetwas mit dieser Sache ...«

»Halt den Mund!« schrie David. »Verschwinde, Mutter, falls du nicht zusehen *willst*, wie ich ihn genauso töte, wie er die anderen ...«

Carol Marcus atmete tief durch. »Ich will nicht dabei zusehen, wie du irgendjemand tötest – und am allerwenigsten deinen Vater.«

David starrte sie benommen an.

Jim fühlte sich ebenfalls benommen, als er unter dem Messer wegglitt und den Jungen entwaffnete. Natürlich hatte Carol das nur gesagt, um ihm eine Chance zu geben ...

Aus den Augenwinkeln sah er, Clark Terrell auf einen Deltaner – es mußte Jedda Adzhin-Dall sein – zutreten und ihm den Pasher abnehmen, mit dem er Saavik und McCoy in Schach gehalten hatte.

»Ich werde ihn vorläufig aufbewahren«, sagte Terrell.

Jim erhob sich und blickte Carol an.

»Carol ...«

Er trat auf sie zu, und sie kam ihm entgegen. Sie lächelte, streckte eine Hand aus und fuhr mit den Fingerspitzen über seine Schläfe.

»Du bist ein wenig grau geworden ...«

Er nahm sie in die Arme. Sie hielten einander eine ganze Weile fest umklammert, doch schließlich löste er sich von ihr, trat einen Schritt zurück und blickte ihr in die Augen, suchte nach etwas in ihrem Gesicht.

»Carol, ist das wahr?«

Sie nickte.

»Warum hast du es mir nie gesagt?«

»Es ist nicht wahr!« schrie David. »Mein Vater war ...«

»Du machst es uns allen nur sehr viel schwerer, David«, sagte Carol.

»Ich fürchte, ich muß es für Sie alle noch schwerer machen, Dr. Marcus«, sagte Clark Terrell.

Jim fuhr herum.

Der Captain der *Reliant* hatte den eroberten Phaser auf Jim Kirk und Carol Marcus gerichtet.

»Clark, bei allen Göttern ...!« sagte McCoy.

»Bitte, rühren Sie sich nicht!« Er blickte kurz zu Chekov hinüber, der nickte. Dann trat er auf McCoy zu, und als der sich zur Wehr setzen wollte, sagte er: »Selbst Sie würde ich nicht schonen, Len.« McCoy ließ die Hände sinken. Chekov entwaffnete die drei Offiziere der *Enterprise*, dann trat er zu Terrell und richtete ebenfalls einen Phaser auf sie.

»Pavel ...«, sagte Jim.

»Es tut mir leid, Sir.«

Terrell öffnete seinen Kommunikator.

»Haben Sie mitgehört, Euer Exzellenz?«

»Das habe ich, Captain. Sie haben sehr gut gearbeitet.«

Es war Khan.

»Ich habe es gewußt!« flüsterte David, leise und wütend. Jim wandte sich nach ihm um. Aber nicht schnell genug, um ihn zu stoppen. David stürzte sich auf Terrell. Saavik reagierte instinktiv, packte David und riß ihn mit aller Kraft ihrer an größere Schwerkraft gewöhnten Muskeln aus der Schußlinie. Sie gingen zusammen zu Boden, als Jedda ebenfalls auf David zusprang.

Terrell feuerte.

Jedda fiel in den Phaser-Strahl.

Er verschwand, ohne einen Laut von sich zu geben.

»Jedda!« schrie Carol.

»Oh, Gott ...«, sagte David kaum hörbar.

»Keine Bewegung. Das gilt für alle!« Terrels Hand krampfte sich um den Phaser. »Ich *will* niemanden verletzen.«

»Captain Terrell, ich warte.«

Chekov fuhr beim Klang von Khans gefährlich sanfter Stimme zusammen. Er war totenbleich und schwitzte. Der Phaser in seiner Hand zitterte, und dann begann er am ganzen Körper zu zittern. Jim Kirk wog seine Chancen ab, ihm die Waffe zu entreißen; doch sie waren nicht besser als die Davids es gewesen waren.

»Es ist alles so, wie Sie es befohlen haben, Mylord«, sagte Terrell. »Sie haben die Koordinaten von Genesis.«

»Ich habe noch eine andere kleine Aufgabe für Sie, Captain«, sagte Khan. »Töten Sie James Kirk!«

Saavik, die neben David am Boden lag, zog ein Bein an und spannte ihre Muskeln, bereit loszuschnellen.

Nein, dachte Jim, nein! Bei David waren deine Instinkte richtig gewesen. Mach jetzt nicht dieselbe Dummheit wie er und bringe ein sinnloses Opfer, Saavik!

»Khan Singh ...«, sagte Terrell. Er fuhr mit dem Ärmel über seine Stirn und preßte die linke Hand gegen seine Wange. »Ich kann es nicht ...« Er verzog das Gesicht und stöhnte gequält.

»Töten Sie ihn!«

Terrell schleuderte seinen Kommunikator zu Boden. Er klirrte über den glatten Stein. Terrell stöhnte, als ob er selbst zertrümmert worden wäre. Er packte den Phaser mit beiden Händen, doch er zitterte so stark, daß er nicht zielen konnte.

Pavel Chekov hob seinen Phaser langsamer und starrte völlig gebannt auf die Waffe. Sein ganzer Körper zitterte. Er zielte ...

... auf Clark Terrell. Er wollte abdrücken.

Er konnte es nicht.

Terrell schrie in Agonie. Er zwang seinen Phaser herum, bis er auf ihn selbst gerichtet war.

»Clark, mein Gott«, flüsterte McCoy. Er streckte die Hand nach ihm aus.

Terrell hob den Kopf. Jim spürte die Intensität seines Flehens an McCoy in seinem angstverzerrten Gesicht.

Doch das einzige, was der Arzt für Clark Terrell tun konnte, war ... nichts. McCoy stöhnte, wandte sich ab und vergrub sein Gesicht in den Händen.

»Töten Sie ihn, Terrell!« sagte Khan wieder. Der zerbrochene Kommunikator verzerrte die Stimme, doch sie war noch immer allzu deutlich erkennbar. »Feuern Sie! Jetzt!«

Terrell gehorchte.

Er verschwand.

Chekov schrie auf. Der Phaser entglitt seinen zitternden Händen, und Chekov preßte beide Hände an die Schläfen, als seine Knie nachgaben. Er zitterte und wand sich auf dem harten Felsboden.

McCoy lief zu ihm, zog einen Injektor aus seiner Instrumententasche, stellte auf der Wählscheibe eine Zahl ein und stieß die Nadel in Chekovs Arm. Chekov stieß und wand sich noch ein paar Sekunden lang, dann lag er still.

»Terrell!« rief Khan. »Chekov!«

»Oh, Gott, Jim ...«, sagte McCoy entsetzt.

Jim lief zu ihm.

Blut rann über Chekovs Wange. Und trotz seiner Bewußtlosigkeit stöhnte er.

Etwas – eine Kreatur, ein *Ding* – tastete sich blind aus seinem Ohr. Es kroch aus ihm heraus: eine Schlange, ein Wurm, und sein ganzer, langer, schleimiger Körper war blutverschmiert. Jim mußte gegen einen Anfall von Übelkeit ankämpfen. Er nahm einen Phaser vom Boden auf.

»Terrell!« Khans Stimme war ein heiserer Schrei.

Jim biß die Zähne aufeinander und fühlte einen Schauer über seinen Rücken rinnen, doch er zwang sich zu warten, bis die Kreatur aus Chekovs Körper heraus war und auf den Boden fiel.

Er feuerte. Die Kreatur verdampfte.

»Chekov!«

Jim nahm den zerbrochenen Kommunikator vom Boden auf.

»Khan, Sie widerwärtiger Blutsauger – sie sind frei von Ihnen! Von jetzt an müssen Sie Ihre Dreckarbeit schon allein tun. Haben Sie mich verstanden?«

Nach einer kurzen Pause tönte ein entsetzliches Geräusch aus dem Kommunikator.

Khan lachte.

»Kirk. James Kirk, mein alter Freund. Sie sind also noch – *immer noch* am Leben?«

»Und immer noch Ihr ›alter Freund‹? Hören Sie zu, ›alter

Freund‹, Sie haben eine Menge unschuldiger Menschen ermordet.« Kirk blickte Pavel Chekov an, der vor ihm am Boden lag und dem Tode nahe war. »Ich bin entschlossen, Sie dafür büßen zu lassen.«

Wieder lachte Khan. »Das werden Sie nicht schaffen. Wenn ich früher mächtig war, werde ich bald unbesiegbar sein.«

»Er wird sich Genesis nehmen!« David lief zur nächsten Kaverne.

Saavik und Kirk sprinteten ihm nach. Als sie um die Ecke bogen, sahen sie, wie ein Transmitterstrahl den Genesis-Torpedo umfaßte. Jim riß den Phaser hoch. Wenn er ihn wenigstens beschädigen konnte, bevor er dematerialisierte ...

David Marcus befand sich direkt in seiner Schußlinie.

»David! Runter!« schrie Jim.

Saavik packte David. Er wehrte sich.

»Loslassen! Ich muß ihn aufhalten!«

»Aber nur die Hälfte von Ihnen wird am anderen Ende ankommen!«

»Runter, David!«

Saavik riß David aus der Schußlinie.

Jim feuerte. Der Phaserstrahl zischte durch den leeren Raum, wo eben noch der Torpedo gewesen war und fraß ein Loch in die Felswand.

Jim Kirk hätte am liebsten geschrien. Es gelang ihm gerade noch, sich davon zurückzuhalten, aus purer Frustration mit der Faust gegen die Steinwand zu hämmern. Er wußte, daß er nur noch eine einzige Chance hatte.

Er nahm Terrells Kommunikator wieder auf.

»Khan, Sie haben Genesis, aber mich haben Sie nicht! Und Sie werden mich auch nie kriegen, Khan! Sie sind zu feige, um hier herunterzukommen und mich selbst zu töten!«

»Ich habe etwas Schlimmeres getan, als Sie zu töten, Admiral. Ich habe Sie verletzt. Ich möchte, daß Sie diese Verletzung noch eine Weile auskosten.«

»Soviel also sind all Ihre Eide und Versprechen wert, soviel ihr Schwur – Ihre Frau zu rächen!«

»Sie sollten nicht von meiner Frau sprechen, James Kirk. Sie wollte nie, daß ich sie räche. Und jetzt bin ich bereit, ihren Wunsch zu respektieren. Ich werde Sie nicht töten.«

»Sie sind ein Feigling, Khan!«

»Ich werde Sie verlassen, so wie Sie mich damals verlassen haben. Aber Sie wird man niemals finden. Sie sind lebendig begraben, ausgesetzt im Inneren eines toten Planetoiden. Für immer.«

»Khan ...«

»Ihr Schiff hat keine Energie mehr. In wenigen Minuten werde ich es aus dem Raum sprengen.«

»*Khan!*«

»Leben Sie wohl, ›Admiral‹!«

An Bord der *Reliant* schaltete Khan Singh den Kommunikator ab und lehnte sich in den Sessel zurück. Es war nicht alles so gelaufen, wie er es vorausgesehen hatte, und doch war es zu einem sehr befriedigenden Höhepunkt gekommen.

Joachim kam auf die Brücke.

»Ja, Joachim?«

»Der Genesis-Torpedo ist sicher verstaut, Mylord. Der Warp-Antrieb ist immer noch nicht in Ordnung, aber alle anderen Systeme sind in einer Stunde funktionsbereit.

»Ausgezeichnet.«

»Mylord?«

»Was ist?«

»Darf ich einen Kurs ausarbeiten, der uns von Regulus I wegbringt?«

»Noch nicht. Kirk ist erledigt. Doch ich habe ihm versprochen, mich um sein Schiff zu kümmern.«

»Khan, Mylord ...«

Khan runzelte die Stirn und blickte seinen alten Freund und Gefolgsmann prüfend an. Joachim war von Anfang an bei ihm gewesen, doch seit ihrem Entkommen von Alpha Ceti V war sein Benehmen recht seltsam gewesen.

»Stehst du zu mir, oder stehst du gegen mich? Du hast die Wahl.«

Joachim senkte den Blick. »Ich stehe zu dir, Mylord.« Er wandte sich ab. »*Ich* habe mich nicht verändert.«

Carol Marcus saß auf dem harten Boden der Kaverne und starrte auf die leere Stelle, an der sich Genesis befunden hatte. Sie preßte die Handballen in ihre Augenhöhlen. Sie konnte es nicht glauben, daß auch Jedda nun nicht mehr da war. Vance, und Del, und Zinaida, und Yoshi, und Jan: alle tot. Der einzige Mensch, der ihr noch geblieben war, war David.

Sie empfand ein leichtes Schuldgefühl, weil sie dankbar war, daß es David war, der überlebt hatte. Doch zeitweise hatte sie sich gegenüber allen, die auf der Station arbeiteten, als Mutter gefühlt. Immer waren sie zu ihr gekommen, wenn sie Schwierigkeiten oder Kummer hatten.

Besonders trauerte sie um Vance. Sie vermißte seine Freundlichkeit, seine ruhige Zuverlässigkeit. Sie preßte ihr Gesicht in die Hände.

Trotz des Drucks ihrer Hände quollen Tränen zwischen ihren Lidern hervor. Wütend schlug sie die Tropfen fort, überwand ihre Trauer allein durch Willenskraft. Sie durfte sich nicht in die Verzweiflung fallen lassen, die sie fühlte. Es mußte *irgendeinen* Weg geben, um das, was geschah, aufzuhalten.

Sie blickte durch die Kaverne zu Jim. Sie hatte sich einmal geschworen, ihm niemals von David zu erzählen, oder David von ihm, doch ihnen die Wahrheit zu sagen, war die einzige Möglichkeit gewesen, beide am Leben zu erhalten. Sie mußte mit Jim sprechen – und auch mit David –, doch seit dem Verschwinden von Genesis hatten sie sich alle drei umeinander bewegt wie Satelliten, angezogen von der Eröffnung, und gleichzeitig voneinander abgestoßen durch Zeit und alte Schmerzen und den Mangel an Vertrauen.

»Saavik an *Enterprise*«, sagte die junge Vulkanierin – Vulkanierin? fragte sich Carol, vielleicht keine Vulkanierin – wohl zum zwanzigsten Mal im Lauf von genauso vielen Minuten in ihren Kommunikator. »Bitte kommen!«

Carol wußte, wie routiniert das andere Schiff im Stören

von Kommunikationen war. Sie bezweifelte, daß Saavik durchkommen würde.

Sie hörte ein leises Stöhnen und blickte zu Dr. McCoy hinüber, der an Chekov arbeitete, der, wie sie fürchtete, wohl auch sterben würde.

»Jim ...«, sagte McCoy.

Kirk trat zu ihm.

»Pavel lebt«, sagte McCoy. »Es wird eine Weile etwas holperig sein, doch ich glaube, daß er durchkommt.«

»Pavel«, sagte Jim leise.

Chekov versuchte sich aufzurichten.

»Alles okay, Pavel«, sagte McCoy. »Sie kommen wieder in Ordnung. Versuchen Sie jetzt, sich auszuruhen.«

»Admiral«, sagte Lieutenant Saavik, »es tut mir leid, aber ich komme nicht zur *Enterprise* durch. Die *Reliant* stört sämtliche Frequenzen.«

»Ich weiß, daß Sie ihr Bestes getan haben, Lieutenant«, sagte Jim. »Wenn Spock sich nach meinem Befehl richtet, ist die *Enterprise* längst unterwegs. Wenn Spock nicht gehorcht, ist das Schiff erledigt.«

»Und wir auch, so wie es aussieht«, sagte David.

Carol stand auf. »Jim«, sagte sie, »ich verstehe das alles nicht. Wie konnte dies passieren? Wer ist dafür verantwortlich? Wer ist dieser Khan?«

»Das ist eine lange Geschichte, Carol.«

»Wir haben *sehr* viel Zeit«, sagte David scharf.

»Sie und Ihr Daddy«, sagte McCoy, »werden sich viel zu erzählen haben.«

»Vielleicht ist er biologisch gesehen mein Vater«, sagte David. »Aber er ist niemals mein ›Daddy‹. Jedda ist durch seine Schuld gestorben.«

»Durch Ihre Schuld, Junge!« sagte McCoy scharf. »Weil Sie versucht haben, schneller als ein Phaser zu sein, der auf ›Töten‹ geschaltet war. Und es ist nicht nur einer gestorben, sondern zwei, oder können Sie nicht mehr zählen?«

»Mehr als zwei, Doktor«, sagte Carol, »für den Fall, daß *Sie* nicht mehr zählen können. Und die meisten von ihnen waren unsere Freunde. Jim, ich glaube, du schuldest uns eine Erklärung.«

Er blickte auf, und sie sah, daß er genauso verletzt und verwirrt war wie sie. »Tauschen wir unsere Geschichten aus«, sagte er.

Carol schloß die Augen, atmete tief ein und ließ die Luft langsam wieder heraus.

»Ja«, sagte sie. »Du hast recht, Jim. Dr. McCoy . . . wir werden vielleicht eine Weile hier unten bleiben müssen . . .«

»Wir werden vielleicht für immer hier unten bleiben müssen«, sagte McCoy säuerlich.

». . . also wollen wir *bitte* Waffenstillstand schließen?« sagte Carol.

»Ich habe gerade mit angesehen, wie ein alter Freund Selbstmord verübte!« sagte McCoy. »Ich habe dabeigestanden und ihn nicht daran gehindert!« Er wandte sich ab. »Sie müssen mir schon vergeben . . .« – Wut und Trauer drangen durch seinen Sarkasmus, und seine Stimme brach – »wenn ich ein wenig schlecht gelaunt bin . . .«

»Bitte glauben Sie mir, Doktor, daß ich weiß, wie Sie sich fühlen.«

»Ja«, sagte er leise. »Natürlich. Entschuldigen Sie.«

Als er sich wieder gefangen hatte, kam er zu den anderen zurück. Sie saßen in einem kleinen Kreis, und Jim versuchte, einiges zu erklären.

Carol wünschte, daß er ihr einen Grund zur Hoffnung geben könnte, doch als Jim zu Ende gesprochen hatte, ließen die Konsequenzen von Genesis in den Händen Khans ihr nur noch Verzweiflung.

»Gibt es irgendetwas Eßbares hier unten?« fragte Jim plötzlich. »Ich weiß nicht, wie es den anderen geht, aber ich bin hungrig.«

»Wie kannst du jetzt ans Essen denken?« fragte McCoy.

»Weil ich glaube, daß unsere vordringlichste Aufgabe das Überleben ist.«

»Es ist eine Menge Nahrungsmittel in der Genesis-Höhle«, sagte Carol zerstreut. Sie schüttelte den Kopf aus Überraschung über sich selbst. Sie hätte sie längst dorthin führen müssen, anstatt in diesen kalten, häßlichen Felskammern herumzuhocken. Alles, was geschehen war, hatte sie weitaus mehr getroffen, als sie zuzugeben bereit war: die Klarheit ihres Denkens, und ihre Vertrauensfähigkeit ... Sie erhob sich. »Es ist genug für ein ganzes Leben da, wenn es sein muß.«

»Wir glaubten, *dies* sei Genesis!« sagte McCoy.

Carol blickte umher, sah in die dunklen, rohen Felshöhlen, die mit einem Durcheinander von Papieren, Geräten und persönlichen Dingen vollgestopft waren. Ein Team des Ingenieur-Corps der Starfleet in Raumanzügen hatte zehn Monate gebraucht, um dieses Tunnelsystem anzulegen: die zweite Stufe von Genesis war in einem einzigen Tage geschaffen worden. Carol lachte, brach jedoch sofort ab, als sie die Hysterie in ihrer Stimme hörte.

»Dies? Nein, dies ist nicht Genesis. David – würdest du bitte Dr. McCoy und Lieutenant Saavik zeigen, was wir unter Nahrung verstehen?«

»Mutter, ein Irrer mit dem Torpedo ist irgendwo da draußen, und du willst, daß ich hier Fremdenführer spiele?«

»Ja.«

»Aber wir müssen doch ... Wir können doch nicht einfach *nichts* tun!«

»Doch, das können wir«, sagte Jim. Er nahm etwas aus einem Futteral an seinem Gürtel und faltete es auseinander. Erst als er es aufgesetzt hatte, erkannte Carol, daß es eine Lesebrille war. Einer ihrer Professoren an der Universität hatte so ein Ding getragen – wahrscheinlich, soweit Carol das beurteilen konnte, nur um seinen Ruf als Exzentriker zu verstärken.

Jim Kirk mit einer Brille?

Er blickte auf das Chronometer, nahm die Brille ab und steckte sie wieder fort.

»Gibt es hier unten etwas zu essen?« fragte er wieder.

David runzelte die Stirn.

»David, bitte«, sagte Carol.

Er starrte Kirk an. »Man muß seine Untergebenen immer

auf Trab halten, wie?« Er zuckte die Achseln. »Ach was.« Er winkte Saavik und McCoy abrupt zu. »Kommen Sie!«

Saavik zögerte. »Admiral ...«

»Wie Ihr Lehrer Mr. Spock sich auszudrücken beliebt: Kein Ereignis ist ohne Möglichkeiten.«

McCoy folgte David aus der Kaverne. Saavik starrte eine Weile gedankenvoll auf den Boden, dann wandte sie sich abrupt um und lief ihnen nach.

Pavel Chekov lag schlafend oder bewußtlos auf einem Stapel Decken.

Jim und Carol waren allein.

Carol hockte neben ihm.

»David hat recht, nicht wahr? Du willst uns nur beschäftigen.«

Er hob den Kopf. »Warum hast du es mir nicht gesagt?«

Carol Marcus hatte zwanzig Jahre lang Zeit gehabt, sich die Antwort auf diese Frage zu überlegen, und sich trotzdem nie entscheiden können, was sie sagen würde.

»Jim ... warum hast du mich nie gefragt?«

Er runzelte die Stirn. »Was?«

»Du weißt seit langem, daß ich einen Sohn habe. Du kennst sein Alter, oder du hättest es zumindest ohne Schwierigkeit in Erfahrung bringen können. Und«, setzte sie mit einem Versuch, witzig zu sein, hinzu: »Ich glaube nicht, daß man dich in die Starfleet-Akademie aufgenommen hätte, wenn du nicht zählen könntest.« Der Scherz fiel flach. Sie hatte jetzt ohnehin keinen Sinn für Humor. Die Möglichkeit, daß Jim sie nach David fragen könnte, war immer in ihrem Kopf gewesen; es war eine dieser Möglichkeiten, die sie auf die seltsame und unerklärliche Weise der menschlichen Psyche sowohl gefürchtet und, auf einer Ebene, die ihr wohl bewußt war, doch niemals einem anderen gegenüber zugegeben hätte, gewünscht hatte.

Doch es war nie geschehen.

»Carol ... Ich weiß nicht, ob du glauben kannst, was ich dir jetzt sagen werde. Du hast wahrscheinlich auch keinen Grund dafür. Aber ich bin nie auf den Gedanken gekommen, daß

David unser Sohn sein könnte. Ich wußte nicht einmal, daß du ein Kind hattest, bevor ich mit der *Enterprise* zurückkam. Und danach hatte ich – wie soll ich es ausdrücken? – ziemliche Mühe, wieder zu irgendeinem Leben zurückzufinden. Es war, als ob ich in eine fremde Welt gekommen wäre, die mit der, an die ich mich erinnerte, gerade soviel Ähnlichkeit hatte, daß ich jedesmal, wenn ich etwas sah, das sich verändert hatte, überrascht und desorientiert war ...«

Carol nahm seine Hand in ihre Hände und streichelte seine Finger. »Hör auf, Jim! Es tut mir leid. Ehrlich. Ich weiß nicht einmal, ob ich dir die Wahrheit gesagt haben würde, wenn du mich gefragt *hättest*. Ich hatte mir geschworen, es keinem von euch beiden jemals zu sagen.«

»Ich begreife nicht, *warum?*«

»Wie kannst du das sagen? Liegt das nicht auf der Hand? Wir haben nicht zusammengelebt, und es bestand keine Aussicht, daß sich dieser Zustand jemals ändern könnte! Ich habe mir da niemals Illusionen gemacht, und ich muß offen sagen, daß du auch nie versucht hast, welche zu wecken. Du hast deine Welt, und ich habe die meine. Und ich wollte David in der meinen haben.« Sie ließ Jims Hand los. Sie hatte seine Hände immer geliebt; sie waren kantig und kräftig. »Wenn er von sich aus beschlossen haben würde, auch durch den Weltraum zu jagen, hätte ich mich ihm nicht in den Weg gestellt. Aber ich hätte es nicht ertragen, wenn du, als er vierzehn war, vorbeigekommen wärst und gesagt hättest: ›Jetzt, wo du ihn bis zu einem Alter großgezogen hast, wo er denken kann, wird es Zeit, daß er mit seinem Vater geht.‹ Mit seinem Vater – mit jemand, den er nie anders gekannt hatte, als einen Fremden, der mal über Nacht blieb? Jim, das war die einzige Möglichkeit, und das wäre zu spät, um damit zu beginnen, ein Vater zu sein! Außerdem haben Vierzehnjährige ohnehin nichts auf einem Sternenschiff zu suchen.«

Er stand auf, trat ein Stück von ihr fort und preßte seine Hände und Stirn gegen die Felswand, als ob er versuchte, Kühle und Ruhe aus dem Stein zu absorbieren.

»Du brauchst mir das nicht zu sagen«, antwortete er. Seine

Schultern hingen herab, und sie glaubte schon, daß er gleich weinen würde. Sie wollte ihn in die Arme nehmen, aber sie wollte ihn nicht weinen sehen.

»David hat sehr viel Ähnlichkeit mit dir«, sagte sie, und versuchte, damit sowohl ihre, als auch Jims Stimmung zu heben. »Es gab nichts, was ich dagegen tun konnte. Er ist dickköpfig und unberechenbar – Natürlich ist er *klüger* – aber das braucht man wohl nicht besonders zu erwähnen ...« Sie brach ab; dieser Versuch, humorvoll zu sein, war sogar noch flacher als der andere.

»Verdammt«, sagte sie. »Kommt es darauf an? Wir werden nie hier herauskommen.«

Jim antwortete nicht. Er setzte sich neben Pavel nieder und fühlte seinen Puls. Er wich Carols Blick aus.

»Sage mir, was du fühlst«, sagte sie sanft.

Seine Stimme klang distanziert und traurig; Carol wollte wütend auf ihn sein, doch sie konnte es nicht.

»Da ist ein Mann, der mich seit fünfzehn Jahren nicht gesehen hat und glaubt, mich getötet zu haben«, sagte Jim. »Und du stellst mir einen Sohn vor, der diesen Job nur zu gerne zu Ende führen würde. Unseren Sohn. Mein Leben, das hätte sein können, aber nicht war. Carol, ich fühle mich alt, und ausgelaugt, und verwirrt.«

Sie trat zu ihm hin und streckte ihm ihre Hand entgegen. »Komm, ich möchte dir etwas zeigen! Etwas, das dich wieder jung werden lassen wird, so jung wie eine neue Welt.«

Er blickte zu Chekov hinüber. Carol war zwar keine Ärztin, doch sie wußte genug über menschliche Physiologie, um zu erkennen, daß der junge Commander friedlich schlief.

»Wir können ihn ruhig allein lassen«, sagte sie. »Komm! Komm mit mir!«

Er nahm ihre Hand.

Sie führte ihn zu Genesis.

Widerwillig folgte er Carol tiefer in das Gewirr der Höhlen. Die Lichtplatten an den Decken endeten, und sie traten in tiefes Dunkel. Carol tastete sich mit der freien Hand an der Tunnelwand entlang, um sie zu leiten. Jim erkannte sehr bald, daß es nicht so vollkommen dunkel war, wie es hätte sein sollen, tief unter der Oberfläche und ohne künstliche Beleuchtung. Er konnte Carol sehen. Licht reflektierte von ihrem Haar.

Das Licht wurde heller. Mit der Empfindlichkeit eines Menschen, der den größten Teil seiner Zeit bei künstlicher Beleuchtung und unter fremden Sternen zugebracht hatte und das wenige Sonnenlicht, das er jemals sah, zu schätzen wußte, spürte Jim, daß die Helligkeit, die er vor sich sah, von einem Stern kommen mußte, der der Sonne nicht unähnlich war.

Er warf Carol einen raschen Blick zu. Sie lächelte, gab ihm jedoch keine Erklärung.

Ohne es zu wollen, begann Jim rascher zu gehen. Als das Licht heller wurde, sein Schein klarer und reiner, begann er zu laufen.

Er stürzte aus der Mündung des Tunnels und blieb stehen. Carol trat neben ihn auf den Rand einer vorspringenden Felsplatte.

Jim Kirk hielt überrascht die Luft an.

Seine Augen waren noch immer auf das Dunkel eingestellt; das helle Licht blendete ihn. Eine warme Brise strich durch sein Haar, und er roch frische Erde, Blumen, einen Wald. Ein Bach plätscherte dicht neben ihm über einen Felsen und sprühte einen regenbogenfarbenen Nebel in sein Gesicht.

Ein dichter Wald füllte die Höhlung des toten Planetoiden, der Regulus I gewesen war. Es war die schönste Landschaft, die er jemals gesehen hatte, ein Märchenwald aus einem Kinderbuch. Die knorrigen Bäume wirkten uralt und geheimnisvoll. Das Gras auf der Wiese zu Füßen der Klippe war so weich und glatt wie grüner Samt, gesprenkelt mit Wildblumen von tiefem Blau und kräftigem Orange. Wo der Schatten des Waldes begann, erwartete Jim unwillkürlich etwas Weißes davonhuschen zu sehen, ein Einhorn, das vor seinem Blick floh.

Er sah Carol an, die neben dem Tunnelausgang an der Felswand lehnte, die Arme vor der Brust gefaltet hatte und ihn anlächelte.

»Das alles hast du an einem einzigen Tag gemacht?« fragte Jim.

»Die Matrix formt sich in einem Tag. Die Lebensformen brauchen ein wenig länger. Aber nicht viel.« Sie grinste. »Glaubst du jetzt, daß ich kochen kann?«

Er starrte hinaus, fasziniert von ihrer Welt. »Wie weit reicht sie?«

»Ganz herum«, sagte sie. »Die Rotation des Planetoiden gibt uns etwas radiale Beschleunigung, die den Platz von Schwerkraft einnimmt, etwa bis fünfundvierzig Grad ober- und unterhalb des Äquators. Ich denke, daß die Dinge in der Nähe der Pole etwas ungewöhnlicher werden.« Sie deutete an der Sonne vorbei. »Ein Spannungsfeld hält den Stern an seinem Platz fest. Er ist recht variabel; zwölf Stunden in vierundzwanzig verdunkelt er sich, um so etwas wie Nacht zu schaffen. Dann gibt er einen hübschen Mond ab.«

»Ist es überall – so wundervoll?«

»Das weiß ich nicht, Jim. Ich habe noch nicht die Zeit gehabt, alles zu erforschen, und dies ist schließlich nur ein Prototyp. Da passiert immer etwas, womit man nicht gerechnet hat. Außerdem hat das ganze Team an dem Entwurf gearbeitet.« Ihre Stimme klang sehr traurig. »Vance hat die Karte gezeichnet; oben im Norden hatte er an den Rand geschrieben: ›Und hier die Drachen.‹ Niemand wußte, ob das ein Witz sein sollte oder nicht. Oder ... vielleicht war es auch Del.« Carols Stimme erstarb; Jim konnte ihre Worte fast nicht hören. »Vance sagte einmal, es sei der Mühe nicht wert, etwas zu schaffen, das so schön und sicher sei, daß es unerträglich langweilig würde.«

Sie begann zu weinen. Jim nahm sie in die Arme und hielt sie fest.

8. KAPITEL

Im Frachtraum der *Reliant* beendete Khan Singh die Inspektion des massigen Genesis-Torpedos. Er hatte seine Programmierung angezapft; obwohl der Mechanismus selbst ziemlich komplex war, erwiesen sich sowohl die zugrundeliegenden Theorien als auch die Anwendung des Geräts als unglaublich simpel.

Er tätschelte die glatte Flanke der gewaltigen Maschine. Wenn er es müde war, über die bestehenden Welten zu herrschen, würde er sich neue schaffen, nach seinem Wunsch.

Joachim trat in den Frachtraum und blieb ein Stück entfernt stehen.

»Die Impulsenergie ist wieder einsatzbereit, Mylord«, sagte er.

»Ich danke dir, Joachim. Jetzt sind wir der armen *Enterprise* mehr als gewachsen.«

»Ja, Mylord.« Sein Tonfall verriet nichts: keinen Enthusiasmus, keine Siegeszuversicht, nicht einmal Angst. Einfach nichts.

Khan runzelte die Stirn.

»Joachim, hast du geschlafen?«

Joachim zuckte zusammen, als ob Khan ihn geschlagen hätte.

»Ich kann nicht schlafen, Mylord.«

»Was soll das heißen?«

Joachim zitterte plötzlich und wandte sich ab.

»Ich *kann* nicht schlafen, Mylord.«

Khan blickte ihn eine Weile an, zuckte die Achseln und verließ den Frachtraum. Joachim folgte ihm mit schleppenden Schritten.

Auf der Brücke befahl Khan, das Schiff aus dem Orbit zu steuern. Er hatte seine Umlaufbahn so berechnet, daß Regulus I zwischen der *Reliant* und der relativen Position der *Enterprise* blieb, bis sie wieder Energie hatten. Wie dumm von Mr. Spock, den Zustand des Schiffes zu schildern, so daß alle es hören konnten.

Die Schattengrenze von Regulus I glitt unter ihnen hinweg, und sie stießen in das aktinische Licht von Regulus vor.

»Sensoren auf kurze Reichweite.«

Joachim gehorchte. Khan schaltete sie auf den großen Bildschirm und runzelte die Stirn. Dort war das Raumlabor, leer und verlassen. Die *Enterprise* sollte in seiner Nähe im Orbit treiben.

Doch sie war nirgends zu sehen.

»Sensoren auf größte Reichweite.«

Und noch immer nichts. Khan stand auf und ballte die Fäuste.

Wo steckten sie?

In der Genesis-Höhle gingen Saavik und Dr. McCoy durch den Tunnel zu den Felskammern zurück. Sie mußten Pavel Chekov an einen Ort bringen, wo er bequemer lag. David Marcus kam mit, um ihnen zu helfen. Sie stellten eine behelfsmäßige Bahre her und trugen Chekov aus der Kammer und den Tunnel entlang zu der Wiese neben dem Wildbach. Es kostete sie einige Mühe, Chekov die Klippen hinabzuschaffen, doch sie erreichten schließlich die Wiese. Dr. McCoy richtete seinem Patienten ein Bett im weichen Gras. Chekov schlief so tief, daß er kaum zu atmen schien.

David Marcus streckte sich im Gras aus.

»Ich wußte, daß es funktionieren würde«, sagte er. »Wenn nur ...« Er warf seinen Unterarm über die Augen.

Saavik beobachtete ihn neugierig, wenn auch etwas verstohlen. David Marcus schien mit Trauer weitaus besser fertig werden zu können als sie. Außerdem hatte er sich, trotz seiner anfänglichen Ablehnung, mit dem Vorhandensein seines Vaters recht gut abgefunden.

Saavik bezweifelte, ob ihr das gelingen würde. Es wäre ein unvorstellbar schrecklicher Moment, wenn irgendjemand jemals die vulkanische Familie identifizieren sollte, zu der einer ihrer Elternteile gehörte. Falls das je geschehen sollte, falls sie aus irgendwelchen Gründen gezwungen wäre, sie anzuerkennen, wäre die einzige Möglichkeit für sie und diese Familie, ein Treffen in Ehren zu überstehen, daß sie sich vor sie hinkniete und sie allein für ihre Existenz um Verzeihung bäte.

Und falls sie jemals dem Romulaner begegnen sollte, der, wie sie annahm, schuld daran war, daß sie geboren wurde ...

Saavik kannte die Tiefen der Gewalttätigkeit, zu denen sie fähig war, sehr gut. Falls sie dieser Kreatur jemals begegnen sollte, würde sie sich willig der Raserei ergeben.

David ging immer wieder das Geschehen im Raumlabor durch. Irgendwie wäre er in der Lage gewesen, etwas zu *tun*, dachte er; er hätte wissen müssen, trotz Dels Beruhigungen, daß seine Freunde sich in einer Gefahr befanden, die zu groß war, als daß sie allein mit ihr fertigwerden konnten.

Er hatte Angst, verrückt zu werden.

Er beschloß, ein paar Früchte von dem Füllhorn-Baum in der Mitte der Wiese zu pflücken. Er hatte zwar nicht den geringsten Hunger, doch das würde ihm etwas zu tun geben.

Als er aufstand, fühlte er Saaviks Blick. Er wandte sich um und sah sie an; sie starrte ihn so konzentriert, oder so in Gedanken versunken an, daß sie kaum zu bemerken schien, daß er sie ansah.

»Was gibt es da zu sehen?« fragte er aggressiv.

Sie zuckte zusammen und blinzelte. »Den Sohn des Admirals«, sagte sie in einem nüchternen Tonfall.

»Glauben Sie das nur nicht!«

»Ich glaube es aber«, sagte sie.

Unglücklicherweise ich auch, dachte David. Wenn seine Mutter es nur gesagt hätte, um Kirk am Leben zu lassen, hätte sie die Lüge nach dem Kampf auf keinen Fall aufrechterhalten. Es war viel zu leicht, die Abstammung mit einem simplen Antigen-Scan einwandfrei nachzuweisen. Und wenn McCoy das nicht mit dem Zeug in seiner Instrumententasche tun konnte, wäre er selbst in der Lage, aus dem Zeug, das sie aus dem Labor hergebracht hatten, einen Analysator zusammenzubasteln. Und nur, weil der Nachweis so leicht zu erbringen war, sah er keinen Sinn darin, so einen Test durchzuführen. Er würde ihm lediglich etwas versichern, was er lieber nicht gewußt hätte.

Er schüttelte den Gedanken ab. Was machte es schon, wer sein biologischer Vater war? Weder der Mann, den er für seinen Vater gehalten hatte, der angeblich vor seiner Geburt gestorben war, noch der Mann, von dem seine Mutter behauptete, daß er es sei, hatten jemals irgendeine Rolle in seinem Leben gespielt. David sah keinen Grund, warum sich das ändern sollte.

»Was gibt es da zu sehen?« fragte Lieutenant Saavik.

Jetzt hatte David sie angestarrt, ohne sich dessen bewußt zu sein. Er war von Vulkaniern immer fasziniert gewesen. Das eine Mal, als er während seiner Kinderzeit Jim Kirk gesehen hatte, war er viel mehr daran interessiert gewesen, sich mit seinem Freund, Mr. Spock, zu unterhalten. David nahm an, daß es derselbe Mr. Spock war, den Saavik kurz zuvor zu erreichen versucht hatte. Wenn man von David verlangte, zu einem Mitglied von Starfleet höflich zu sein, dann schon sehr viel lieber zu einem Wissenschaftsoffizier, als zu einem Starship-Captain.

Seltsam, daß es ihm bisher nicht aufgefallen war, wie schön Saavik war. Schön und exotisch. Und sie schien ihm auch nicht so kühl wie die meisten anderen Vulkanier.

»Ich ...« Er hielt inne und fühlte sich verwirrt. »Ich weiß nicht«, sagte er schließlich.

Saavik wandte sich ab.

Verdammt, dachte David. Ich muß sie verletzt oder beleidigt haben oder sowas. Er versuchte, das Gespräch wieder in Gang zu bringen.

»Ich wette, ich weiß, wer Sie sind«, sagte er. »Mr. Spocks Tochter, stimmt's?«

Sie fuhr herum und ballte die Fäuste an ihren Schenkeln. Er zuckte zurück. Er glaubte schon, sie wollte ihn schlagen, doch sie richtete sich auf und entkrampfte langsam ihre Hände.

»Wenn ich glaubte, daß Sie wüßten, was sie eben gesagt haben, würde ich Sie umbringen!«

»*Was?*« sagte er verblüfft. »Verdammt, das sieht einem Angehörigen von Starfleet ähnlich, so zu reagieren. Da versucht man, jemandem ein Kompliment zu machen, und das kriegt man dafür.«

»Ein Kompliment?«

»Klar. He, hören Sie! Es gibt nicht so viele Vulkanier bei Starfleet; ich nahm an, daß Sie den Fußstapfen Ihres Vaters folgen oder sowas.«

»Kaum«, sagte sie; ihre Stimme und ihr Gesichtsausdruck

waren eisig. »Sie könnten Captain Spock keine größere Beleidigung zufügen, als anzudeuten, daß er mein Vater ist, oder auch nur sein könnte.«

»Warum?« fragte er.

»Darüber möchte ich nicht sprechen.«

»Warum denn nicht? Was kann daran so schrecklich sein?«

»Einer meiner Eltern war Romulaner!« Sie spuckte das Wort aus.

»Wirklich? He, das ist wirklich interessant. Ich dachte, Sie seien Vulkanierin.«

»Nein.«

»Ich finde aber, Sie sehen wie eine Vulkanierin aus.«

»Ich sehe weder wie eine Vulkanierin aus, noch benehme ich mich wie eine, wenn man die Vulkanier danach fragt. Ich habe nicht einmal einen richtigen vulkanischen Namen.«

»Trotzdem sehe ich nicht ein, warum Mr. Spock beleidigt sein sollte, wenn ich dachte, Sie seien seine Tochter. Auf Sie könnte er doch wahrhaft stolz sein.«

»Wissen Sie etwas über vulkanische sexuelle Physiologie?«

»Klar. Aber darauf kommt es doch nicht an. Fortpflanzen müssen sie sich trotzdem, selbst wenn sie das nur alle zehn Jahre versuchen. Klingt ziemlich langweilig, finde ich.«

»Viele Romulaner finden Vulkanier sexuell attraktiv. Unter normalen Umständen würde eine Vulkanierin – oder ein Vulkanier – nicht reagieren. Doch die Romulaner praktizieren sowohl Piraterie als auch Entführung, und sie besitzen die nötigen chemischen Mittel, um sich fremde Gefangene gefügig zu machen.«

Sie machte eine Pause. David spürte, daß es ihr schwer fiel, davon zu sprechen, doch er war fasziniert.

»Die Kontrolle über den eigenen Körper, den eigenen Verstand zu verlieren, das ist die schlimmste Erniedrigung«, sagte Saavik. »Die meisten Vulkanier ziehen den Tod der Gefangennahme durch die Romulaner vor und überleben nur selten, wenn sie zu einem Verhalten gezwungen werden, das ihrer Natur so zuwiderläuft. Die Chance, daß mein vulkanischer Elternteil noch am Leben sein könnte, ist fast gleich Null.«

»Oh«, sagte David.

»Romulaner machen sich einen Sport aus ihrer Grausamkeit. Manche von ihnen treiben diesen Sport so weit, bei ihrer Nötigung ein Kind zu zeugen und dann die vulkanische Frau zu zwingen, solange zu leben, bis sie es ausgetragen hat – oder den vulkanischen Mann, Zeuge der Geburt zu sein. Das ist der Höhepunkt der Erniedrigung und verleiht dem Romulaner – oder der Romulanerin – einen hohen gesellschaftlichen Status.«

»He, hören Sie, es tut mir leid«, sagte David. »Ehrlich, ich wollte weder Ihre Gefühle verletzen, noch Mr. Spock beleidigen.«

»Sie können mich nicht verletzen, Dr. Marcus«, sagte Saavik ruhig. »Doch da ich nicht ganz Vulkanierin bin, wäre es mir möglich, Sie zu verletzen. Ich möchte Ihnen raten, sich in acht zu nehmen.«

Sie stand auf und ging fort.

Saavik ging auf der Wiese auf und ab und fragte sich, was in sie gefahren war, daß sie David Marcus so viel von sich erzählt hatte. Noch nie hatte sie freiwillig einem anderen gegenüber von ihrer Vergangenheit gesprochen, sie sprach sogar selten mit Mr. Spock darüber, dem natürlich alles bekannt war. Die auf der Hand liegende Erklärung – dafür zu sorgen, daß Marcus nie wieder etwas sagen würde, was Spock widerstreben mußte – befriedigte sie nicht. Doch eine andere fiel ihr nicht ein.

Sie stieg zum Bachufer hinab, nahm einen glatten, runden Kieselstein auf und drehte ihn in den Händen. Sie bewunderte die Komplexität der Genesis-Welle. In einer natürlichen Umwelt würde es Jahrhunderte dauern, einen Kiesel so abzuschleifen.

Sie warf den Stein über die Oberfläche des Baches. Er schnellte über das Wasser und landete am anderen Ufer.

Dies war ohne Zweifel der schönste Ort, den Saavik je gesehen hatte. Um so mehr, als seine Schönheit weder perfekt, noch ungefährlich war. Sie hatte aus der Ferne das Heulen eines wilden Tieres gehört, und sie hatte über den Wipfeln des Waldes einen geflügelten Jäger entdeckt. Es war selbst für Saavik zu weit entfernt gewesen, um entscheiden zu können, ob es sich um einen Vogel, eine Flugechse, oder ein Säugetier, oder eine allein hier vorkommende Spezies handelte.

Das einzige, was ihr nicht gefiel, war, daß sie sich gegen ihren Willen hier befand.

Sie zog ihren Kommunikator heraus und versuchte wieder, Verbindung mit der *Enterprise* zu bekommen. Aber entweder wurden die Signale noch immer gestört, oder aber es konnte niemand antworten. Und Dr. McCoy hatte völlig recht: Mr. Spock hätte längst den Orbit verlassen und das Schiff zur nächstgelegenen Basis der Starfleet bringen sollen. Wenn ihm das möglich war.

Sie stieg das Bachufer hinauf und trat wieder auf die Wiese.

Dr. Marcus junior lag auf einem flachen Hügel am Waldrand, starrte in Gedanken versunken zum Himmel empor und kaute an einem Grashalm. Der Admiral, Dr. McCoy und Dr. Marcus senior saßen in seiner Nähe unter einem Obstbaum und machten ein Picknick mit dessen Früchten.

Saavik wollte nicht stören, doch dann sah sie ein, daß, wenn Dr. Marcus und Admiral Kirk allein sein wollten, Dr. McCoy und David sich einen anderen Platz gesucht haben würden. Sie ging über den grünen Grasteppich auf sie zu. Sie hatte mehrere Ideen, die sie dem Admiral vorschlagen wollte. Alles würde besser sein, als tatenlos hier herumzuhocken. Paradies oder nicht, während die Welt, aus der sie gekommen waren, in Gefahr schwebte, zum Teufel zu gehen.

Admiral Kirk wirkte sehr ruhig und entspannt. Als sie sich der Gruppe näherte, verglich sie sehr negativ ihre Reaktionen bei der Simulation von *Kobayashi Maru* mit Kirks Ruhe angesichts des wirklichen Todes oder eines permanenten Exils.

Saavik fragte sich wieder, wie ein Lieutenant James Kirk auf die Simulation reagiert haben würde, die ihr Selbstvertrauen so gründlich erschüttert hatte. Captain Spock hatte gesagt, daß Kirks Lösung einmalig gewesen sei, aber daß sie den Admiral schon selbst fragen müsse, wenn sie wissen wolle, wie sie gewesen war.

»Das nenne ich ein festliches Mahl«, sagte Kirk.

»Dies ist wie der Garten Eden«, sagte McCoy ehrfürchtig.

»Nur daß hier jeder Apfel vom Baum der Erkenntnis kommt«, sagte Carol Marcus, und setzte dann hinzu: »Mit allen Risiken, die darin liegen.«

Sie beugte sich vor und steckte eine leuchtend-rote Blume hinter Jims Ohr. Er wollte sie daran hindern, doch nicht sehr energisch, und ließ es schließlich geschehen.

Jim Kirk kam sich ein wenig albern vor mit einer Blume hinter dem Ohr. Doch er ließ sie stecken, pflückte eine Handvoll purpurfarbener Blüten, die ganz in der Nähe wuchsen, und begann sie zu einem Kranz zu flechten. Als er Saavik näherkommen sah und ihren nachdenklichen Gesichtsausdruck bemerkte, winkte er ihr, sich zu ihnen zu setzen.

»Was beschäftigt Sie, Lieutenant?«

»Die *Kobayashi Maru*«, sagte sie.

»Was ist das?« fragte David.

Dr. McCoy erklärte: »Eine Trainings-Simulation. Eine ausweglose Situation, die den Charakter eines Kommandanten testet, der sich dem Tod gegenübersieht.«

»Wollen Sie mich fragen, ob wir jetzt dieselbe Story durchspielen, Lieutenant?« Jim pflückte noch eine Handvoll Blumen.

»Was haben Sie bei dem Test gemacht, Admiral?« fragte Saavik. »Ich würde es gerne wissen.«

Dr. McCoy lachte leise. »Lieutenant, Sie sehen vor sich den einzigen Kadetten der Starfleet, dem es jemals gelungen ist, diese Simulation zu schlagen.«

»Und der dabei fast von der Akademie geflogen wäre«, sagte Jim, zog seine Brille heraus und blickte wieder auf das Chronometer. Noch nicht ganz.

»Und wie haben Sie ihn geschlagen?«

»Ich habe die Simulation so umprogrammiert, daß es mir gelang, das Schiff zu retten.«

»Was?«

Jim freute sich, daß es ihm gelungen war, Saavik so gründlich zu schockieren.

»Ich habe die Testbedingungen verändert.« Er lächelte. Er selbst war kein Genie auf dem Gebiet der Computer-Programmierung gewesen; glücklicherweise aber einer seiner Klassenkameraden, der noch dazu niemals einer Herausforderung widerstehen konnte. Jim war es jedoch gewesen, der das Kommando-Unternehmen durchgeführt hatte – oder den Einschleich-Diebstahl, da niemand sich vorstellen konnte, was er getan haben mochte, und die Wahrheit erst sehr viel später herausgekommen war –, indem er in den angeblich absolut sicheren Raum eingedrungen war, in dem die Simulations-Programme aufbewahrt wurden, und für das Original seine Version deponiert hatte.

»Die Ausbilderin konnte sich nicht entscheiden, ob sie lachen oder einen Tobsuchtsanfall bekommen sollte. Ich denke, sie hat schließlich eine Münze geworfen. Ich habe eine Anerkennung für originelles Denken bekommen.« Er zuckte die Achseln. »Ich verliere nun mal nicht gerne.«

»Dann haben Sie den Sinn dieses Tests aufgehoben: Sie haben nie dem Tod gegenübergestanden.«

»Nun ja, aber ich hatte einen ähnlichen Test schon zweimal hinter mich gebracht und beschlossen, etwas zu unternehmen. Also kann man sagen, daß ich dem Tod gegenübergestanden habe. Ich mußte mich nur niemals damit abfinden.«

»Bis jetzt.«

»Saavik, wir alle stehen jeden Tag unseres Lebens dem Tod gegenüber.«

Jetzt *war* es Zeit. Er zog seinen Kommunikator heraus und öffnete ihn.

»Kirk an *Enterprise*. Mr. Spock, bitte melden!«

»*Enterprise* an Kirk. Spock.«

Saavik fuhr zusammen und sprang auf die Füße.

»Es sind jetzt genau zwei Stunden, Spock. Sind Sie bereit?«

»Natürlich, Admiral. Ich werde Ihre Koordinaten computerisieren und Sie an Bord beamen. Spock Ende.«

Jeder starrte ihn schockiert an. Kirk zuckte die Achseln und grinste verlegen.

»Wie ich bereits sagte, verliere ich nicht gern.«

Er hatte seinen Blumenkranz fertig und setzte ihn behutsam auf Carols Haar.

»Energie«, sagte Spock zu Transmitter-Chef Janice Rand. Sie fokussierte den Strahl auf die Gruppe im Zentrum von Regulus, verstärkte die Energie, um für eine Felsschicht von mehreren Kilometern zu kompensieren, und schaltete ein.

Spock hatte Kirks Annahmen und Absichten vorausgesehen. Der Wissenschaftsoffizier war neugierig auf die Ergebnisse der zweiten Phase von Genesis. Er vermutete, daß einiges von dem, was im Inneren des Planetoiden geschaffen worden war, höchst interessant sein mußte, wenn man den etwas abwegigen Humor des Teams Madison-March in Betracht zog.

Er hoffte, es irgendwann selbst sehen zu können und dabei die Erinnerung an ihr Leben und ihre Arbeit ehren zu können.

Der Admiral materialisierte auf der Transmitter-Plattform, und hinter ihm Dr. McCoy und Dr. Marcus senior, dann Lieutenant Saavik und Dr. Marcus junior, die Pavel Chekov zwischen sich stützten.

Spock hob eine Braue. Der Admiral trug eine rote Blume hinter dem Ohr, und Dr. Carol Marcus einen Kranz auf ihrem Haar.

Der Planetoid mußte wirklich sehr interessant sein.

Saavik brachte den Satz zu Ende, der durch das Beamen unterbrochen worden war: ». . . die Schadens-Meldungen. Die *Enterprise* war aktionsunfähig.«

»Kommen Sie, Lieutenant«, sagte der Admiral lächelnd. »Sie sind doch diejenige, die mir ständig sagt, daß ich alles nach Vorschrift machen soll.«

Kirk erkannte plötzlich, was Spock an ihm so interessant fand, und lief ein wenig rot an. Er zog die Blume hinter seinem Ohr hervor und überreichte sie galant Lieutenant Saavik – die keine Vorstellung hatte, was sie damit anfangen sollte, da ihr bisher noch niemand eine Blume geschenkt hatte – und trat von der Plattform.

»Hallo, Mr. Spock«, sagte Kirk. »Sie erinnern sich sicher an Dr. Marcus« – damit stellte er Carol vor –, »und David haben Sie ja auch kennengelernt, bevor er ebenfalls ein Dr. Marcus wurde.«

David Marcus nickte Spock zu und half Saavik, Chekov von der Plattform zu tragen.

»Natürlich«, sagte Spock. »Willkommen an Bord der *Enterprise.* Ihre Präsentation hat mich sehr beeindruckt.«

»Danke, Mr. Spock«, sagte Carol Marcus. »Ich wünschte, es wäre alles besser ausgegangen.«

Selbst Spock konnte die Auswirkungen von Anspannung und Erschöpfung auf ihrem Gesicht erkennen; die Morde im Raumlabor mußten sie natürlich weitaus stärker belasten als ihn, nicht nur, weil sie ein Mensch war, und er Vulkanier, sondern weil sie die Menschen, die gestorben waren, so viel besser gekannt hatte. Worte des Beileids waren so trivial angesichts eines Verlustes von dieser Größe, daß Spock es ablehnte, sie zu gebrauchen.

Dr. McCoy trat sofort zum Intercom und beorderte ein medizinisches Team und eine Bahre vom Bordlazarett.

»Nach Vorschrift ...?« sagte Saavik.

»Dienstanweisung sechsundvierzig-A: ›Während eines Gefechts ...‹«

»›... dürfen keine unverschlüsselten Nachrichten über einen offenen Kanal gesandt werden‹«, zitierte Saavik; dann wandte sie sich an Spock: »Das kommt mir fast wie eine Lüge vor ...«

»Es war ein Code, Lieutenant«, antwortete er ihr. »Unglücklicherweise erforderte er einige Übertreibungen, die von der Wahrheit abwichen.«

Sie antwortete nicht; er wußte, daß sie jetzt über den Unterschied zwischen einer Lüge und einer figurativen Interpretation der Realität nachdachte. Er wußte genau, was sie empfand. Er hatte selbst eine lange Zeit dazu gebraucht, um zu begreifen, daß in manchen Fällen kein objektiver Unterschied zwischen beiden bestand, und daß jede Erklärung völlig von den Umständen abhing.

»Wir haben nur Stunden gebraucht, Saavik, und nicht Tage«, sagte Kirk. »Aber jetzt haben wir nur noch Minuten anstelle von Stunden. Wir sollten sie lieber nützen.«

»Jawohl, Sir«, sagte sie ohne Überzeugung.

Das medizinische Team traf ein, und Saavik half Commander Chekov auf die Bahre. Sie blickte ein paar Sekunden auf die Blume in ihrer Hand, dann legte sie sie behutsam neben ihn.

»Jim, ich bringe Chekov ins Lazarett«, sagte McCoy.

»Sorge gut für ihn, Pille.«

»Und was können wir tun?« fragte Carol Marcus.

»Carol, auf der Brücke herrscht in ein paar Minuten absolutes Chaos«, sagte Kirk entschuldigend. »Ich muß nach oben.«

»Dottores Marcus«, sagte McCoy. »Ich habe für Sie beide etwas zu tun. Kommen Sie mit!«

Kirk, Spock und Saavik eilten zur Brücke. Kirk blieb vor dem nächsten Turbo-Lift stehen, doch Spock lief weiter.

»Der Lift funktioniert nur ab dem C-Deck«, sagte Spock und öffnete die Tür zur Not-Treppe. Er nahm drei Stufen auf einmal, als er hinaufstieg.

»Was funktioniert überhaupt an Bord?«

»Sehr wenig, Admiral. Aber der Hauptantrieb ist halbwegs wieder in Ordnung ...«

»Ist das alles?«

»Mehr konnten wir in zwei Stunden nicht schaffen. Mr. Scotts Männer versuchen, die Reparaturarbeiten so rasch wie möglich zu Ende zu bringen.«

Sie erreichten das C-Deck. Spock und Saavik traten in den Lift. Kirk war außer Atem. Er blieb einen Augenblick lang vor der Lifttür stehen, fuhr mit dem Ärmel über sein Gesicht und stieg dann ebenfalls ein.

»Verdammter Schreibtisch-Job«, sagte er leise. »Brücke.«

Der Lift fuhr aufwärts.

Jim Kirk betrat die Brücke seines Schiffes. Sie trug noch immer Spuren des Kampfes, doch er sah mit einem Blick, daß die meisten Funktionen wiederhergestellt waren.

Mr. Sulu, der auf seinem alten Platz an der Ruder-Konsole saß, blickte über die Schulter, als die Lifttür aufglitt.

»Admiral auf der Brücke!« sagte er sofort.

»Gefechtsstationen«, sagte Kirk.

Das Klaxon ertönte, die Beleuchtung verdunkelte sich zu einem tiefen Rot.

»Taktisch, bitte, Mr. Sulu.«

»Jawohl, Sir.«

Der große Bildschirm flimmerte eine Sekunde lang, dann zeigte er eine Polaransicht von Regulus I mit den Umlaufbahnen des Raumlabors, der *Reliant* und der *Enterprise*. Die beiden Sternenschiffe standen in Opposition, jedes auf einer Seite des Planetoiden. Die Delta-Vau-Koordinaten der *Reliant* veränderten sich und verrieten, daß Khans Schiff die *Enterprise* zu suchen begann.

»Unsere Scanner sind unzuverlässig, gelinde ausgedrückt«, erklärte Mr. Spock. »Die Scanner des Raumlabors dagegen sind voll einsatzfähig; sie senden uns die Position der *Reliant*.«

»Ausgezeichnet, Mr. Spock.«

Die *Reliant* beschleunigte plötzlich auf vollen Impulsschub.

»Oh-oh«, sagte Kirk.

Die höhere Geschwindigkeit würde sie im Schleudereffekt um Regulus I herumschnellen; wenn die *Enterprise* nicht ebenfalls auf eine höhere Geschwindigkeit ging und die Flucht und Verfolgung rund um den Planetoiden fortsetzte, würde das Schiff bald wieder zur Zielscheibe werden. Und bei dem schlechten Zustand der Maschinen konnten sie sich nicht lange verstecken.

»Die *Reliant* ist uns an Schnelligkeit und Bewaffnung überlegen«, stellte Spock ruhig fest. »Da wäre jedoch im Mutara-Nebel ...«

Kirk zog seine Brille heraus, setzte sie auf und studierte die Daten seiner Konsole. Dann rief er über Intercom den Maschinenraum.

»Mr. Scott – der Mutara-Nebel. Können Sie uns hineinbringen?«

»Sir, die Überlastungswarnungen sehen jetzt schon wie ein Weihnachtsbaum aus; die Überbrückung am Hauptgenerator hält nicht mehr viel aus. Sehen Sie zu, daß es nicht zu holperig wird.«

»Keine Versprechen, Mr. Scott. Geben Sie mir alles, was Sie haben!«

»Admiral«, sagte Saavik, »die Gaswolken innerhalb des Nebels werden unsere taktischen Instrumente stören. Visuell wird ganz ausfallen. Außerdem werden unsere Schilde von Ionisierung abgebaut.«

Kirk blickte über die Brillengläser hinweg zu Saavik hinüber, dann zu Spock. Spock hob eine Braue.

»Sehr richtig, Lieutenant: dann sind die Chancen ausgeglichen«, sagte der Vulkanier.

Die Crew hatte ihre Gefechtsstationen bezogen, und auf der Brücke herrschte geordnetes Durcheinander. Das gedämpfte Licht warf seltsame Schatten; die Computerbildschirme erglühten in unheimlichen Farben. Kirk blickte auf den Schirm mit den taktischen Daten. Die *Reliant* hatte eine derartige Geschwindigkeit aufgenommen, daß sie innerhalb weniger Minuten über den Horizont des Planetoiden schießen und die *Enterprise* in ihrem Visier haben würde. Kirk wollte außerhalb Phaser- und Photonen-Torpedo-Reichweite bleiben, sich jedoch weiterhin als verlockendes Ziel präsentieren.

»Admiral«, sagte Saavik, »was geschieht, wenn die *Reliant* uns nicht in den Nebel folgt?«

Kirk lachte, doch es war ein unfröhliches Lachen. »Das ist meine geringste Sorge. Khan wird uns folgen.«

»Erinnern Sie mich daran, Lieutenant«, sagte Mr. Spock, »mit Ihnen über das menschliche Ego zu sprechen.«

»Mr. Scott«, sagte Kirk ins Intercom, »sind Sie bereit?«

»So bereit, wie ich sein kann, Admiral.«

»Mr. Sulu.«

»Kurs festgelegt, Sir: Mutara-Nebel.«

»Beschleunigung auf vollen Impuls-Schub ...« – er wartete, bis nur noch wenige Bogen-Sekunden übrig waren, bevor der Orbit der *Reliant* sie in Sichtweite der *Enterprise* bringen mußte – »*jetzt!*«

Auf dem Bildschirm schnellten die Koordinaten, die die lineare Beschleunigung des Schiffes angaben, steil in die Höhe. Die *Enterprise* schoß aus dem Orbit.

Eine Sekunde später tauchte die *Reliant* hinter dem Horizont von Regulus I auf, und ihr Kurs und ihre Geschwindigkeit änderten sich radikal.

»Sie haben uns entdeckt«, sagte Mr. Sulu.

Dr. McCoy hatte die gründliche Untersuchung Pavel Chekovs fast abgeschlossen, als der Gefechtsalarm ertönte. Wieder erlebte er das nur zu bekannte Zusammenziehen seines Magens.

Lange Zeit hatte er geglaubt, daß seine Reaktion etwas so Simples wie Angst wäre, doch mit der Zeit, je besser er sich kennenlernte, erkannte er, daß es mindestens genausoviel Widerwillen war, junge Menschen zusammenzuflicken – und manchmal zu verlieren – die überhaupt nicht verwundet werden sollten. Normalerweise waren sie nicht so jung wie Peter Preston – doch selten sehr viel älter.

Zumindest – zu McCoys Verwunderung und Erleichterung – hatte Chekov eine gute Chance, wieder völlig hergestellt zu werden. Es war Tatsache, daß diese ekelhafte Kreatur sich in seinem Kopf eingenistet hatte; doch obwohl sie die *dura mater* die arachnoide Membran und die *pia mater* durchstoßen hatte und ins Gehirn selbst eingedrungen war, hatte sie bis zum Zeitpunkt ihres Austritts kein Gehirngewebe zerstört. Sie hatte es sich stattdessen in den *sulci* zwischen den Gehirnwindungen bequem gemacht. Zweifellos würde sie größeren Schaden angerichtet haben, wenn sie länger geblieben wäre, doch so wie es jetzt stand, war Chekovs Zustand nicht anders, als nach einer schweren Gehirnerschütterung. McCoy konnte keinerlei Infektionen feststellen. Pavel Chekov hatte wirklich Glück gehabt.

Das Schiff erbebte.

»Was war das?« David Marcus war im Lazarett auf und abgegangen, nervös wie eine Katze, als ob er verfolgt würde. Es gab jetzt sehr wenig zu tun. Wenn sie Glück hatten, würde es auch so bleiben.

»Impulsantrieb«, sagte McCoy.

»Was hat das zu bedeuten?«

»Ich glaube, mein Sohn, daß die Jagd beginnt.«

»Ich gehe nach oben.«

»Auf die Brücke? Nein, das werden Sie nicht tun! Sie wären da nur im Weg. Am besten bleiben Sie hier, David.«

»Verdammt, es muß doch irgendetwas geben, das ich tun kann.«

»Nein, es gibt nichts«, sagte McCoy. »Und auch ich kann nichts tun. Wir können nur warten, bis sie aufeinander zu ballern beginnen, und wünschen, daß wir sie daran hindern könnten. Das ist der Jammer bei diesem Job.«

Khan Singh lachte amüsiert über den lächerlichen Versuch der *Enterprise*, ihm entkommen zu wollen. Die *Reliant* beschleunigte unter vollem Impulsschub und schnellte aus dem Orbit hinter James Kirks angeschlagenem Schiff her.

»So«, sagte er zu Joachim. »Sie sind also nicht ganz so hilflos, wie sie es uns glauben machen wollten. Aber dadurch wird die Jagd interessanter, als ich gehofft hatte, mein Freund.«

Joachim schaltete einen Tele-Scan ihres Kurses auf den Bildschirm; er zeigte die *Enterprise* und weit voraus die großen, undurchsichtigen Wolken eines nahen Staubnebels.

»Mylord, wir verlieren unsere Überlegenheit, wenn wir ihnen in diese Staubfelder folgen. Ich bitte dich ...«

Khan brachte ihn zum Schweigen. Joachim sprach in letzter Zeit wie ein Verräter. Khan beschloß, ihm eine letzte Chance zu geben.

»Nimm die *Enterprise* unter Beschuß!« befahl er.

Der Phaser stieß eine lange Zunge grellen Lichts aus. Sie leckte an der Bordwand der Gondel des Steuerbord-Antriebs der *Enterprise* entlang. Das Starship holte über und begann zu schwanken, sein Kurs wurde zu einer Spirale.

Die *Enterprise* holte über; ihr künstliches Schwerkraftfeld spannte sich, vibrierte und stabilisierte sich schließlich wieder. McCoy schloß die Augen, bis er das Gleichgewicht wiedergefunden hatte.

Es geht los, dachte er bitter.

Chekov stieß einen unartikulierten Schrei aus und fuhr auf, einen wilden Ausdruck in seinen Augen.

»Nicht aufregen«, sagte McCoy.

»Ich muß dem Captain helfen ...«

»*Nein*. Hören Sie zu, Pavel. Sie haben verdammt viel durchgemacht. Sie sind nicht bei Kräften, und Sie haben Ihren Gleichgewichtssinn verloren.«

»Aber ...«

»Sie können sich freiwillig wieder hinlegen, oder ich sorge durch eine Spritze dafür, daß Sie im Bett bleiben. Was ist Ihnen lieber?«

Pavel versuchte wieder, die Beine aus dem Bett zu schwingen. Er verlor dabei fast das Bewußtsein. McCoy fing ihn auf und ließ ihn vorsichtig auf das Bett zurückgleiten. Das Gesicht des jungen Russen war totenbleich.

»Werden Sie *jetzt* liegen bleiben?«

Chekov nickte kaum merklich, ohne die Augen zu öffnen.

Das Schiff erbebte wieder. Carol Magnus, die aus dem Instrumentenraum kam, wo sie Chris Chapel geholfen hatte, taumelte, gewann dann ihr Gleichgewicht wieder. Der Blumenkranz glitt von ihrem Haar. Sie fing ihn auf, starrte darauf, als ob sie ihn noch nie zuvor gesehen hätte, und legte ihn sorgfältig beiseite.

»Dr. McCoy, ich kann nicht nur herumsitzen. Ich denke ständig an ... Bitte, geben Sie mir etwas zu tun!«

»Wie ich bereits David erklärt habe«, sagte McCoy grimmig, »*gibt* es nichts zu tun ...« Er erkannte, wie verzweifelt sie nach etwas suchte, das sie beschäftigte. »Aber Sie können mir helfen, den Operationsraum vorzubereiten. Ich erwarte Kundschaft.«

Marcus erbleichte, doch sie machte keinen Rückzieher.

Wenn das, was sie und der Junge in den letzten beiden Tagen durchgemacht haben, sie nicht zerbricht, kann nichts sie zerbrechen, dachte McCoy.

Marcus blickte umher.

»Wo ist David?« fragte sie.

»Ich weiß nicht – eben war er noch hier.«

»Ionen-Konzentration ansteigend«, sagte Mr. Spock. »Ungefähr zwei Minuten bis Überbelastung der Sensoren und Zusammenbruch der Schilde.«

Das Schiff pflügte weiter. Große Mengen von ionisierten Gasen und Staub wurden von den Schilden als Energie im visuellen Spektrum zurückgestrahlt. Die Sensoren übertrugen das Phänomen auf den Bildschirm, über den vielfarbige Flammen zuckten. Das harte Knistern von Statik übertönte Gespräche und Informationsaustausch auf der Brücke. Der scharfe Geruch von Ozon hing in der Luft.

Die *Reliant* feuerte wieder. Die *Enterprise* erschauerte. Wenn die Schilde auch nicht mehr stabil waren, zumindest hielten sie.

»Die *Reliant* kommt rasch näher«, meldete Saavik.

»Ihnen paßt es nur nicht, daß wir dort hineingehen«, sagte Kirk und deutete mit einem Kopfnicken auf den Bildschirm.

»Eine Minute«, sagte Spock.

Die Tür des Turbo-Lifts glitt auf, und David Marcus kam auf die Brücke.

»Admiral, die *Reliant* nimmt Geschwindigkeit zurück.«

»Uhura, stellen Sie eine Verbindung her.«

»Jawohl, Sir.«

Khan spürte, wie der Schub der Impulstriebwerke nachließ, und sie dann im Umkehrschub flüsterten. Sofort erweiterte sich der Abstand zwischen der *Reliant* und der *Enterprise*.

»Joachim, warum gehen wir mit der Geschwindigkeit herunter?«

»Mylord, wir dürfen ihnen nicht in den Nebel folgen. Unsere Schilde werden zusammenbrechen ...«

»Khan, hier spricht James Kirk.«

Khan versuchte, seiner Wut Herr zu werden.

James Kirk begann zu lachen. »Überlegener Intellekt!« sagte er mit verächtlichem Sarkasmus. »Sie sind ein Idiot, Khan, ein brutaler, mörderischer, lächerlicher Idiot.«

»Volle Impulskraft!« Khans Stimme war ein kehliges Knurren.

Joachim stand auf und trat vor ihn hin. »Mylord, nein! Du hast doch alles! Du hast Genesis!« Er blickte Khan in die Augen, und diesmal wurde er nicht schwach. Khan wollte zur Ruderkonsole, doch Joachim vertrat ihm den Weg.

»Mylord ...!« sagte er flehend.

»Volle Kraft!« schrie Khan.

Er schlug seinem Freund mit der furchtbaren Kraft der Wut die Faust ins Gesicht. Der Schlag riß Joachim von den Füßen und schleuderte ihn über die Kontrollkonsole hinweg. Er krachte hart gegen die vordere Wand, lag ein paar Sekunden lang reglos und stemmte sich dann empor.

»Volle Kraft, zum Teufel!« Khan griff nach der Konsole und gab volle Energie auf die Maschinen.

Spock blickte auf die taktische Darstellung. Das Zurückbleiben der *Reliant* hatte aufgehört; das Schiff schoß nun unter voller Impulsenergie voran.

»Khan Singh verfügt zumindest über eine bewundernswerte Eigenschaft«, sagte der Vulkanier.

»So?« sagte Kirk. »Und welche?«

»Er ist äußerst hartnäckig.« Spock warf einen Blick auf die Ionisierungs-Anzeigen. Das Schiff befand sich technisch bereits seit einiger Zeit innerhalb des Nebels. Jetzt näherte es sich einem dichten Staubgürtel, wo Druckwellen von dem ursprünglichen explodierenden Stern aufeinanderstießen und ineinanderliefen. Der Energie-Flux und die Konzentration von Masse mußte die Operationen der *Enterprise* bald noch stärker beeinflussen.

»Sie folgen uns«, sagte Mr. Sulu.

»Sensoren-Überbelastung ... jetzt!« Fast im gleichen Moment brach das Bild auf dem großen Schirm auseinander.

Sulu steuerte das Schiff blind durch die Wolke von Gas und Staub und Energie.

Joachim kehrte auf seinen Platz an der Ruderkonsole zurück, durch Verwirrung zum Gehorsam gezwungen. In all den Jahren, in denen er seinem Herrn gedient hatte, bei all den Gelegenheiten, wo er die Gewalttätigkeiten erlebt hatte, zu denen Khan neigte, war er doch nie selbst das Objekt seiner Wut gewesen. Khan hatte ihn nie geschlagen. Bis jetzt.

Joachim war oft in Kämpfe verwickelt gewesen; er hatte sogar, in seinen jüngeren Jahren, einige verloren. Keiner hatte ihn so verstört wie dieser einzige Schlag von Khan Singh. Seine Hände zitterten über den Kontrollknöpfen, teils vor Scham, und teils vor Wut. Er hatte geschworen, Khan bis in den Tod zu folgen. Es gab keinen Raum für Kompromisse: der Eid enthielt keine Einschränkungen. Keine Einschränkung für Wahnsinn, keine Einschränkung für Verrat.

Die Freiheit lag Khan greifbar nahe; und doch warf er sie fort. Joachim fühlte sich in der Tat von ihm verraten.

Die *Enterprise* verschwand in einer dichten Staubformation, eine Ranke explodierter Materie von dem Pulsar im Zentrum der einstmaligen Supernova.

»Folge ihm!« sagte Khan.

Joachim schwieg und gehorchte.

Das Bild auf dem großen Schirm löste sich in ein Gewirr von Formen und Farben auf, durch das hin und wieder ein Blitz von den elektromagnetischen Feldern des Pulsars zuckte.

»Taktisch!« schrie Khan.

»Inoperativ«, sagte Joachim mit ausdruckslosem Gesicht.

»Schilde aktivieren!«

»Inoperativ.« Joachim erkannte, daß der Rumpf des Schiffes die Belastungen des hochkonzentrierten Staubes nicht mehr lange aushalten würde, jedenfalls nicht bei der Geschwindigkeit, die sie jetzt machten.

»Reduziere Geschwindigkeit«, sagte er kühl.

Er konnte Khans Blicke in seinem Rücken brennen fühlen, aber diesmal protestierte Khan nicht.

Die *Enterprise* brach durch die dichteste Staubkonzentration; die visuellen und taktischen Anzeigen funktionierten wieder, doch die Schilde waren völlig zusammengebrochen. Sulu änderte den Kurs, kroch durch die diffuse Masse des Nebels, unmittelbar außerhalb der Begrenzung, in der die *Enterprise* zwar unsichtbar, aber auch blind war.

Die *Enterprise* hing außerhalb der Wolke und wartete.

»Da kommt sie«, sagte Saavik.

Die *Reliant* pflügte langsam durch den Staub. Sie würde noch ein paar Sekunden lang blind sein.

»Phaser-Zieleinrichtung ausgefallen«, meldete Sulu.

»Tun Sie ihr Möglichstes, Mr. Sulu! Feuer frei!«

Sulu glaubte, das Schiff auf diese Entfernung auch ohne Automatik treffen zu können. Er zielte sorgfältig und genau. Eine winzige Pause:

Feuer!

Die magnetischen Lager des Stabilisierungskreisels explodierten; und die *Enterprise* torkelte. Der Phaserstrahl ging weit am Ziel vorbei.

Sulu zerbiß einen Fluch und jagte die *Enterprise* in den Nebel zurück; im gleichen Augenblick wurde sie von dem anderen Schiff entdeckt. Die *Reliant* feuerte. Der Photonentorpedo fuhr dicht an der *Enterprise* vorbei, doch er entlud seine Energie in die Wolke, und eine Masse aufgeladener Partikel und Strahlen prasselte gegen das Schiff. Sulu hatte Mühe, es wieder ins Gleichgewicht zu bringen.

»Auf Kurs bleiben«, sagte Kirk. »Gut aufpassen . .«

»Auf *was*?« murmelte Lieutenant Saavik. Sie gab mehr Energie auf die Sensoren, verkleinerte den Blickwinkel und ließ den Input durch den Kontrastverstärker laufen.

Für einen Augenblick wurde der Bildschirm klar. Sulu fuhr unwillkürlich zusammen: die *Reliant* erschien riesig auf dem Schirm – und auf Kollisionskurs!

»Ausweichmanöver Steuerbord!«

Zu spät.

Der Phaserstrahl der *Realiant* traf die ungeschützte *Enterprise* auf kurze Entfernung und direkt von vorn. Die Energie-Absorber der primären Ruderkonsole fielen augenblicklich aus. Der Energiestoß fuhr direkt durch die Schaltkreise. Die Hälfte aller Instrumente verschmorte. Sulu spürte einen Energiestoß in seine Hände fahren, der ihn zurückwarf, sein Rückgrat krümmte und ihn schüttelte wie ein riesiges Raubtier, um ihn dann an Deck zu schleudern.

Jeder Muskel in Sulus Körper verknotete sich. Er warf sich auf den Bauch und versuchte, wieder hochzukommen. Er konnte nicht atmen. Der Schmerz in seinen verbrannten Händen schoß durch seinen ganzen Körper, kalt und heiß und unerträglich.

Er verlor das Bewußtsein.

Als Mr. Sulu zu Boden stürzte, sprang Saavik sofort zum Ruder und überprüfte, welche Operationen noch funktionsfähig und welche zusammengebrochen waren.

»Phaser Batterie ein!« sagte Kirk. »Feuer!«

Saaviks Hände waren Verlängerungen der Kontrollknöpfe, ihr Körper war ein Teil des Schiffes.

Sie feuerte.

Der Phaserstrahl der *Enterprise* schlug voll in den Rumpf der *Reliant*. Seine Wucht ließ die Brücke erzittern.

Die Energie fiel sekundenlang aus, und mit ihr die künstliche Schwerkraft und die Beleuchtung. Khans Hände umklammerten die Armlehnen des Kommandantensessels, um nicht herausgeschleudert zu werden, doch durch das Dunkel hörte er das Kreischen von reißendem Metall, und er hörte seine Leute aufschreien und stürzen.

Joachim sackte vorüber auf die Ruderkonsole.

»Joachim!«

Die Schwerkraft kehrte zurück, die Beleuchtung flammte matt auf.

Während die *Reliant* vorwärtsstürmte, ungesteuert und blind, lief Khan zu seinem alten Freund. Er hob ihn auf, so behutsam, wie es ihm möglich war. Joachim schrie vor Schmerz. Khan ließ ihn auf das Deck sinken. Die hervorstehenden Enden gebrochener Knochen knirschten aneinander; Joachims Gesicht war blutüberströmt und aufgerissen. Er streckte tastend eine Hand aus.

Er konnte nicht sehen.

Khan ließ die Berührung zu. Er legte seine Hand auf die Joachims.

»Mylord«, flüsterte Joachim. »Du hast bewiesen ... daß du der ... Überlegene bist ...«

Khan fühlte, wie das Leben aus dem Körper seines Freundes ebbte. Ein paar Sekunden lang fühlte er Verzweiflung. Sein Blick verschwamm: er versuchte, die Tränen zurückzudrängen, doch sie rannen ungehindert über seine Wangen. Dies war es nun, was sein Haß ihm eingebracht hatte.

Doch James Kirk würde den Preis dafür bezahlen.

»Ich werde dich rächen«, sagte Khan zu Joachim, seine Stimme ein drohendes Knurren.

»Ich ... will ... keine ... Rache ..«

Khan ließ seinen Freund behutsam zu Boden gleiten. Er stand auf und ballte die Fäuste.

»Ich werde dich rächen!«

Nachdem die *Reliant* von dem Phaserstrahl der *Enterprise* getroffen worden war, schoß sie geradeaus, ohne jedes Steuermanöver. David Marcus glaubte schon, daß die *Enterprise* den Kampf gewonnen hätte. Doch bei der Brücken-Crew kam kein Jubel auf. Die Leute konzentrierten sich auf den flackernden Bildschirm, murmelten einander wichtige Informationen zu, und über allen lag eine scharfe Spannung wie bei einem Ton der gerade oberhalb der Gehörgrenze liegt.

Kirk sagte ins Intercom: »Arzt auf Brücke! Dringend!«

David riß sich aus der unbeteiligten Distanziertheit eines Beobachters und lief zu dem verwundeten Ruderoffizier.

Sulu atmete nicht. Seine Hände waren stark verbrannt, und seine Haut fühlte sich klamm an. David tastete nach dem Puls und spürte absolut nichts.

David Marcus war kein Arzt. Er wußte lediglich etwas über Erste Hilfe, hatte sie jedoch niemals anwenden müssen. Er atmete tief durch. Die Luft war stickig von dem Geruch nach verbranntem Plastik und verdampftem Metall.

Er bog Sulus Kopf zurück, öffnete seinen Mund, und begann mit Mund-zu-Mund-Beatmung. Er stieß vier Atemzüge in seine Lungen, dann drückte er den Handballen auf das Brustbein des Offiziers und preßte fünfzehn Mal kurz hintereinander. Ein Atemzug, fünfzehn Kompressionen. Sulu reagierte nicht, doch David machte weiter. Ein Atemzug, fünfzehn Kompressionen.

»Schäden, Scotty?« hörte er Kirk fragen.

Für David war alles periphär, mit Ausnahme des Lebens, das in seinen Händen lag. Die oberste Regel der manuellen cardiopulmunären Wiederbelebung hieß: Nicht aufhören! Ganz egal, was geschieht, nicht aufhören!

Ein Atemzug, fünfzehn Kompressionen.

»Admiral«, sagte der Chefingenieur. »Ich kann das Hauptaggregat nicht einschalten! Der Energieerzeuger ist hin. Wenn ich den Reaktor trotzdem anwerfe, wird er kritisch!«

»Scotty, wir brauchen den Hauptantrieb! Sehen Sie zu, daß Sie ihn hinkriegen.«

Ein Atemzug, fünfzehn Kompressionen. Davids Arme und Schultern begannen zu schmerzen.

»Das ist unmöglich, Sir!« schrie Mr. Scott. »Die Strahlung ist zu stark. Ich habe bereits die ganze Elektronik eines Reparatur-Roboters verschmort! Ein Mensch würde es nicht eine Minute da drin aushalten!«

Ein Atemzug, fünfzehn Kompressionen. Die Schmerzen in Davids Schultern wurden allmählich unterträglich. Schweiß strömte über seine Stirn und rann ihm in die Augen. Aber er konnte nicht aufhören und ihn wegwischen.

»Wie lange, Scotty?«

»Das kann ich nicht sagen, Sir. Wir haben mit der Entseuchung begonnen, aber es wird eine Weile dauern . . .«

Ein Atemzug, fünfzehn Kompressionen. David begann zu keuchen. Er hatte nicht gewußt, daß er sich in einer so lausigen Kondition befand. Er hatte im Raumlabor jeden Tag viele Stunden lang gearbeitet, aber meistens im Sitzen; der einzige Sport, den er betrieben hatte, war Null-g-Handball mit Zinaida gewesen, die er manchmal beschuldigt hatte, ihn nur als bewegliche Wand zu benutzen, an der sie den Ball abprallen lassen konnte.

Komm schon, Sulu, dachte er, hilf ein bißchen mit, Mann!

Ein Atemzug, fünfzehn Kompressionen.

Die Tür des Turbo-Lifts glitt auf, und ein medizinisches Team kam auf die Brücke gelaufen.

»Beeilt . . . euch . . . ein . . . bißchen . . .!« rief David atemlos.

Eine junge Ärztin eilte die Stufen herab und kniete sich neben ihn.

»Irgendwelche Reaktionen?«

David schüttelte den Kopf. Sein schweißnasses Haar klebte an seiner Stirn.

»Machen Sie weiter!« sagte die Ärztin. Sie holte einen Injektor aus ihrer Tasche, stellte die Wählscheibe ein und setzte eine lange, starke Nadel auf. »Ich will versuchen, ihm Epinephrin direkt ins Herz zu injizieren. Wenn ich es Ihnen sage, gehen Sie mir bitte aus dem Weg, aber setzen Sie die Beatmung fort! Okay?«

David konnte kaum sehen, weil ihm der Schweiß in die Augen rann. Er nickte. Die Ärztin riß Sulus Hemd auf und legte seine Brust frei. Der Stoff zerriß unter Davids Händen.

»Okay, jetzt!«

Er rutschte rasch zur Seite, blies jedoch weiter Atem in die Lungen des Ruderoffiziers. Wie oft sollte man jemand beatmen? Fünfzehn Mal pro Minute? Er hielt Sulus Kiefer und Hals mit seiner Hand umspannt, konnte aber noch immer keinen Puls fühlen.

Die Ärztin stieß die Nadel in Sulus Brust.

Die Reaktion trat fast in derselben Sekunde ein. Ein Zittern rann durch Sulus Körper, und seine klamme Haut rötete sich. David fühlte einen Puls, flatterig und schnell. Sulu stöhnte leise. David wußte nicht, ob er aufhören oder weitermachen sollte.

Die Ärztin legte ihm die Hand auf die Schulter. »In Ordnung«, sagte sie. »Sie können jetzt aufhören!«

David hörte auf. Er konnte kaum den Kopf heben. Er war schweißgebadet und keuchte. Aber Sulu atmete jetzt wieder.

»Gute Arbeit«, sagte die Ärztin.

»Wie geht es ihm?« fragte Kirk, ohne den Blick vom Bildschirm zu wenden.

»Das kann ich jetzt noch nicht sagen«, sagte die Ärztin. »Er lebt jedenfalls, dank seinem Freund hier.«

Sie warf eine Trage aus, die flatterte, glatt wurde, sich verfestigte. David taumelte auf die Füße und versuchte, ihr zu helfen, Sulu auf die Trage zu legen. Beim Anheben war er keine große Hilfe, weil seine Arme so müde waren, daß er in ihnen kein Gefühl mehr besaß. Doch sobald Sulu auf der schwebenden Trage lag, konnte er sie wenigstens führen. Während die Ärztin begann, sich um Sulus Verbrennungen zu kümmern, schob David die Trage in den Turbo-Lift und dann ins Lazarett.

Pavel Chekov sah und hörte den Beginn der Schlacht; er sah, wie die ersten Verwundeten hereingebracht wurden, wie ihre Zahl immer mehr zunahm. Er lastete sich die Verantwortung für alles an, was geschehen war. Er versuchte sich aufzusetzen, doch McCoy hatte ihn festgeschnallt – es war eine Sicherheitsmaßnahme, kein Zwangsmittel –, und als das Schiff um ihn herum erbebte und vibrierte, konnte er seine Arme befreien und fummelte nach den Schnallen. Das Lazarett drehte sich um ihn; er mußte die Augen schließen, um sein Gleichgewicht wiederzuerlangen.

Für ein paar Sekunden legte er sich wieder zurück. Wozu konnte er auf der Brücke schon gut sein, ein halber Krüppel und krank?

Dann brachten sie Mr. Sulu herein. Dr. Chapel machte ein ernstes Gesicht, als sie seine Lebensimpulse ablas, blickte auf seine Hände und stieß einen leisen Fluch aus.

Chekov riß die Lederriemen herunter, schwang die Beine aus dem Bett und stellte sich auf die Füße. Bei dem herrschenden Durcheinander merkte niemand, daß er aufgestanden war, und wenn doch, so sagte man ihm nicht, daß er sich wieder hinlegen sollte.

Sein Gehör war noch immer einseitig. Beim Ausgang des Lazaretts verlor er das Gleichgewicht und konnte einen Sturz nur verhindern, indem er sich am Türrahmen festklammerte.

Jemand packte ihn bei der Schulter.

»Sie sollten sich lieber wieder hinlegen«, sagte David Marcus. Chekov erinnerte sich aus dem schmerzhaften Nebel von Regulus I vage an ihn.

»Das kann ich nicht«, sagte Chekov. »Ich muß auf Brücke ... Mr. Sulu ...«

»Hören Sie zu ...!«

»*Paschalusta*«, sagte Chekov, »helfen Sie mir! *Bosche moi!* Die Crew des Schiffes besteht doch nur aus Kindern!«

David zögerte. Chekov fragte sich, ob er versuchen müßte, ihn niederzuschlagen, um aus dem Lazarett zu kommen.

David zog Chekovs Arm über seine Schulter und half ihm zum Lift.

Ohne Marcus' Hilfe würde Chekov es nie zur Brücke geschafft haben. Selbst von ihm unterstützt hatte er das Gefühl, gegen einen Strudel anzukämpfen.

Als die Lifttür aufglitt, löste Chekov sich von David Marcus. Admiral Kirk würde ihn sofort ins Lazarett zurückschicken, wenn er nicht einmal auf eigenen Füßen stehen konnte. David schien das zu verstehen; ohne ein Wort des Widerspruchs ließ er ihn los.

Chekov ging vorsichtig über den höheren Teil der Brücke, atmete tief durch und schaffte die Stufen zum niederen Teil, ohne zu stürzen. Neben Kirk blieb er stehen.

»Sir, könnten Sie noch einen Mann gebrauchen?«

Kirk blickte ihn überrascht an. Dann lächelte er.

»Setzen Sie sich auf Ihren alten Platz an der Waffenkonsole, Mr. Chekov.«

»Danke, Sir.«

Auf der Station des Wissenschaftsoffiziers versuchte Mr. Spock, einen Sinn in die verzerrten Informationen zu bringen, die seine Sensoren auffingen.

»Spock, können Sie ihn entdecken?«

»Die Energiewerte sind sporadisch und unbestimmt, aber sie könnten auf extreme radiale Beschleunigung unter voller Impulskraft hindeuten. Backbord, achtern.«

»Er wird jetzt nicht aufgeben«, sagte Kirk. »Er hat mich bis hierher verfolgt, er wird wiederkommen. Aber *woher*, zum Teufel?«

Spock überlegte.

»Admiral«, sagte er. »Khans Intelligenz wiegt nicht seinen Mangel an Erfahrung auf. Alle Manöver, die dic *Reliunt* bisher durchgeführt hat, auch wenn sie noch so tollkühl waren, fanden auf einer einzigen Ebene statt. Er nützt weder die ganzen Fähigkeiten seines Schiffes noch die Möglichkeit des dreidimensionalen Raums.«

Kirk blickte zu ihm zurück und grinste. »Eine meisterhafte Analyse, Mr. Spock. Lieutenant Saavik, abstoppen!«

Saavik bremste das Schiff ab auf Relativgeschwindigkeit Null.

»Gestoppt, Sir.«

»Voller Schub, neunzig Grad von unserem bisherigen Kurs – nach unten.«

»Jawohl, Sir.«

»Mr. Chekov, klar bei Photonentorpedos.«

»Jawohl, Sir.«

Die *Enterprise* schoß steil abwärts in die Schatten des Nebels.

Khan suchte nach irgendeinem Zeichen von Kirk auf dem verzerrten Bild seines Schirms. Um ihn herum lagen die Trümmer seiner Brücke und die leblosen Körper seiner Leute. Ein paar von ihnen stöhnten, lebten also noch, aber das war ihm jetzt egal. Dies war ein Kampf bis zum Tod. Er würde bereitwillig sterben, wenn er Kirk mit in den Tod nehmen könnte.

Die Scanner suchten den Raum um die *Reliant* ab, konnten jedoch nichts finden. Gar nichts – nur die undurchdringlichen Energie-Felder des Nebels.

»Wo ist Kirk?« schrie er. »Wo im Land des Hades steckt er?«

Nichts, niemand antwortete ihm.

Die *Enterprise* steckte mitten in der großen Staubwolke des Mutara-Nebels. Das Schiff war blind und taub. Jim Kirk zwang sich dazu, ruhig und entspannt zu bleiben, als ob er sich um nichts Sorgen zu machen brauchte. Dies war die größte Vorstellung seines Lebens. Das Schiff war schwer beschädigt; jeder Treffer der *Reliant* hatte ihn geschmerzt wie ein Schlag. Und er wußte nicht, was Khan als nächstes versuchen würde. Er konnte nur schätzen, nur raten – und hoffen.

Saavik, die an der Ruderkonsole saß, blickte ihn fragend an.

»Ruhig bleiben, Lieutenant!« sagte er.

Sie nickte und wandte sich wieder ihrer Konsole zu. Chekov hatte sich die ganze Zeit nicht gerührt. Er saß über Sulus Waffenkonsole gebeugt. Er hatte entsetzlich ausgesehen, als er auf die Brücke gekommen war, bleich und krank und kraftlos. Aber Kirk brauchte ihn nun, da Sulu ausgefallen war ... Kirk blickte auf der Brücke umher und sah, daß David wieder da war. Er winkte ihm. Der junge Mann kam die Stufen herab und blieb neben dem Kommandantensessel stehen.

»Wie geht es Sulu?«

»Das wissen sie noch nicht«, sagte David. »Seine Hände sind schwer verbrannt – er wird eine Weile auf der Station bleiben müssen – wenn er am Leben bleibt. Das konnten sie noch nicht sagen. Sein Gehirn könnte beschädigt sein.«

»Du hast schnell reagiert«, sagte Jim. »Er wäre tot, wenn du nicht sofort eingegriffen hättest. Du hast ihm die einzige Chance gegeben, die er hatte. – David, ich bin stolz auf dich.«

Zu Jims Überraschung und Bestürzung reagierte David mit einem Fluch.

»Welches Recht hast du, stolz auf mich zu sein?« sagte er wütend.

Er stürmte auf den oberen Teil der Brücke zurück und stand dort mit finsterem Gesicht, die Arme vor der Brust verschränkt. Er ignorierte Kirks Blick.

Jim wandte sich wieder dem großen Bildschirm zu, wütend und verletzt.

»Klar bei Photonentorpedos?« rief er Chekov zu.

»Photonentorpedos feuerbereit, Sir.«

Der Zwischenfall mit David hatte Jims Konzentration zerbrochen. Er kam sich dumm und albern vor, daß er bei seinem Versuch, dem Jungen seine Freundschaft anzubieten, eine so gründliche Abfuhr erlitten hatte. Es geschah ihm recht, weil er an persönliche Angelegenheiten gedacht hatte, während das Schiff sich in Gefahr befand. Er zwang sich, wieder an das vordringliche Problem zu denken.

»Lieutenant Saavik.«

»Ja, Sir.«

Er war vorher versucht gewesen,›Auf Tauchstation!‹ zu sagen, hatte es jedoch gelassen; jetzt mußte er sich davon zurückhalten, der jungen Vulkanierin zu befehlen, das Schiff wieder an die Oberfläche zu bringen. Schließlich war die *Enterprise* kein Unterseeboot.

Du hast zu viele alte Romane gelesen, Jim, dachte er.

Wenn er versagte, gab es für seine Mannschaft keine See, sondern nur das gnadenlose Vakuum, das mit nichts als Strahlung gefüllt war.

»Beschleunigen! Volle Impulskraft auf Kurs Null und plus neunzig! Nur solange, bis die Sensoren wieder klar sind!«

Das würde sie aus der schlimmsten Staubkonzentration hinausbringen. »Dann wieder stopp!«

»Jawohl, Sir«, sagte sie und führte den Befehl aus.

Die künstliche Schwerkraft war stabil, doch so niedrig, daß Kirk den Andruck fühlte; sie schossen direkt nach oben. Der Bildschirm war noch immer tot, doch als sie die Gaswolke verließen, wurde er allmählich klar.

Die brodelnde Masse von Staub und Gasen glitt von Kirks Schiff zurück wie die See von den Flanken eines riesigen Wals. Und als sie sich gelichtet hatten – lag die *Reliant* direkt voraus.

Volltreffer! dachte Jim Kirk.

»Mr. Chekov!«

»Torpedos feuerbereit, Sir.«

»Feuer!«

Chekov legte den Hebel um.

Die Torpedos schossen davon.

In der absoluten Stille des absoluten Vakuums fuhren die Torpedos in das feindliche Schiff und explodierten.

Die Steuerbord-Maschinengondel der *Reliant* wurde losgerissen, wirbelte durch den Raum und explodierte lautlos.

Die *Reliant* reagierte überhaupt nicht. Das Schiff blieb stur auf seinem Kurs.

»Feuer einstellen!« sagte Kirk. »Aufpassen!«

Die Brücken-Crew beobachtete, wartete. Es war zu früh, um sicher sein zu können.

»Kurs angleichen, Lieutenant«, sagte Kirk zu Saavik.

Sie gehorchte: die *Enterprise* folgte der *Reliant* und manövrierte, bis ihre Relativgeschwindigkeit Null war und die *Reliant* vor ihnen im Raum stillzustehen schien.

»Unser Energieniveau ist extrem niedrig, Sir«, sagte Lieutenant Saavik.

Kirk rief über das Intercom den Maschinenraum. »Mr. Scott, wie lange dauert es noch, bis Sie die Haupttriebwerke wieder einschalten können?«

»Mindestens zehn Minuten, Sir. Ich kann niemand hineinschicken, bevor nicht die Radioaktivität beseitigt ist.«

Kirk runzelte die Stirn und schaltete das Gerät aus. »Commander Uhura, senden Sie an den Kommandanten der *Reliant*: Bereiten Sie sich auf Enterkommando vor!«

»Jawohl, Sir.«

Ihre langen, schlanken Hände fuhren über die Bedienungsknöpfe ihrer Konsole.

»An den Kommandanten der *Reliant*, dies ist U.S.S. *Enterprise*. Wir fordern Sie auf, sich zu ergeben und sich auf ein Enterkommando vorzubereiten. Ich wiederhole: Bereiten Sie sich auf Enterkommando vor.«

Khan, der auf dem Deck der Brücke der *Reliant* lag, hörte den Triumph in der Stimme des Kommunikationsoffiziers der *Enterprise*. Er stöhnte und stemmte sich auf. Er dachte nicht daran, sich geschlagen zu geben. Blut rann über seine rechte Gesichtshälfte, und sein rechter Arm war zertrümmert. Er konnte den Knochen durch die Haut des Unterarms spießen sehen. Er fühlte den Schmerz, fand sich mit ihm ab, verdrängte ihn schließlich. Schock betäubte ihn, putschte ihn jedoch gleichzeitig auf und verlieh seiner Wut eine scharfe Schneide.

Er torkelte auf die Füße. Sein zerschmetterter Arm pendelte gegen seine Hüfte. Er packte die nutzlose rechte Hand und schob sie in den Gürtel, damit sie ihm aus dem Wege war.

»Nein, Kirk«, flüsterte er und grinste. »Unser Spiel ist noch lange nicht zu Ende. Ich bin noch nicht bereit, aufzugeben.«

»Achtung *Reliant!* Bereiten Sie sich auf Enterkommando vor!« Der große Bildschirm flackerte, doch Khan brauchte ihn nicht, um zu wissen, daß die *Enterprise* sich ihm näherte, selbstsicher und arrogant in der Gewißheit des Sieges.

Khan taumelte von der Brücke und zum Frachtraum ...

Lachend.

Auf der *Enterprise* beobachtete Mr. Spock seine Instrumente sehr genau, während sie auf eine Antwort von der *Reliant* warteten. Vielleicht war Khan bei dem letzten Angriff getötet worden. Vielleicht ...

Spock glaubte nicht daran. Die Antriebe, sowohl Impuls- als auch Warp-Antrieb, waren zerstört, und die Brücke war schwer beschädigt, doch er konnte in diesem Sektor keinen Bruch im Rumpf feststellen.

»*Enterprise* an *Reliant*«, sagte Uhura wieder. »Sie werden aufgefordert, Ihr Schiff zu übergeben und sich auf ein Enterkommando vorzubereiten. Auf Befehl von Admiral James T. Kirk, Admiralstab von Starfleet.«

Nichts.

»Es tut mir leid, Sir«, sagte Uhura. »Keine Antwort.«

Kirk stand auf. »Wir werden uns an Bord beamen. Lassen Sie den Transmitter-Raum klar machen!«

Spocks Aufmerksamkeit wurde von einem eigenartigen Energiemuster auf einem seiner Sensoren gefesselt.

»Admiral, die *Reliant* strahlt eine Energiewelle aus, die ich noch nie gesehen habe.«

David Marcus, der in der Nähe des Turbo-Lifts stand, runzelte die Stirn und lief zum Wissenschaftsoffizier. Er beugte sich über Spocks Sensor.

»Gott im Himmel«, sagte er fast unhörbar.

Spock hob eine Braue.

»Das ist die Genesiswelle!« sagte Marcus.

»Was?«

Marcus wandte sich Admiral Kirk zu. Sein Gesicht war aschfahl.

»Khan hat Genesis!« sagte David Marcus. »Er hat den Torpedo scharf gemacht! Er baut jetzt Energie für die Detonation auf!«

»Wie lange . . .?«

»Wenn er unsere Programmierung nicht verändert hat, vier Minuten.«

»Scheiße!« sagte Kirk. Er sprang die Stufen hinauf und schlug mit der Hand auf den Rufknopf des Turbo-Lifts. »Wir beamen uns an Bord und stoppen das Ding! Mr. Spock . . .«

»Du kannst es nicht stoppen!« rief David. »Wenn der Prozeß einmal angelaufen ist, gibt es kein Zurück mehr!«

Kirk lief zu seinem Platz zurück und stieß mit dem Finger auf einen Knopf des Intercom.

»Scotty!«

Er erhielt nur Statik. Er sagte trotzdem: »Scotty, ich brauche in drei Minuten Warp-Geschwindigkeit, oder wir sind alle erledigt!«

Das Intercom knisterte. Keine Antwort.

Spock beobachtete alles sehr aufmerksam. Er wußte, was Mr. Scott sagen würde, wenn man ihn erreichte: Dekontamination dauert noch mindestens sechs Minuten, und in der Strahlung würde kein Mensch es auch nur lange genug aushalten, um die notwendigen Behelfsmaßnahmen durchführen zu können, damit die Warp-Antriebe wieder eingeschaltet werden können. Von seinem Studium der Arbeit von Marcus kannte er die ungeheure Geschwindigkeit der Genesiswelle, und er kannte auch die Geschwindigkeit, die sein Schiff mit den beschädigten Impulsantrieben laufen konnte. Es war aussichtslos.

»Scotty!«

Spock traf seine Entscheidung.

»Saavik«, sagte Kirk. »Bringen Sie uns weg von hier! Volle Impulskraft!«

»Jawohl, Sir.« Sie hatte sich darauf vorbereitet. Sowie er den Befehl ausgesprochen hatte, schwang die *Enterprise* um hundertachtzig Grad herum und kroch von der *Reliant* fort.

Spock erlaubte sich einen Augenblick des Stolzes. Saavik würde ein erstklassiger Offizier werden; sie würde das Potential erfüllen, das er in dem verdreckten, barbarischen, halbblütigen Hellguard-Kind entdeckt hatte. Er wünschte, er wäre in der Lage, sie noch ein wenig länger zu führen.

Doch auf diese Weise war sie freier, ihren eigenen Weg zu finden.

Als die Tür des Turbo-Lifts aufglitt, trat Spock hinein.

Khan Singh fühlte heißes Blut aus seiner Schläfe quellen, aus seinem Arm, und aus seinen Lungen. Er hustete Blut und spuckte es aus. Seine kalte Hand streichelte den Genesis-Torpedo. Er war scharfgemacht und bereit.

Khan taumelte und brach in die Knie.

»Nein«, sagte er, »hier will ich nicht sterben.«

Er torkelte zum Turbo-Lift. Er trug ihn aufwärts. Als er die Brücke erreichte, konnte er ihn nur kriechend verlassen. Auf der obersten Stufe brach er zusammen, doch von hier aus konnte er den großen Bildschirm sehen.

Die *Enterprise* kroch langsam fort. Khan begann zu lachen. Der Schmerz kehrte zurück, und er bekam einen Hustenanfall. Er spürte, wie das Blut aus seinen Lungen in der Brusthöhle anstieg. Er hatte nicht mehr viel Zeit. Aber sie würde ihm reichen.

»Du kannst mir nicht entkommen, James Kirk«, murmelte er. »Hades hat mich gerufen, doch noch aus seinem Herzen trifft dich mein Dolch ...«

Er starrte auf die *Enterprise,* die den Schwanz eingezogen hatte und vor ihm floh. Er lachte.

Ein brennender Schmerz raste durch seinen Körper. Er schrie.

»Um des Hasses willen ... spucke ich dir meinen letzten Atemzug ins Gesicht ...«

Joachims Leiche lag nur eine Armeslänge entfernt. Der Leichnam seiner Frau, längst zu Staub geworden, lag ein halbes Lichtjahr entfernt. Bald würden weder Raum noch Zeit irgendeine Bedeutung haben, und er würde wieder mit seiner Geliebten und mit seinem Freund beisammen sein.

Er kroch auf Joachim zu, streckte den Arm aus und berührte die kalte, steife Hand.

Dunkelheit umfing sein Bewußtsein.

Spock betrat den Maschinenraum. Grellrote Warnlichter blinkten und tauchten die Gestalten der Mannschaft in ein blutfarbenes Licht. Dr. McCoy kniete in der Mitte des Raums und bemühte sich, das Leben eines Mannes zu retten.

Die anderen arbeiteten wie besessen, um mehr Energie auf die Impulstriebwerke geben zu können. Sie wußten – sie mußten wissen – daß alle ihre Mühen vergebens waren. Wenn die Genesiswelle einmal begonnen hatte, verbreitete sie sich, bis sie absolutes Vakuum erreichte, umfaßte und zersetzte jedes Atom von Materia innerhalb des Mutara-Nebels, ob gasförmig oder fest, lebend oder tot.

Ohne ein Wort zu sprechen oder seine Anwesenheit anzukündigen, schritt Spock an Dr. McCoy vorbei zum Hauptreaktorraum. Er begann, den Überbrückungscode der Sicherheitssperre einzutasten.

»Haben Sie Ihren vulkanischen Verstand verloren?«

McCoy packte ihn bei der Schulter und riß ihn herum. Es war ein reiner Willensakt, denn der Arzt war Spock bei weitem nicht gewachsen.

Schweigend blickte Spock ihn an. Er fühlte sich von allem weit entfernt: von dem Schiff, von ihrer Gefahr, vom Universum selbst.

»Kein Mensch kann die Strahlung da drin ertragen!« schrie McCoy.

»Aber Doktor«, sagte Spock und fühlte eine gewisse unvulkanische Zuneigung zu dem Mann, der ihn aufhalten wollte. »Sie selbst haben doch immer wieder betont, daß ich nichts Menschliches an mir habe.«

»Sie können da nicht hineingehen, Spock!«

Spock lächelte Dr. McCoy an. Er war so völlig und beruhigend berechenbar. Spock konnte ihr Gespräch in seinen Gedanken vorwegnehmen und wußte alles, was der Arzt sagen würde, alles, was er ihm antworten würde.

»Ich bedaure sehr, daß uns keine Zeit für eine logische Diskussion bleibt, Doktor«, sagte er. »Ich habe meine Gespräche mit Ihnen immer sehr genossen.«

Mit dem sonderbar menschlichen, atavistischen Instinkt für Gefahr ahnte McCoy, was Spock vorhatte, und wollte ihn mit Gewalt davon abhalten. Doch Spock war zu schnell für ihn. Seine Finger fanden den Nerv zwischen McCoys Hals und Schulter, drückten zu. McCoys Augen rollten zurück, und er brach zusammen. Spock fing ihn auf und ließ ihn sanft auf das Deck sinken.

»Sie waren mir ein guter Gegner und Freund«, sagte er.

Er beendete die Codierung zum Ausschalten der Sicherungssperre des Reaktorraums und trat in den heulenden Energieflux.

Anfangs empfand er ihn als recht angenehm, wie helles Sonnenlicht. Spock trat auf den Reaktor zu. Die Strahlung wurde stärker, und sein Körper interpretierte sie als Hitze.

Er griff nach den Brennstäben. Eine Strahlenaura bildete sich um seine Hände; die Strahlen schossen nach vorn, nach außen, und sogar rückwärts, drangen in seinen Körper ein. Er konnte seine Blutgefäße sehen, seine Knochen. Es war überaus faszinierend.

Während er arbeitete, erinnerte er sich an Ereignisse in seinem Leben, die ihm intellektuelle und sogar – er konnte es jetzt zugeben, und wer konnte ihm noch einen Vorwurf daraus machen? – emotionelle Freude bereitet hatten. Fragmente von Musik – Respighi, Q'orn, Chalmers – und bestimmte Erkenntnisse auf den Gebieten der Physik und der Mathematik. Freundschaften – und sogar Liebe, die er nie zuvor zugegeben hätte.

Er zog die Stäbe aus ihren Halterungen; die Strahlung liebkoste ihn wie eine betrügerische Geliebte.

Er fand sich mit den Dingen ab, die er bedauerte: die Erwartungen, die er nicht hatte erfüllen können; da er weder Mensch noch Vulkanier war, war es ihm nicht gelungen, jeden Teil seines Erbes ganz zu erfüllen. Vielleicht konnte seine Einmaligkeit dafür ein wenig kompensieren. Er hatte versucht, diesen Gedanken Saavik klarzumachen, die vor den gleichen Problemen stehen würde und mit ihnen fertig werden mußte.

Strahlung sang in seinen Ohren und übertönte beinahe die Schreie von Mr. Scott und Dr. McCoy, die auf der anderen Seite der strahlungssicheren Glasscheibe standen und ihm zubrüllten, er solle herauskommen, sofort herauskommen!

»Captain, bitte . . .!« schrie Scott.

Der einzige wirkliche Captain der *Enterprise* war James Kirk, war es immer gewesen. Spock hatte das Schiff lediglich treuhänderisch für ihn verwahrt; doch jetzt war es Zeit, es seinem wirklichen Herrn zurückzugeben.

Spock spürte, wie die Zellen seines Körpers von der Strahlung zertrümmert wurden. Er wischte sich den Schweiß von der Stirn, und ein dunkler Blutstreifen blieb auf seinem Ärmel zurück. Blutergüsse breiteten sich auf seinen Händen aus.

Schmerz kroch von den Nervenenden zu seinem Rückgrat, in sein Gehirn, und er konnte ihn nicht länger unterdrücken.

Seine Finger umspannten die manuelle Kontrolle, die den Hauptgenerator wieder zum Leben erwecken würde. Er stemmte sich mit aller Kraft gegen den Hebel, und das Rad begann sich zu drehen. Sein geschundenes Fleisch, seine schmerzenden

Knochen wehrten sich gegen die eiserne Selbstkontrolle, mit der er sich aufrecht hielt. Er spürte, wie seine Haut bei dem Druck gegen das glatte Metall zerfaserte, zusammen mit seinem Blut daran kleben blieb.

»Mein Gott, Spock! Kommen Sie raus, Mann!« McCoy hämmerte gegen die Glasscheibe.

Spock lächelte. Es war längst zu spät.

Die Hauptgeneratoren stöhnten und protestierten, dann sprangen sie dröhnend an.

Auf dem großen Bildschirm der Brücke sahen sie die *Reliant* zurückbleiben, aber langsam, zu langsam.

»Zeit!« sagte Kirk wieder. Es konnte nicht mehr als eine Minute verstrichen sein, seit er zum letztenmal danach gefragt hatte; ihnen blieben nur noch einige Sekunden, und nicht mehr.

»Drei Minuten, dreißig Sekunden«, antwortete Saavik.

»Entfernung von der *Reliant*?«

»Vierhundert Kilometer«, sagte Chekov.

Jim blickte David an. Sein Sohn erwiderte seinen Blick und schüttelte den Kopf.

»Hauptgeneratoren wieder in Funktion!« rief Chekov.

»Gott segne dich, Scotty«, sagte Kirk. »Saavik – *los!*«

Sie brachte das Schiff ohne jede Vorbereitung auf Warp-Gechwindigkeit.

Die *Reliant* wurde zu einem winzigen Lichtpunkt auf dem Bildschirm.

Der Lichtpunkt explodierte.

Die Genesiswelle raste durch den Staub des Nebels auf sie zu und zersetzte alles, was ihr in den Weg geriet. Jim starrte auf das Phänomen, die Hände zu Fäusten geballt. Saavik zwang einen weiteren Warp-Faktor aus dem protestierenden Schiff, und es raste von dem Nebel fort in die Tiefe des Raums.

Die riesige Nebelwolke wurde zu einer Spirale, die sich um ihren Mittelpunkt drehte, der einst die *Reliant* gewesen war. Sie zog sich sehr rasch zusammen, wurde kleiner. Kirk starrte mit einer Mischung aus Ehrfurcht und Entsetzen auf das Bild, das sich ihm bot.

»Geschwindigkeit drosseln!« sagte er leise.

Saavik führte den Befehl aus. Der neue Planet stabilisierte sich hinter ihnen.

Die Tür des Turbolifts glitt auf, und Carol Marcus trat auf die Brücke. Sie sagte kein Wort.

Jim hörte sie kommen, wandte sich um und streckte ihr die Hand entgegen.

»Carol, mein Gott, sieh dir das an . . .« Es war ein so wunderbarer Anblick, daß ihm Tränen in die Augen stiegen.

Carol nahm seine Hand.

Kirk rief über das Intercom den Maschinenraum.

»Gut gemacht, Scotty«, sagte er.

Er blickte über die Schulter zur Station des Wissenschaftsoffiziers.

»Spock . . .!«

Er blickte umher und runzelte die Stirn.

»Wo ist Spock?«

Saavik erschauerte und sank in sich zusammen. Sie blickte Kirk nicht an.

»Er ist gegangen«, flüsterte sie. »Er ist . . . in den Maschinenraum gegangen.« Sie bedeckte ihr Gesicht mit den Händen.

Kirk starrte sie entsetzt an.

»Jim!« McCoys Stimme klang hart und gepreßt aus dem Intercom. »Ich bin im Maschinenraum. *Komm sofort herunter!* Schnell, Jim!«

Zum erstenmal, seit er die Verfolgung von Khan Singh aufgenommen hatte, spürte James Kirk eiskalte Angst.

»Saavik, übernehmen Sie das Kommando!«

Er sprintete zum Lift.

9. KAPITEL

Jim Kirk lief die Korridore seines Schiffes entlang. Sie waren ihm noch nie so endlos erschienen, so kalt.

Er erreichte den Eingang zum Maschinenraum und stützte sich gegen die Wand. Es war ein Chaos. Überall blinkten rote Warnlampen, Sirenen heulten, Verwundete stöhnten, Sanitäter und Ärzte hetzten hin und her, um sie zu versorgen und ins Bordlazarett zu schaffen.

Endlich hatte sich sein Atem etwas beruhigt.

»Spock ...?«

Scott und McCoy, die vor dem strahlensicheren Glas des Reaktorraums standen, wandten sich zu ihm um, und auf ihren Gesichtern stand Entsetzen. Er begriff sofort, was geschehen war, was Spock getan hatte. Er drängte sich an den beiden vorbei und griff nach der Entriegelung des Luks. Scott zog ihn zurück.

»Das dürfen Sie nicht tun, Sir. Die Strahlungsintensität ist viel zu hoch ...«

»Er wird sterben!«

McCoy umfaßte seine Schulter. »Er ist schon tot, Jim. Er ist schon tot.«

»Oh, Gott ...«

Jim preßte sein Gesicht gegen das dicke Glas und schirmte mit Armen und Händen Licht und Reflexionen ab.

Mr. Spock hockte neben dem Luk am Boden und versuchte vergeblich, sich hochzustemmen.

»Spock!«

Spock hob kaum den Kopf, als er Jims Stimme durch das dicke Glas hörte. Er griff nach dem Intercom; seine Hand war blutig und zitterte.

»Spock ...!« sagte Jim leise.

»Das Schiff ...?« Sein Gesicht war mit entsetzlichen Brandwunden bedeckt, und der Klang seiner Stimme hätte Kirk fast seine Trauer hinausschreien lassen.

»Außer Gefahr, außer Reichweite der Genesiswelle. Dank Ihnen, Spock.«

Spock rang nach Luft.

»Spock! Verdammt, oh, verdammt . . .!«

»Trauern Sie nicht um mich. Die Bedürfnisse der vielen . . .«

». . . sind wichtiger als die Bedürfnisse der wenigen«, flüsterte Kirk. Doch er konnte nicht mehr daran glauben; und wenn er es tat, so zählte es nicht. Nicht diesmal.

»Oder des einen.« Spock zog sich auf die Füße und preßte seine blutenden Hände gegen das Glas.

Jim drückte seine Hände auf die gleichen Stellen, so daß sie nur von der Stärke des Glases voneinander getrennt waren, als ob er auf diese Weise irgendwie Spocks Gedanken berühren könnte, ihm einen Teil seiner Schmerzen abnehmen und ihm etwas von seiner eigenen Kraft geben könnte. Aber er konnte ihn ja nicht einmal berühren.

»Nicht . . . trauern . . .«, sagte Spock noch einmal. »Es mußte getan werden. Und ich allein konnte es tun. Deshalb war es nur logisch . .«

Deine verdammte Logik, Spock, dachte Jim. Tränen rannen über seine Wangen. Er konnte kaum noch sehen.

»Ich habe nie den *Kobayashi-Maru*-Test gemacht«, sagte Spock stockend. Seine Stimme war kaum noch hörbar; er mußte eine Pause machen und tat einen tiefen, zitternden Atemzug, bevor er fortfuhr: »Ich habe mich oft gefragt, was meine Antwort sein würde. Ich fürchte . . . keine . . . sehr originelle Lösung . . .«

»Spock!«

Saaviks Stimme sagte aus dem Intercom: »Captain, der Genesis-Planet entsteht. Er ist so wunderschön, Mr. Spock . . .«

Wütend schlug Kirk auf den Knopf des Intercom und brachte Saaviks Stimme zum Schweigen. Doch Spock nickte mit geschlossenen Augen, und vielleicht, vielleicht lächelte er sogar ein wenig.

»Jim«, sagte er, »ich bin immer Ihr Freund gewesen und werde es immer bleiben. Dafür bin ich dankbar. Leben Sie lange und glücklich . . .«

Seine langen Finger krümmten sich zu blutigen Klauen; die Agonie der Verstrahlung verzerrte sein Gesicht. Er stürzte zu Boden.

»Spock!« schrie Jim. Er hämmerte mit den Fäusten gegen das Glas. »Mein Gott, nein ... nein!«

McCoy versuchte ihn zurückzuziehen. Jim knurrte und stieß ihn wütend von sich. Er sank vor der Glasscheibe nieder und sein Bewußtsein schrie immer wieder *Nein! Nein! Nein!*

Viel später an diesem Abend ging Lieutenant Saavik schweigend durch die halbdunklen Korridore der *Enterprise*. Sie begegnete niemand. Nur die lebenswichtigen Stationen des Schiffes waren besetzt, und die Crew, die Dienst machte, kämpfte gegen Müdigkeit und Erschöpfung an.

Als sie die Stasiskammer erreichte, blieb sie stehen, zögerte, hineinzutreten. Sie atmete tief durch und schritt ins Dunkel.

Viel zu viele der Stasis-Boxen strahlten ein fahlblaues Licht aus, das zeigte, daß sie in Betrieb waren. Von den Stasis-Feldern geschützt, würden die Leichen von Peter Preston und all den anderen, die bei dieser Unternehmung gefallen waren, so lange konserviert, bis sie ihren Familien übergeben werden konnten.

Doch Captain Spocks Testament bestimmte, daß man ihn nicht nach Vulkan zurückbringen sollte, und man würde diesen Wunsch respektieren.

Ein versiegelter Sarg mit seiner Leiche stand in der Mitte der Kammer. Saavik legte ihre Hand auf das glatte Metall. Ihre Trauer war so überwältigend, daß sie weder mit Wut noch mit Tränen darauf reagieren konnte.

James Kirk hatte bestimmt, daß Spocks Leichnam dem Raum übergeben werden und in einen rasch abflachenden Orbit um den Genesis-Planeten gebracht werden sollte, wo er zu Asche verbrennen würde, zu nichts.

Saavik saß mit gekreuzten Beinen in einer Ecke der Kammer, die Hände auf die Knie gestützt und die Augen fest geschlossen. Sie hätte niemand erklären können, warum sie hier saß, weil ihr Grund dafür irrational war.

Wenn auf Hellguard jemand starb und seine Leiche nicht bewacht wurde, war sie am nächsten Morgen verschwunden, von Leichenfledderern ausgeplündert, von hungrigen Aasfressern verschlungen. Nur selten wurde jemand begraben. Saavik hatte sich aus niemand auf Hellguard soviel gemacht, daß sie ihn in der Nacht nach seinem Tod bewacht hätte.

Captain Spock und Peter Preston brauchten keinen Wächter, nicht hier auf der *Enterprise*. Doch diese Geste war das einzige, wodurch sie ihnen ihre Verbundenheit zeigen konnte, den einzigen beiden Wesen im ganzen Universum, die ihr je etwas bedeutet hatten.

Sie hielt Wache.

Sie hoffte, daß Spock sie gehört hatte, bevor er starb. Sie hatte ihn wissen lassen wollen, daß Genesis funktionierte, teilweise, weil er die Menschen respektiert hatte, die es entwickelt hatten, und von denen so viele elend umgekommen waren, um es zu schützen, doch vor allem, weil die Entstehung des neuen Planeten ihm zeigen sollte, daß sein Opfer einen Sinn gehabt hatte. Die Schöpfung war das Ergebnis von Zerstörung, und die *Enterprise* und ihre Mannschaft wären dem Kataklysmus zum Opfer gefallen, wenn Spock nicht das getan hätte, wozu er sich entschlossen hatte. Es war Saaviks Wille gewesen, Spock wissen zu lassen, daß die Zerstörung beendet war und die Schöpfung begonnen hatte.

Sie wußte, daß Admiral Kirk mißverstand, was sie getan hatte, und auch ihre Gründe dafür. Doch Saaviks wesenhafter innerster Kern hatte dabei ihr Tun bestimmt, genau wie jetzt. Admiral Kirks Meinung war dabei völlig bedeutungslos.

Tränen rannen über Saaviks Gesicht.

Doch sie verfiel nicht in Raserei. Ihre Trauer war frei von Wut. Sie hoffte, eines Tages herauszufinden, warum es so war. Eines Tages.

Die Stunden vergingen, und Saavik ließ ihre Gedanken umherschweifen. Sie erinnerte sich an den Tag, als sie sich frierend und hungrig bei den Zelten des vulkanischen Forschungsteams auf Hellguard versteckt hatte, in der Hoffnung, ein Stück Brot oder ein weggeworfenes Stück wärmender Kleidung stehlen zu können. Saavik hatte die Vulkanier belauscht, die bis zum Morgengrauen mit stets gleichbleibender Höflichkeit und erheblicher Erregung darüber debattiert hatten, was mit den von den

Romulanern zurückgelassenen Leuten geschehen solle, besonders mit den halbblütigen Kindern.

Damals hatte Saavik zum ersten Mal eine Vorstellung davon bekommen, wer und was sie war. Allein Spock hatte ihr das Potential gegeben, mehr aus sich zu machen.

Als Saavik während des letzten Kampfes mit Khan Singh bemerkte, daß Spock die Brücke verlassen hatte, *wußte* sie, was er vorhatte, und was das Ergebnis davon sein würde. Sie war nur eine Haaresbreite davon entfernt gewesen, ihn davon abzuhalten.

Allein die Selbstbeherrschung, die er sie gelehrt hatte, ließ sie auf ihrem Posten bleiben, weil es ihre Pflicht war. Sie hatte ihr Tun – oder ihr Versäumnis, etwas zu tun – seit jenem Augenblick bereut. Im Tod beeinflußte Spock alle, die um ihn waren, genau so, wie er es getan hatte, als er noch lebte. Irgendjemand hätte seine Stelle einnehmen sollen, dessen Tod niemand betrauerte.

Es hätte ihr gelingen können, ihn aufzuhalten; obwohl seine Erfahrung erheblich größer war, besaß Saavik doch den Vorteil der Jugend und der schnelleren Reaktion.

Aber wenn es ihr möglich gewesen *wäre*, ihn aufzuhalten, hätte sie dann den Mut gehabt, seine Stelle einzunehmen? Sie wollte glauben, daß sie ihn gehabt hätte, denn wenn nicht, wäre jeder auf diesem Schiff jetzt tot, in subelementare Partikel aufgelöst und neu geformt zur Substanz des Genesis-Planeten.

Saavik glaubte nicht an eine Seele oder ein Leben nach dem Tode. Sie hatte über verschiedene Philosophien gelesen, und konnte keine von ihnen akzeptieren. Man starb; Aasfresser vernichteten den Körper. Das war alles.

Doch während die Stunden vergingen und ihre Konzentration sich vertiefte, verstärkte sich das Gefühl, daß irgendwie, irgendwo Spocks Bewußtsein etwas von seiner Integrität bewahrt hatte.

»Spock?« sagte sie laut, »können Sie sehen, was geschehen ist? Sind Sie hier? Sind Sie irgendwo? Ein neuer Planet ist entstanden; die Genesiswelle wirkte noch immer in dem Nebel, schafft eine neue Sonne, die dem Planeten Licht spendet und sein Leben erhält. Bald wird die Welle abgeklungen sein, und das Universum wird ein neues Sternsystem haben. Doch es ist nur eins unter Millionen, eins unter Milliarden, und Sie haben mich gelehrt, die Einmaligkeit zu schätzen. Ihre Einmaligkeit ist erloschen.«

Sie öffnete plötzlich die Augen. Einen Augenblick lang glaubte sie, etwas gehört zu haben, irgendeine Antwort ...

Saavik schüttelte den Kopf. In den seltsamen Stunden des frühen Morgens kamen einem die absurdesten Vorstellungen.

Mr. Sulu erwachte langsam, als er im dämmerigen Licht des Lazaretts ins Bewußtsein zurückkehrte. Er hatte bohrende Kopfschmerzen; ihm war, als ob jemand auf seiner Brust säße, und seine Hände schmerzten. Er versuchte sich aufzurichten.

Sofort war Dr. Chapel bei ihm und drückte ihn sanft wieder auf das Kissen zurück.

»Was ist passiert?« Seine Stimme war ein heiseres Flüstern. Er räusperte seine Kehle frei. »Warum ...?«

»Der Sauerstoff hat Ihre Kehle ausgetrocknet«, sagte Dr. Chapel. »Das geht vorbei.« Sie hielt ihm ein Glas Wasser an die Lippen, und er trank einen Schluck.

»Ich habe mir große Sorgen um Sie gemacht«, sagte sie. »Aber jetzt ist alles in Ordnung.«

Er versuchte, die Stelle in der Mitte seiner Brust zu berühren, von der ein dumpfer Schmerz ausging, doch seine Hände waren mit Pseudo-Haut überzogen, und er hatte kein Gefühl in den Fingerspitzen. Er erkannte jedoch, was den Schmerz verursachen mußte. Er runzelte die Stirn.

»Hat man mich wiederbeleben müssen?« fragte er.

Chapel nickte. »David Marcus hat Ihnen das Leben gerettet.«

»Ich kann mich nicht daran erinnern ...«

»Das ist auch nicht zu erwarten. Sie haben einen starken Stromschlag erhalten, der sie beinahe getötet hätte. Ein kleiner Erinnerungsverlust ist völlig normal. Ihr Gehirn-Scan ist ausgezeichnet.«

»Was ist mit Khan?«

»Tot.« Sie erhob sich. »Schlafen Sie jetzt wieder, Hikaru.«

Er streckte die Hand aus; seine Hände waren zu steif, um sie damit zurückzuhalten, doch sie blieb stehen.

»Chris«, sagte er, »es ist noch etwas passiert. Was? Bitte.«

»Mr. Spock«, sagte sie fast unhörbar.

»Spock ...! Was ...?«

»Er ist tot.«

»Oh, ihr Götter ...!«

Chris Chapel begann zu weinen. Sie floh aus dem Zimmer. Sulu lag reglos. Betäubt. Unfähig, es zu glauben.

Jim Kirk saß allein in seiner dunklen Kabine. Seit Stunden hatte er sich nicht gerührt; seine Gedanken bewegten sich in Kreisen, die kleiner und kleiner wurden, enger und enger.

Jemand klopfte an die Tür. Er antwortete nicht.

Eine Pause. Dann klopfte es wieder, ein wenig lauter.

»Was wollen Sie?« rief er. »Lassen Sie mich allein!«

Die Tür öffnete sich, und Carol stand als Silhouette vor der Korridorbeleuchtung. Sie trat herein und schloß die Tür hinter sich.

»Nein, Jim«, sagte sie. »Ich werde dich nicht allein lassen. Diesmal nicht.« Sie kniete sich neben ihn und nahm seine Hände in die ihren.

Er sank zusammen, sein Kopf ruhte auf ihren ineinander verschränkten Händen.

»Carol, ich kann nicht ... ich denke ständig darüber nach, daß es doch irgendetwas gegeben haben *muß*, das ich hätte tun können, das ich hätte tun *müssen* ...« Ein Zittern lief durch seinen Körper, und er hielt den Atem an, um gegen die aufsteigenden Tränen anzukämpfen.

»Ich weiß«, sagte Carol, »oh ja, Jim, ich weiß.« Sie legte ihre Arme um ihn und hielt ihn fest, so wie Jim sie gehalten hatte, als sie um ihre Freunde trauerte.

Als er in einen unruhigen Erschöpfungsschlaf fiel, ließ sie ihn sanft auf die Couch zurückgleiten, zog ihm die Stiefel aus, holte die Decke von seinem Bett und breitete sie über ihn. Sie küßte ihn leicht. Dann, als es nichts mehr gab, was sie für ihn tun konnte, ließ sie ihn allein.

Als es Morgen wurde, erhob sich Saavik von ihrem Platz in der Ecke der Stasiskammer. Während ihrer Wache hatte sie ein gewisses Maß an Ruhe erlangt, ein Gegengewicht zu ihrer Trauer. Sie verabschiedete sich zum letzten Mal von ihrem Lehrer und von ihrem Schüler, dann verließ sie die Stasiskammer. Sie hatte sich um viele Pflichten zu kümmern, Pflichten gegenüber dem Schiff, und Pflichten gegenüber Mr. Spock.

Die gesamte Besatzung des Schiffes versammelte sich um acht Uhr. Saavik trat an ihren Platz bei der Torpedo-Richtkonsole und programmierte den Kurs, den sie vorher errechnet hatte.

In Begleitung von Carol und David Marcus und Dr. McCoy erschien als letzter Admiral Kirk.

Die Veteranen des Schiffs, die Leute, die Mr. Spock am besten gekannt hatten, standen in einer kleinen Gruppe beisammen: Mr. Sulu, Commander Uhura, Dr. Chapel, Mr. Chekov, Mr. Scott. Sie blickten den Admiral an, der müde und hager wirkte. Er stand vor der Crew der *Enterprise*, starrte zu Boden, ohne ein Wort zu sprechen.

Er atmete tief durch, nahm die Schultern zurück und blickte sie an.

»Wir sind hier zusammengekommen«, sagte er, »um gemäß der Starfleet-Tradition einem der unseren die letzte Ehre zu erweisen. Um unsere Toten zu ehren . . .« – Er machte eine lange Pause – ». . . und um einen geliebten Kameraden zu trauern, der sein Leben hingab, um das unsere zu retten. Er hat sein Opfer nicht als eine eitle oder leere Geste verstanden, und uns steht nicht das Recht zu, seinen Entschluß zu kritisieren.

Er starb im Schatten eines neuen Planeten, eines Planeten, den zu sehen er gehofft hatte. Er hat gerade lange genug gelebt, um zu erfahren, daß er im Entstehen war.«

Dr. McCoy, der neben Admiral Kirk stand, versuchte, sich in der Gewalt zu behalten, schaffte es aber nicht. Er starrte bewegungslos geradeaus, während die Tränen über sein Gesicht strömten.

»Von meinem Freund«, sagte Admiral Kirk, »kann ich nur sagen, daß seine Seele, von allen, denen ich je begegnet bin . . .« – er blickte von einem Gesicht zum anderen, sah alte Freunde, neue, Fremde; und er sah Dr. McCoy weinen – »die menschlichste war.«

Admiral Kirks Stimme versagte. Er machte eine Pause, versuchte weiterzusprechen, konnte es aber nicht. »Lieutenant Saavik«, sagte er leise.

Saavik armierte die Torpedo-Richtkonsole mit dem Kurs, den sie so sorgfältig ausgearbeitet hatte, und trat vor.

»Wir umarmen die Erinnerung unseres Bruders, unseres Lehrers.« Ihre Worte waren nicht ausreichend, und sie wußte es. »Mit all unserer Liebe übergeben wir seine sterbliche Hülle der Tiefe des Raums.«

Captain Sulu trat vor. »Ehrenwache: stillgestanden!«

Die Besatzung der *Enterprise* salutierte. Mr. Scott begann auf seinem seltsamen Musikinstrument zu spielen. Sein Klang erfüllte den Raum mit einem wehmütigen Ton, einem Klagelied, das der Gegebenheit nur zu angepaßt war.

Vier Offiziere hoben Spocks schwarzen Metallsarg in die Abschußkammer. Der Verschluß glitt summend zu, und das Armierungsschloß aktivierte sich.

Saavik nickte dem Torpedo-Offizier zu. Er zog den Feuerhebel.

Die Abschußkammer erzitterte unter dem Dröhnen des Treibsatzes. Die Mannschaft sah, wie der dunkle Torpedo auf den silbrig-blau glänzenden neuen Planeten zuraste, bis der Sarg zu einem Punkt wurde und verschwand.

Sulu wartete einige Sekunden lang, dann sagte er: »Ehrenwache: Rührt euch!«

»Lieutenant Saavik«, sagte Kirk.

»Ja, Sir.«

»Übernehmen Sie das Kommando«, sagte er ruhig. »Legen Sie einen Kurs nach Alpha Ceti V fest. Wir wollen die Überlebenden der *Reliant* dort abholen.«

»Jawohl, Sir.«

»Ich bin in meiner Kabine. Aber falls nicht gerade eine Krisensituation eintritt ...«

»Verstanden, Sir.«

»Lassen Sie wegtreten!«

Er wandte sich um und ging. Er sah Carol, konnte ihr jedoch nicht sagen, was er ihr sagen wollte – nicht hier, und nicht jetzt. Er sah David, der ihn fragend anblickte. Der junge Mann trat einen Schritt auf ihn zu.

Jim Kirk machte auf dem Absatz kehrt und schritt zum Lift.

Saavik ließ die Crew wegtreten. Sie warf einen letzten Blick auf den neuen Planeten.

»Lieutenant ...«

Sie wandte sich um. David Marcus war zurückgeblieben und wartete auf sie.

»Ja, Dr. Marcus?«

»Können wir nicht mit diesen Formalitäten Schluß machen? Ich heiße David. Darf ich Sie Saavik nennen?«

»Wenn Sie wollen . .«

»Ich wollte Ihnen sagen, wie sehr es mir leid tut um Mr. Spock.«

»Mir auch«, sagte sie.

»Als wir neulich miteinander gesprochen haben ... habe ich gemerkt, was er Ihnen bedeutet. Es tut mir leid, daß Sie den Eindruck hatten, ich wollte ihn beleidigen oder so. Das wollte ich nicht. Weder ihn, noch Sie.«

»Ich weiß, sagte sie. »Ich habe Sie sehr hart angefahren, und es tut mir leid. Starfleet hat Ihnen nur Leid und Trauer gebracht ...«

David blickte jetzt auch auf den neuen Planeten, den seine Freunde im Raumlabor mit ihm zusammen entworfen hatten.

»Ja«, sagte er leise. »Sie werden mir sehr fehlen ... *sehr*. Es war so verdammt unnötig ...«

»Sie haben sich für Sie geopfert, so wie Spock sich für uns geopfert hat. Als ich den *Kobayashi-Maru*-Test machte ...« – sie schwieg ein paar Sekunden lang, um zu sehen, ob David sich an ihr Gespräch auf Regulus I erinnerte; er nickte – »... sagte mir Admiral Kirk, daß es mindestens so wichtig sei, mit dem Tod fertig zu werden, wie mit dem Leben.«

David wirkte sehr nachdenklich und blickte in die Richtung, in die sein Vater gegangen war, doch der war natürlich längst fort.

»Glauben Sie jetzt, daß er Ihr Vater ist?« fragte Saavik.

Er zuckte zusammen. »Nein. Vielleicht. Ich weiß nicht.«

Saavik lächelte. »Vielleicht haben wir etwas gemeinsam, David. Können Sie sich erinnern, was Sie zu ihm gesagt haben?«

»Wann?«

»Als Sie versuchten, ihn zu töten. Sie haben ihn, wenn ich mich recht erinnere, einen ›dummen Bastard‹ genannt.«

»Ja, ich glaube. Und?«

»Er ist – so weit ich das beurteilen kann – kein Bastard. Aber ich bin einer. Und wenn Admiral Kirk wirklich Ihr Vater sein sollte, glaube ich, daß die Terminologie, in ihrem traditionellen Sinn, eher auf Sie zutrifft.«

Er starrte sie einen Moment lang an, dann begann er zu lachen. »Ich glaube, daß die Bezeichnung ›dumm‹ sogar noch besser zu mir paßt.«

Er streckte den Arm aus und berührte leicht ihre Hand.

»Ich möchte noch viel mehr mit Ihnen reden«, sagte er plötzlich, »doch da ist etwas, das ich vorher erledigen muß.«

»Und ich muß auf die Brücke«, sagte Saavik. »Ich habe Wache.«

»Kann ich Ihnen später – eine Tasse Kaffee kaufen?«

»Das wäre mit einigen Schwierigkeiten verbunden; man kann an Bord der *Enterprise* nichts *kaufen*.«

»Entschuldigen Sie. Das sollte ein Scherz sein.«

»Oh«, sagte Saavik verständnislos.

»Ich wollte damit sagen, können wir uns nicht später treffen? Ich meine, wenn Sie frei haben?«

»Ja, das wäre schön«, sagte Saavik, selbst etwas überrascht über ihre Antwort, als sie sich daran erinnerte, was Spock ihr über die Notwendigkeit gesagt hatte, ihre eigene Wahl treffen zu müssen.«

»Fein. Also bis nachher.«

Er lief den Korridor entlang, und Saavik kehrte zur Brücke zurück.

Der Admiral schloß die Tür seiner Kabine hinter sich und lehnte sich gegen sie, verzweifelt dankbar, daß die Zeremonie vorüber war. Er fragte sich, was Spock dazu gesagt haben würde: zu dem Ritual, den Ansprachen ... Zweifellos würde er gesagt haben, daß das alles sehr unlogisch sei.

Jim Kirk öffnete den Verschluß seiner Jacke, zog sie aus und schleuderte sie wütend gegen die Wand. Er nahm eine Flasche Brandy vom Regal und goß ein Glas voll. Er starrte eine Weile auf die bernsteinfarbene Flüssigkeit, dann schob er es fort.

Zu viele Geister schwebten um ihn herum, und er wollte nicht, daß sie noch näher kamen, wenn seine Verteidigung durch Alkohol geschwächt war. Er warf sich auf die Couch. Die Decke, die Carol in der vorhergehenden Nacht über ihn gebreitet hatte, lag zerknüllt am Boden.

Der angenehme, leicht staubige Geruch von altem Papier stieg ihm in die Nase. Er versuchte ihn zu ignorieren, schaffte es jedoch nicht und griff nach dem Buch, das Spock ihm geschenkt hatte. Es lag schwer und solide in seiner Hand, der Ledereinband war ein wenig angestoßen, die beschnittenen Kanten fühlten sich rauh und dennoch sanft an. Jim schlug es auf. Die Druckbuchstaben verschwammen vor seinen Augen.

Er griff in die Tasche und fummelte nach seiner Brille. Als er sie schließlich gefunden hatte, entdeckte er, daß die Gläser gesprungen waren. Jim starrte auf die spinnennetzförmigen Risse.

»Verdammt!« sagte er. »Verdammt ...« Er legte das Buch sehr sorgfältig auf den kleinen Tisch und die Brille, halb zusammengefaltet, darauf.

Er preßte die Hände vor seine Augen.

Der Türgong ertönte.

»Ja«, sagte er. »Herein!«

Die Tür öffnete sich. David Marcus trat herein, und die Tür glitt hinter ihm wieder zu. Jim stand auf, doch es gab keinen Raum zum Ausweichen.

»Hör zu, ich wollte nicht stören ...«, sagte David.

»Ah ... nein. Schon gut. Ich wollte sowieso gerade auf die Brücke.«

David ließ ihn vorbei, doch bevor Jim die Tür erreichte, sagte sein Sohn: »Läufst du vor mir davon?«

Jim blieb stehen und blickte David an.

»Ja«, sagte er. »Ich glaube schon.« Er deutete mit einer Geste an, daß David sich setzen sollte. David setzte sich auf die Couch, und Jim setzte sich auf einen Stuhl ihm gegenüber. Sie blickten einander eine Weile verlegen an.

»Magst du einen Drink?« fragte Jim.

David sah das stehengelassene Glas mit dem Brandy auf dem Tisch; Jim erkannte, wie eigenartig das auf ihn wirken mußte.

»Nein«, sagte David. »Aber trotzdem, vielen Dank.«

Jim suchte nach irgendetwas, das er zu diesem Fremden, der in seinem Wohnraum saß, sagen könnte.

»Ich bin nicht das, was du erwartet hast, nicht wahr?« sagte David.

»*Erwartet* habe ich überhaupt nichts«, sagte Jim.

Davids Grinsen war ein wenig schief, ein wenig verlegen. »Dann geht es dir genauso wie mir.« Sein Grinsen erlosch. »Ist alles in Ordnung?«

»Was meinst du damit?«

»Lieutenant Saavik hatte recht: du hast noch nie dem Tod gegenübergestanden.«

»Nicht auf diese Art«, gab Jim widerstrebend zu. »Ich habe ihm nie gegenübergestanden – ich habe ihn immer ausgetrickst; ich habe etwas abgezogen, und war stolz darauf, und bin für meinen Einfallsreichtum belohnt worden.« Er rieb sich die Augen. »Ich weiß *nichts*«, sagte er.

»Du hast Saavik gesagt, es sei genauso wichtig, mit dem Tod fertigzuwerden, wie mit dem Leben.«

Jim runzelte die Stirn. »Woher weißt du das?«

»Sie hat es mir gesagt.«

»Das ist nur so eine Redensart.«

»Vielleicht solltest du auf sie hören.«

»Ich bemühe mich darum, David.«

»Ich auch. Die Leute, die im Raumlabor gestorben sind, waren meine Freunde.«

»Ich weiß«, sagte Jim. »David, es tut mir ehrlich leid.«

Wieder breitete sich drückende Stille über sie. David stand auf.

»Ich möchte mich entschuldigen«, sagte er. »Ich habe dich falsch eingeschätzt. Und gestern, als du mir danken wolltest ...« Er zuckte verlegen die Achseln. »Entschuldige.«

»Nein«, sagte Jim. »Du hattest völlig recht. Wenn man auf jemanden stolz ist, nimmt man einen Teil des Verdienstes, den der andere durch seine Taten erworben hat, für sich in Anspruch. Ich habe kein Recht darauf, irgendwelche deiner Verdienste für mich in Anspruch zu nehmen.«

Jetzt stand auch er auf, als er sah, daß David gehen wollte.

»Dann sollte ich vielleicht nicht ...« David hielt inne. Dann sagte er sehr schnell: »Ich bin eigentlich nur hergekommen, um dir zu sagen, daß *ich* stolz bin – stolz darauf, dein Sohn zu sein.«

Jim war zu überrascht, um antworten zu können. David zuckte die Achseln und ging zur Tür.

»David ...«

Der junge Mann fuhr herum. »Was ist?« fragte er scharf.

Jim packte ihn und drückte ihn an sich. Nach einem Moment des Zögerns erwiderte David die Umarmung.

EPILOG

Auf der Brücke der *Enterprise* überprüfte Lieutenant Saavik den Kurs und traf die Vorbereitungen zum Eintritt in Warp-Geschwindigkeit. Der große Bildschirm zeigte den Genesis-Planeten, der hinter ihnen allmählich kleiner wurde. Dr. McCoy und Dr. Marcus senior beobachteten ihn und unterhielten sich leise. Saavik mußte sich sehr hart konzentrieren, um ihrem Gespräch nicht zuzuhören. Sie sprachen über den Admiral, und es war offensichtlich ein sehr privates Gespräch.

Die Lifttür glitt auf. Saavik, die auf dem Kommandantenstuhl saß, blickte sich um. Sie stand auf.

»Admiral auf der Brücke!« rief sie.

»Weitermachen!« sagte Kirk sofort. David Marcus folgte ihm aus dem Turbo-Lift.

Dr. McCoy und Carol Marcus blickten einander an. McCoy hob eine Braue, und Carol lächelte ihn an.

»Hallo, Pille«, sagte Kirk. »Hallo, Carol ...« Er nahm ihre Hand und drückte sie zart.

»Wir haben Kurs auf Alpha Ceti, Admiral«, meldete Saavik. »Alle Systeme arbeiten.«

»Gut.« Er setzte sich. »Lieutenant, ich glaube, Sie haben bereits die Bekanntschaft meines ... meines Sohnes gemacht.«

»Jawohl, Sir.« Sie blickte David an. Er errötete ein wenig, und sie, zu ihrer Überraschung, auch.

»Würden Sie ihm bitte die Brücke zeigen?«

»Selbstverständlich, Sir.« Sie führte David zum oberen Teil der Brücke. Als sie den Platz des Wissenschaftsoffiziers erreichten, sagte sie zu ihm leise, mit völlig ernstem Gesicht: »Ich sehe, daß Sie sich schließlich doch noch dazu bekannt haben, ein Bastard zu sein.«

James Kirk hörte sie und starrte sie schockiert an.

»Das ist ... ein kleiner Scherz«, sagte sie.

»Ein privater Scherz«, setzte David hinzu. »Und das Stichwort ist ›dumm‹.«

Saavik lächelte; David lachte.

Jim Kirk lächelte ebenfalls, wenn auch ein wenig unsicher.

McCoy stützte sich auf die Rückenlehne des Kommandantensessels und starrte auf den großen Bildschirm.

»Seht euch *das* an!« sagte er. »Es ist unfaßbar. Glauben Sie, daß man den Planeten nach Ihnen benennen wird, Dr. Marcus?«

»Nicht, wenn ich es verhindern kann«, sagte sie. »*Wir* werden ihn benennen. Nach unseren Freunden.«

Jim dachte an das Buch, das Spock ihm geschenkt hatte. Er erinnerte sich an seinen letzten Satz: ›Es ist eine viel, viel bessere Tat, als ich sie vollbringe, als ich sie jemals vollbracht habe; es ist eine viel, viel bessere Ruhe, in die ich eingehe, als ich sie jemals gekannt habe.‹ Er konnte sich nicht vorstellen, daß Spocks ewig forschender Geist jemals Ruhe finden könnte.

Carol legte ihre Hand auf die seine. »Jim ...?«

»Ich habe nur an etwas gedacht ... An etwas, das Spock mir an meinem Geburtstag erklären wollte.«

»Jim, alles in Ordnung?« erkundigte sich McCoy. »Wie fühlst du dich?«

»Ich fühle mich ...« Er stockte und überlegte einen Moment lang. Die Trauer würde noch lange bei ihm bleiben, doch es gab auch eine ganze Reihe schöner Erinnerungen. »Ich fühle mich jung, Doktor, ob du es glaubst oder nicht. Wie neu geboren. So jung wie Carols neuer Planet.«

Er blickte zu Lieutenant Saavik und David hinüber.

»Nehmen Sie Kurs auf den zweiten Stern von rechts, Lieutenant! Den zweiten Stern von rechts, und dann immer geradeaus, bis zum Morgen.«

Er wollte ihr erklären, daß dies auch ein kleiner Scherz sei, doch sie überraschte ihn.

»Jawohl, Sir.« Saavik schien kein bißchen verwirrt. Sie schaltete das Bild auf dem Schirm; er zeigte die Wiedergabe eines leuchtenden Sternenfeldes voraus. »Warp-Faktor drei, Ruderoffizier!«

»Warp drei. Jawohl Sir.«

Die *Enterprise* sprang auf die fernen Sterne zu.

Paramount Pictures Presents
STAR TREK®
THE WRATH OF KHAN
Starring
WILLIAM SHATNER LEONARD NIMOY
DeFOREST KELLEY
Co-Starring
JAMES DOOHAN WALTER KOENIG
GEORGE TAKEI NICHELLE NICHOLS
Also Starring
BIBI BESCH
and
PAUL WINFIELD as Terrell
Introducing KIRSTIE ALLEY as Saavik
and Starring RICARDO MONTALBAN as Khan
Music Composed by JAMES HORNER
Executive Consultant GENE RODDENBERRY
Based on STAR TREK
created by GENE RODDENBERRY
Executive Producer HARVE BENNETT
Screenplay by JACK B. SOWARDS
Story by HARVE BENNETT
and JACK B. SOWARDS
Produced by ROBERT SALLIN
Directed by NICHOLAS MEYER
A Paramount Picture

STAR TREK®
THE WRATH OF KHAN